Nombre: Saevin
Raza: humano
Rango: Guardián de la Puerta

Saevin

CRÓNICAS DE LA TORRE

Poder

La magia acuática es especialmente intensa en él. Los límites entre dimensiones no son obstáculo para este extraño muchacho, que tiene la capacidad de invocar a voluntad a seres de otros planos. Él sabe, no obstante, que este poder tiene como finalidad ayudarlo a prepararse para desempeñar el papel que el destino ha reservado para él.

Descripción Física

De cabello negro y sorprendentes ojos azules, tan claros como el hielo, Saevin es un muchacho serio, misterioso y reservado. Tan serio, misterioso y reservado, que a veces su simple presencia provoca escalofríos.

Descripción Psicológica

Saevin siempre sabe mucho más de lo que dice. Es el único que tiene claro cuál es su destino y su papel en la profecía, pero no puede compartirlo con nadie, pues también conoce las consecuencias de interferir en los acontecimientos que culminarán con la llegada del Momento. Desde niño ha sabido que su vida como mortal sería breve. Por este motivo se ha encerrado en sí mismo y ha tratado de evitar cualquier lazo de afecto con otras personas. Por otro lado, los conocimientos que posee, y que no le están permitido revelar, lo hacen sentirse aislado del resto del mundo, cargando sobre sus hombros el peso de una responsabilidad que tal vez sea demasiado grande para alguien tan joven como él. No obstante, en Saevin late todavía un corazón humano, y puede que alguien pueda despertar sentimientos en él...

Frase

"Porque yo he venido hoy hasta aquí para ser, de ahora en adelante, el Guardián de la Puerta"

Saevin

Ilustraciones: Marcelo Pérez | Diseño: Alejandro Barbero, Victoria Rasia ⋙ CRÓNICAS DE LA TORRE ⋙ Editado por: sm

CRÓNICAS DE LA TORRE

Nombre: Eliah
Raza: humana
Rango: Hechicera de primer nivel

Salamandra
la Bailarina del Fuego

Poder

Además del don de la magia, posee habilidades piroquinéticas, asociadas a la magia ígnea. El dominio del fuego es innato en ella. Puede crearlo y moldearlo a voluntad.

Descripción Física

Joven de larga melena rizada y pelirroja de aspecto decidido y rebelde. Tras superar la Prueba del Fuego, viste siempre con la túnica roja que hace honor a su rango.

Descripción Psicológica

Salamandra es una chica indómita e impulsiva, que se deja guiar por su corazón y por su instinto. Capaz de luchar hasta donde haga falta por aquello en lo que cree, y aquellos a los que ama, y segura de ser dueña de su propio destino, siente que puede comerse el mundo, y acude encantada allá donde haya un poco de acción, llevando una vida llena de riesgo y aventura. Tiene, sin embargo, una pesadilla recurrente, en la que el fuego, su peligroso aliado, se vuelve contra ella. Y es que en el fondo tiene miedo de hacerse daño a sí misma y a la gente que la rodea. Por otra parte, tras esa capa de arrojo teñida de descaro, se oculta un corazón vulnerable que no soporta la idea de ser rechazado.

Frase

"Yo he visto cosas, he vivido cosas. No creo en el destino"

Ilustraciones: Marcelo Pérez | Diseño: Alejandro Barbero, Victoria Rasia — CRÓNICAS DE LA TORRE — Editado por: sm

III
La llamada de los muertos
LAURA GALLEGO GARCÍA

Primera edición: mayo 2006
Octava edición: diciembre 2008

Dirección editorial: Elsa Aguiar
Coordinación editorial: Gabriel Brandariz
Diseño de la colección: Estudio SM
Cubierta e ilustraciones: Marcelo Pérez

© Laura Gallego García, 2002
  www.lauragallego.com
© Ediciones SM, 2006
  Impresores, 2
  Urbanización Prado del Espino
  28660 Boadilla del Monte (Madrid)
  www.grupo-sm.com

ATENCIÓN AL CLIENTE
Tel.: 902 12 13 23
Fax: 902 24 12 22
e-mail: clientes@grupo-sm.com

ISBN: 978-84-675-0891-8
Depósito legal: TO-0830-2008
Impreso en España / *Printed in Spain*
Rotabook, S.L.

—Ahora respóndeme con toda franqueza —dijo el Mago—. ¿Dejarías todo lo que aprendiste hasta entonces, todas las posibilidades y todos los misterios que el mundo de la magia te podría proporcionar, para quedarte con el hombre de tu vida? ¿Abandonarías todo por esa persona? (...)

—Yo abandonaría —dijo Brida finalmente. (...)

—Has dicho la verdad. Te enseñaré.

PAULO COELHO, *Brida*

I

SAEVIN

La tormenta de nieve azotaba con fuerza el Valle de los Lobos. Dos figuras ascendían penosamente por el camino, inclinadas hacia delante para tratar de vencer la fuerza del viento.

Cualquiera en el pueblo habría sabido que era una mala noche para andar al descubierto, pero al viajero de mayor edad eso no le importaba. Su urgencia estaba motivada por el miedo, y su terror al muchacho que caminaba junto a él era mayor que el que podía provocar en él la ventisca.

El chico, cubierto por una gruesa capa, percibía aquel miedo. El hombre lo sabía; aunque a veces habría dado cualquier cosa por desentrañar qué rondaba por la mente del muchacho, en la mayor parte de las ocasiones decidía que era mejor seguir ignorándolo.

En cualquier caso, pronto se solucionaría todo. Estaban a punto de llegar.

Habían partido dos meses atrás; en ningún momento le dijo al chico adónde se dirigían, y él tampoco había preguntado. A lo largo de todo el trayecto apenas había hablado, mirándole con esa extraña mirada suya y con una leve sonrisa en los labios.

El hombre se estremeció, pero no a causa del frío. Se volvió un momento para observar al muchacho, y él le devolvió una mirada inescrutable.

Siguieron su camino, hasta que el hombre se detuvo bruscamente y miró al frente, alzando el farol.

Ante él se erguía una alta verja de hierro.

—Hemos llegado —anunció secamente.

El chico despegó los labios por primera vez en muchos días.

—La Torre —murmuró.

El hombre se estremeció. ¿Cómo lo había sabido?

—Bien, pues... —empezó, indeciso—. Ya estamos aquí. Supongo que habrá una campanilla para llamar o algo por el estilo...

Alzaba el farol para buscarla cuando súbitamente se oyó un gran resoplido que parecía venir de las entrañas de la tierra. El hombre dio un salto atrás. Entonces, una gran nube de humo ardiente que procedía del otro lado de la verja los envolvió. Sin poder evitar un ataque de tos, el extranjero levantó la luz en alto, intentando ver algo, y lo que vio lo dejó absolutamente aterrado.

Por encima de la verja se alzaba lentamente un enorme bulto vivo, una gigantesca cabeza unida a un largo cuello escamoso, una cabeza con cuernos y colmillos enormes, cuyo hocico aún echaba humo y que se inclinaba hacia ellos con los ojos entornados.

El forastero gritó, aterrado ante la visión de la criatura, que siguió pasando el cuello por encima de la verja hasta que sus ojos y sus fauces estuvieron prácticamente a la altura de los dos humanos. El pavor impidió moverse al mayor, mientras que el joven permanecía impasible.

—Buenas noches, viajeros —dijo entonces el dragón, amablemente; sus ojos verdes brillaban divertidos y burlones al ver la expresión horrorizada del recién llegado—. Bienvenidos a la Torre.

—No... nosotros... —balbuceó él—. Ya... ya nos íbamos.

—No nos vamos, padre —intervino entonces el muchacho, con voz suave pero autoritaria.

El hombre se volvió hacia él, temblando violentamente. Uno no habría sabido decir qué le aterrorizaba más, si el inmenso reptil o su propio hijo.

—Ya veo —comentó el dragón—. Habéis venido a hablar con la Señora de la Torre, ¿no es así?

—S... sí.

El dragón se retiró un poco, y la verja se abrió. El hombre de más edad parpadeó, confuso, porque estaba convencido de que nadie se había acercado a la cancela. Su hijo, en cambio, no parecía sorprendido en absoluto. Lo observaba todo pensativo y en calma, sin que nadie pudiese llegar a adivinar qué había tras la mirada de aquellos ojos de un color azul tan claro que semejaba hielo.

—Bienvenidos —dijo entonces otra voz, una voz femenina.

De entre las sombras surgió una figura envuelta en un resplandor centelleante. El muchacho no se movió, pero su padre retrocedió unos pasos. Cuando la mujer cruzó la verja para acudir a su encuentro, vieron que no había nada sobrenatural en ella, por lo menos a simple vista. El brillo que habían visto se debía a la luz reflejada en los pliegues de su túnica dorada.

La mujer les dedicó una suave sonrisa. Tenía poco más de treinta años, el pelo negro como el ala de un cuervo y unos ojos azules profundos y serenos como el mar en calma.

9

—Buscamos a la Señora de la Torre, la Dama del...
Dragón —dijo el hombre, lanzando miradas recelosas al
dragón, que se erguía impasible tras la verja.

—Yo soy la Señora de la Torre y la Dama del Dragón
—dijo ella—. ¿Qué se os ofrece?

El hombre miró a su hijo y se estremeció.

—Es él —dijo, señalándolo con un dedo ligeramente
tembloroso—. No lo queremos más en casa. Su lugar no
está con la gente normal...

Calló de pronto, dándose cuenta de que tal vez había
dicho algo inconveniente. Pero la Señora de la Torre no le
prestaba atención. Observaba al muchacho con expresión
pensativa.

—Ya veo... —murmuró.

—La misma historia de siempre —gruñó el dragón
desde la oscuridad.

—No, vos no lo entendéis... —dijo el hombre, negando
con la cabeza.

La mujer lo miró a los ojos y vio terror en ellos, pero también súplica... Volvió de nuevo su mirada hacia el muchacho.

—¿Cómo te llamas?

—Saevin —respondió su padre por él.

Hubo un largo e incómodo silencio, solo enturbiado
por el sordo rugir de la tormenta de nieve.

—Bienvenido a la Torre, Saevin —dijo ella entonces—.
Te acogemos como a uno de nosotros.

El hombre dio un suspiro de alivio. El muchacho no
dijo nada. Su rostro seguía siendo impenetrable.

—¿Crees que tiene aptitudes, entonces? —preguntó el dragón.

La Señora de la Torre no contestó en seguida. Se limitó a seguir contemplando el paisaje, asomada a uno de los balconcillos de la primera planta de la Torre. Hacía rato que la tormenta había amainado; la nieve caía ahora mansamente sobre el Valle de los Lobos.

—No lo dudo, Kai —dijo ella entonces.

—Entonces, ¿qué te preocupa?

Ella frunció el ceño, pensativa.

—No estoy segura. Tal vez su aura. Tal vez su mirada. Tal vez el terror que provoca en su propio padre...

—Los no iniciados siempre tienen miedo de lo que no comprenden, Dana. Tú misma lo has dicho muchas veces.

La Señora de la Torre se volvió hacia el dragón. Él seguía en el jardín, pero era tan grande que su cabeza quedaba a la altura de la de ella. Ambos se miraron a los ojos. Fue una mirada intensa, que culminó en una caricia por parte de la mujer. El dragón cerró los ojos para disfrutarla.

—Pero él sabía quién era yo —prosiguió ella—. Y no me temía a mí, sino a Saevin. Resulta extraño que un chico tan joven, que además nunca ha sido instruido, pueda aterrorizar a su familia de esa forma, por mucho poder que tenga.

Kai ladeó la cabeza y estiró su largo cuello escamoso para acercarse más a ella.

—¿Recuerdas a Salamandra?

La Señora de la Torre sonrió.

—¿Cómo iba a olvidarla?

—Bien, su poder también era terrible cuando llegó aquí. ¿Recuerdas lo que estuvieron a punto de hacerle sus vecinos cuando la descubrieron, Dana? Si Fenris y Jonás no hubiesen llegado a tiempo...

—Lo sé.

—Y era apenas una chiquilla de trece años que no sabía nada acerca de sí misma.

—Eso es lo que me preocupa, Kai —la Señora de la Torre se volvió hacia el dragón, muy seria—. Saevin lo sabe.

Era ya muy tarde cuando Jonás subió hasta los aposentos de la Señora de la Torre. Se trataba de un joven de unos veinte años, moreno y serio, y vestía una túnica de color rojo.

Era el alumno más antiguo de Dana en la Torre.

Después de subir lentamente la larguísima escalera de caracol que vertebraba el edificio, Jonás llegó por fin a su cúspide. Se detuvo en la última planta. Allí había cuatro puertas: el despacho de Dana, su laboratorio, su habitación... La cuarta puerta estaba siempre cerrada, y muy pocos sabían qué se ocultaba detrás.

Jonás lo sabía, pero ahora no estaba interesado en ella. Como había imaginado, se filtraba luz por debajo de la primera puerta, la del despacho. El joven suspiró. La Señora de la Torre llevaba años pasando muchas noches en vela, buscando en los libros el conjuro que podría devolverle la felicidad perdida...

Llamó suavemente.

No respondieron en seguida, y Jonás temió que Dana se hubiese quedado dormida sobre sus libros. Ya iba a marcharse cuando la puerta se abrió.

—Pasa, Jonás —dijo ella—. Te esperaba.

Jonás frunció el ceño, pero obedeció.

Dana había cambiado su túnica dorada por una más sencilla de color blanco, indudablemente más cómoda. Sobre su mesa había un gran número de gruesos y viejos volúmenes sacados de la biblioteca, apilados en un montón. Uno de ellos estaba abierto.

—Has venido por Saevin, ¿no es así? —preguntó ella.

Jonás respiró hondo.

—Maestra, he pasado la mitad de mi vida en la Torre. Sabes que siempre me ha gustado recibir a los nuevos alumnos. Pero esta vez...

Calló un momento, pensativo. Dana esperó, en silencio, a que continuase.

—Saevin es diferente —prosiguió Jonás—. No parece contento, ni nervioso, ni siquiera hace preguntas. Tampoco está asustado. Se comporta de un modo...

—¿Indiferente? —lo ayudó Dana.

—Sí... No, no exactamente. Es como si todo le resultase ya conocido. No le sorprende nada. Sé que podría atribuirse al hecho de que está cansado, pero... no sé, hay algo más. Me da mala espina.

—Buena percepción —murmuró Dana.

—¿Quién es, Maestra? —preguntó Jonás.

La Señora de la Torre clavó en él sus ojos azules.

—Ojalá lo supiésemos, Jonás.

La llegada del nuevo alumno a la Torre ocasionó cierto revuelo al principio, sobre todo entre los más jóvenes. Jonás dejó a un lado sus obligaciones por un día para atender al recién llegado y mantenerlo apartado de la curiosidad de los pequeños.

–Supongo que ya sabes lo que es la Torre –empezó; como Saevin no hizo ningún comentario, añadió–: La Torre es una de las pocas Escuelas de Alta Hechicería que quedan en el mundo. Ahora mismo hay aquí cerca de quince alumnos, lo cual no está nada mal, teniendo en cuenta los tiempos que corren. La fama de la Señora de la Torre ha contribuido a que los magos estemos mejor vistos que hace algunos años.

Saevin seguía sin hablar. No era un silencio hosco; al contrario, parecía que escuchaba a Jonás con cierta amabilidad, pero el joven tenía la sensación de que también le atendía con la paciencia del que está escuchando algo que ya sabe.

–Bien, veo que ya llevas puesta la túnica blanca –prosiguió, algo incómodo–. Ese color indica que eres un aprendiz de primer grado. Habrás visto que te hemos dejado en tu habitación el Libro de la Tierra. Será tu primer manual de hechizos. Si no sabes leer...

–Sé leer –repuso Saevin calmosamente.

–Muy bien. Pero tendrás que aprender el lenguaje arcano, de todos modos. Sin embargo, si realmente la magia es algo innato en ti, no tendrás problemas.

»Cuando la Maestra juzgue que estás preparado, te someterá a tu primer examen. Si lo apruebas, pasarás a segundo grado y cambiarás tu túnica blanca por una verde, lo cual simboliza que ya dominas el elemento Tierra. Entonces estudiarás el Libro del Aire, el Libro del Agua y el Libro del Fuego, por este orden. Y el color de tu túnica pasará del verde al azul, del azul al violeta y del violeta al rojo. Cuando logres la túnica roja, cosa que se consigue tras superar un examen llamado la Prueba del Fuego, ya serás considerado un mago de primer nivel.

Saevin asintió sin una palabra.

—Así que ya conoces la razón por la cual los aprendices llevan túnicas de diferentes colores —concluyó Jonás.

No hizo referencia a su propia túnica, de color rojo. Jonás había superado la Prueba del Fuego el año anterior y aún sufría pesadillas por las noches, pero no quiso asustar a Saevin en su primer día. Aunque, por el aspecto impasible del recién llegado, parecía que nada podía llegar a asustarle.

Esperó la pregunta que hacían todos al llegar: ¿por qué, pues, vestía Dana una túnica dorada? Jonás estaba acostumbrado a ella, y, por supuesto, conocía la respuesta. Hablaba entonces de aquellos que estaban por encima de los simples magos: los Archimagos. La Señora de la Torre era una Archimaga, y su color era el dorado, aunque a menudo vistiese también túnicas de otros colores. Su favorito era el blanco, un color que, para los magos, era algo así como el luto; con él vestían a sus aprendices hasta que superaban la primera prueba que demostraba que habían despertado a la magia y comenzado una nueva vida.

Jonás nunca contaba a nadie los motivos que Dana podía tener para preferir el color blanco, precisamente ella, que era una poderosa hechicera.

De todas formas, en aquella ocasión la pregunta no se presentó. Saevin se limitó a asentir sin hacer un solo comentario.

Jonás mostró al nuevo aprendiz los lugares más importantes de la Torre, como la enorme biblioteca, el observatorio, la cocina, que se hallaba en la planta baja, y los establos, donde aguardaba a Saevin su nuevo caballo.

—No te lo enseño todo porque nos llevaría todo el día —le explicó—. La Torre tiene doce pisos y es inmensa. Hay muchas habitaciones que no se han usado en años, porque somos muy pocas personas viviendo aquí... aunque ahora mismo, y como ya te he dicho, hay más aprendices que nunca.

»Ya has visto la Torre desde fuera. ¿Te has fijado en la pequeña plataforma con almenas que la remata? Un poco más arriba están los aposentos de la Señora de la Torre. Podemos subir a verla siempre que sea necesario, pero es mejor no molestarla con tonterías.

Jonás le explicó que el aprendizaje de la magia era algo tan personal que no era conveniente enseñarlo en clases magistrales. Cada alumno tenía, junto a su habitación, un pequeño estudio que hacía las veces de laboratorio, y la biblioteca estaba abierta para todo el mundo. Los mayores enseñaban el lenguaje arcano a los recién llegados, y a partir de ahí, cada uno estudiaba sus manuales por su cuenta, siguiendo paso a paso las instrucciones para cada hechizo. La Señora de la Torre supervisaba el progreso de cada uno de sus alumnos y solucionaba las dudas que pudiesen tener.

Jonás acabó con Saevin antes de lo previsto. El muchacho murmuró unas palabras de agradecimiento y, seguidamente, se retiró a su habitación.

16

El joven mago se quedó quieto en medio del pasillo, pensando que aquel era el aprendiz más extraño que había tenido la ocasión de recibir.

Aquella noche, la Señora de la Torre bajó de nuevo al balcón de la primera planta para hablar con Kai, el dragón.

—¿Algún problema? —preguntó él en cuanto la vio llegar—. Pareces preocupada.

Ella no respondió en seguida. Cerró los ojos un momento para concentrarse, alzó la mano hacia el dragón y murmuró unas palabras en idioma arcano. Su mano se iluminó brevemente con un suave resplandor azulado.

Cuando Dana abrió los ojos de nuevo, el dragón se había quedado profundamente dormido sobre el suelo del jardín, y frente a ella se hallaba un muchacho rubio de unos dieciséis años cuyos ojos verdes la miraban con seriedad. Sin embargo, su figura era claramente incorpórea, hasta el punto de que se podía ver a través de su cuerpo translúcido lo que había tras él.

La Señora de la Torre suspiró, exasperada.

—¿Por qué no lo consigo? —murmuró.

—Bueno, has logrado mucho en todo este tiempo —dijo el muchacho—. Al principio, tu magia ni siquiera podía evocar mi imagen. De todas formas... —vaciló un momento, pero no dijo nada más.

—Sé lo que piensas, Kai —dijo ella—. Sé que crees que nunca podré devolverte tu verdadero cuerpo.

Kai movió la cabeza.

—Dana, mi verdadero cuerpo murió hace más de quinientos años, lo sabes. También es frustrante para mí, pero no tanto como antes. Deberías alegrarte por el hecho de que tengo un cuerpo de nuevo, aunque sea un cuerpo de dragón.

—Una extraña reencarnación —murmuró Dana—. Lo sé, Kai. Es una historia complicada la nuestra. Nos conocemos desde que éramos niños; yo estaba viva y tú no, y siempre he deseado cambiar eso, poder darte un cuerpo para que volvieses a la vida. Pero cuando la oportunidad se presentó...

Dana no añadió nada más. Kai dirigió una breve mirada al cuerpo del dragón dormido, el cuerpo que le permitía quedarse en el mundo de los vivos junto a la Señora de la Torre.

—Pero algún día encontraré la manera, te lo juro —dijo ella.

Kai movió la cabeza, preocupado.

—Dana, verdaderamente...

Un agudo chillido interrumpió sus palabras. Dana levantó la cabeza hacia los pisos superiores de la Torre. Cuando se volvió para mirar a Kai, la imagen del muchacho ya no estaba allí, pero él la miraba desde los ojos del enorme dragón dorado, que se había despertado.

—Es Iris —dijo él.

Dana no hizo ningún comentario. Su mano realizó un pase mágico, e inmediatamente, sin ruido, la Señora de la Torre se esfumó en el aire.

Se materializó de nuevo en la habitación de Iris, una alumna de segundo grado que no aparentaba los doce años que tenía. La niña temblaba en un rincón de su cuarto. Su

18

rostro, marcado por el terror, estaba semioculto por la manta en la que se había envuelto. Emergió de su refugio cuando vio aparecer a la Señora de la Torre.

—¡Maestra! —exclamó, abriendo al máximo sus grandes ojos castaños—. Un horrible demonio estaba en mi cuarto, pero ya se ha ido. Él lo ha echado.

Dana volvió la vista hacia la persona a la que señalaba Iris.

El muchacho le devolvió la mirada, sereno, tranquilo, como si expulsar a los demonios fuese algo que uno pudiese hacer todos los días.

La Señora de la Torre se quedó sin habla.

Era Saevin.

II

LA PROFECÍA

—YA HE AVERIGUADO QUIÉN FUE EL CULPABLE, Maestra —dijo Jonás—. Supongo que querrás hablar con él, ¿no?

Dana frunció el ceño mientras paseaba su mirada por el bello paisaje que se veía desde la ventana de su despacho, en la cúspide de la Torre.

—Ya sé quién fue, Jonás. Sé que estuvo practicando toda la noche para prepararse para la Prueba del Fuego y que por eso se le escapó el demonio que había invocado...

—Oh. Lo sabes.

—Pero no te he llamado por eso —la Señora de la Torre se volvió hacia él—. Junto con Kai, tú has sido mi mano derecha desde que Fenris se fue —sus palabras acabaron en un leve suspiro en recuerdo del amigo ausente—. Por eso quiero hablar de esto contigo.

Jonás enrojeció y bajó la mirada.

—Dana, yo... —empezó, pero ella le hizo callar con un gesto.

—No me preocupa que un alumno de cuarto grado pierda el control sobre un demonio, porque es, hasta cierto punto, comprensible. Pero sí me preocupa el hecho de que un muchacho que jamás ha estudiado magia sea capaz de enviarlo de nuevo a su plano con una simple orden. Jonás la miró sin poder creer lo que oía.

—¿Saevin hizo eso?

—Por lo que Iris me contó, sí. Su cuarto está cerca del de ella, así que no tardó nada en llegar cuando la oyó gritar. Aun así, no tuvo mucho tiempo para enfrentarse al demonio antes de que yo apareciera: usé el hechizo de teletransportación prácticamente en seguida.

»Según Iris, Saevin se limitó a mirar al demonio y decirle: «Márchate». Y él obedeció. No se fue a otro lugar de la Torre ni a otro lugar del mundo, sino que volvió a su dimensión, sin más.

Jonás estaba francamente impresionado.

—Pero eso es... imposible...

—No es imposible, Jonás. Aunque sí es absolutamente excepcional.

Miró fijamente al joven hechicero.

—A veces nace una persona... predestinada. Elegida. Con una importante misión que cumplir en el mundo —parecía que la Señora de la Torre encontraba dificultades a la hora de explicarlo—. A cambio de esa... digamos... «obligación»... esa persona nace con unos poderes sobrehumanos, tal vez mayores que los de muchos magos y algunos Archimagos. Sin embargo, este poder solo se manifiesta en ocasiones puntuales. Por lo que se ha podido observar, por lo demás, este tipo de personas no suelen despuntar especialmente en los estudios de magia.

Jonás no sabía qué decir. El semblante de Dana seguía mostrando una expresión grave.

—Como ves, después de lo de anoche me apresuré a buscar información... —añadió ella.

—¿Quieres decir... —pudo preguntar entonces Jonás— que tenemos a una especie de... héroe entre nosotros?

—No. Podría ser un héroe, pero podría no serlo. Podría ser todo lo contrario. Tal vez esté llamado a hacer grandes cosas... como ser maligno.

Jonás asintió, inspirando profundamente.

—Entiendo. ¿Qué debemos hacer, entonces? ¿Cómo habría que tratarle?

—No lo sé. Evidentemente, si va a convertirse en una criatura perversa, nuestra misión es detenerle cuanto antes. Si, por el contrario, ha sido elegido para el bien, nuestro deber es ayudarle y enseñarle a utilizar su poder hasta que le llegue el momento de cumplir su destino.

—¿Y cómo vamos a saberlo, Dana?

—No podemos saberlo. Nosotros no.

—¿Y quién puede?

La Señora de la Torre calló un momento, perdida en sus pensamientos.

—Existe un lugar... —dijo finalmente—. Hacia el este, muy lejos, está la Ciudad Olvidada, y en ella se halla el Templo Sin Nombre. Allí hay un Oráculo. Si alguien puede decirnos qué es lo que va a suceder en el futuro, esa es ella.

Se volvió hacia el mago y le miró a los ojos.

—Kai y yo partiremos inmediatamente, Jonás. Montada sobre su lomo no tardaré más que unos días en ir y volver hasta el Oráculo. Quiero que, entretanto, te quedes al mando de la Torre.

Jonás se puso pálido.

—Pero, Maestra, yo...

—Tú estás perfectamente capacitado para encargarte de la escuela durante unos días. Lo sé. Te conozco, te he educado y casi podría decirse que te he criado. No me cabe la menor duda de que harás un buen trabajo.

Jonás abrió la boca para replicar, pero finalmente calló y asintió.

—No te defraudaré, Maestra —murmuró.

Iris se detuvo un momento frente a la puerta. Temblaba como un flan y tenía las mejillas ligeramente pálidas. Respiró hondo una, dos, tres veces, y entonces, suavemente, llamó.

La puerta se abrió casi en seguida. Cuando Saevin apareció en el umbral, la palidez de la muchacha fue sustituida por un enrojecimiento intenso.

—Ho... hola —dijo Iris en voz baja.

—Hola —respondió Saevin; sus ojos, claros como el hielo, la observaban atentamente, y ella bajó la mirada.

—Siento molestarte.

Saevin no dijo nada. Simplemente esperó. Iris sacó fuerzas de flaqueza y, venciendo su timidez, dijo:

—Solo quería darte las gracias por lo de anoche. Fuiste muy valiente.

Saevin seguía mirándola sin decir nada. Iris deseó que se la tragase la tierra. Había sido muy estúpida al acudir a hablar con él, se dijo. Aunque ella ya llevaba la túnica verde y Saevin acababa de llegar a la Torre, él era mayor en edad. Y estaba claro que debía de haber un error en su gradación: un estudiante de primer grado no podía conjurar demonios.

Iba a decirle de nuevo que sentía haberle molestado cuando él, inesperadamente, sonrió, y aquella sonrisa le llegó a Iris al fondo del corazón, que comenzó a latir mucho más deprisa.

—No hay de qué —dijo él solamente.

Dana estudiaba un antiguo mapa que había extendido sobre la mesa de su despacho. El Templo Sin Nombre estaba lejos, enclavado entre montañas que dificultaban el acceso. Sin embargo, ella y Kai llegarían por aire. Era importante, pues, tener clara la ruta a seguir.

De pronto sintió en la nuca algo parecido a un soplo helado, y se estremeció. Sabía muy bien lo que eso significaba. Le ocurría algunas veces.

Se volvió lentamente. Pese a que estaba preparada para cualquier cosa, no esperaba, sin embargo, verla a ella: una mujer no muy alta, de mediana edad, de cabello oscuro y ojos pardos, que vestía, como Dana, una túnica dorada.

La recién llegada sonrió. Su imagen etérea parecía estar hecha de niebla, pero, aun así, Dana le habló:

—Bienvenida a la Torre de nuevo, Aonia. Hacía mucho que no me visitabas.

—Cuando una está muerta, el tiempo pasa sin sentir —respondió ella—. Te veo muy crecida, Dana. ¿Cuánto tiempo ha pasado?

—Casi veinte años —sonrió la Señora de la Torre—. Llevo todo este tiempo queriendo agradecerte todo cuanto hiciste por mí entonces.

El fantasma de la hechicera sonrió de nuevo.

—Estaba escrito —dijo solamente—. Pero mi visita no es casual, Dana. He venido a hablarte de algo que va a suceder, algo muy importante tanto para los vivos como para los moradores del Otro Lado. Algo que podría cambiar para siempre los destinos de ambas dimensiones.

Dana se estremeció.

—Habla. Te escucho.

—Sabes que eres una Kin-Shannay, Dana —dijo ella—. Sabes que naciste con el poder de comunicarte con los espíritus de los muertos. Pero lo que no sabes es que, en estos momentos, eres la única Kin-Shannay que hay en el mundo. Y tampoco sabes por qué.

—No, no lo sabía. ¿De veras hay una razón para ello?

—Suele haber una razón para todo —repuso Aonia—. Tu nacimiento no fue casual. Era necesario que existiese en el mundo de los vivos una Kin-Shannay en la plenitud de sus poderes para cuando llegase el Momento.

—¿El momento de qué?

—El Momento —el fantasma le dirigió una mirada insondable—. Una vez cada varios milenios sucede que la dimensión de los vivos y la dimensión de los muertos se aproximan hasta tal punto que la línea que las separa se hace muy débil... Y ese Momento está a punto de llegar. Ocurrirá dentro de un par de semanas, Dana. Y tú ocupas un lugar muy importante en los planes de mucha gente.

Dana se irguió, con un rayo de ira centelleando en sus ojos azules.

—No pienso permitir que nadie haga planes que me incluyan a mí sin mi consentimiento —dijo.

—Pero desgraciadamente es así, Señora de la Torre. En el mundo de los muertos hay muchos espíritus que desean ardientemente volver a la vida. Si consiguen borrar del todo la frontera entre ambas dimensiones, ellos tendrían la posibilidad de resucitar. Y solo pueden lograrlo a través de un Kin-Shannay.

Dana la miró con fijeza.

—¿Estás intentando decirme que próximamente podrían fundirse el mundo de los vivos y el de los espíritus?

—Eso es exactamente lo que estoy diciendo. Ello tendría importantes consecuencias para los seres de ambos planos. Los muertos podrían volver a la vida... y los vivos podrían lograr la inmortalidad. Como comprenderás, hay mucho en juego por parte de ambos bandos. Y tú eres una pieza fundamental. Tú y Saevin.

—Saevin —repitió Dana en voz alta. Se había apoyado sobre el escritorio y temblaba—. Pero ¿qué nos espera en un mundo sin fronteras entre la vida y la muerte? ¿Qué sucederá si alguien logra borrar esa línea?

—No puedo saberlo, Dana. No conozco el futuro. Solo puedo hablarte del presente. Todos los espíritus podemos intuir cuándo se acerca el Momento en que la frontera se hace más difusa, pero no podemos predecir cuáles serán las consecuencias.

Dana respiró hondo.

—Creo que yo puedo hacer algo al respecto.

Aonia asintió.

—Confío en ti y en tu criterio, Kin-Shannay. Pero ten cuidado. Tú tienes más lazos con la muerte que cualquier otro ser vivo —su figura se iba haciendo más difusa a medida que iba hablando—. Comprende que cuando llegue el

Momento será inevitable que te veas implicada, para bien o para mal. Ten cuidado, Dana —repitió, antes de desaparecer por completo.

Jonás se quedó un momento asomado a las almenas, contemplando la forma del dragón dorado que destacaba en el cielo azul, alejándose cada vez más hasta convertirse en un punto brillante. Después, cuando desapareció por completo en el horizonte, el mago suspiró y dio media vuelta para volver a entrar en la Torre.

Dana había partido ya, y Kai con ella. Ahora, la Torre estaba en sus manos.

En aquellos momentos echó de menos a Fenris. El misterioso mago elfo, que había sido la mano derecha de Dana durante diez años hasta que regresó Kai, era indudablemente mayor que Jonás y habría estado más capacitado que él para dirigir la Torre en ausencia de su Señora. Pero cuando Kai volvió a la vida en forma de dragón, Fenris decidió que había llegado la hora de partir. Jonás comprendía que él desease encontrar respuestas al enigma de su naturaleza dual, pero eso no impedía que tanto él como Dana le echasen de menos.

A pesar de que Fenris había arrastrado a Salamandra tras de sí.

Jonás frunció el ceño. Él y Salamandra habían estudiado juntos, y el joven la había querido casi desde el primer momento. Pero la impulsiva muchacha siempre se había sentido fascinada por el hechicero elfo. Por eso había partido en su busca cuando él se marchó.

Jonás cerró los ojos. Después de tantos años, pensar en Salamandra todavía le hacía daño en el corazón. Había ido a buscarla el año anterior al Reino de los Elfos...

Sacudió la cabeza. No quería pensar en ello.

Mientras bajaba por la larga escalera de caracol decidió pasar por la biblioteca para ver si alguno de los aprendices necesitaba su ayuda en algún hechizo.

Eso le impediría pensar.

Los días pasaron deprisa y, para alivio de Jonás, no hubo ningún incidente importante, salvo una inundación en el quinto piso y una planta que había generado espontáneamente toda una selva incontrolada en el estudio de un alumno de primero. Nada que no pudiera resolverse con un poco de paciencia.

Por fortuna, ninguno de aquellos accidentes tenía nada que ver con Saevin.

Jonás no sabía si alegrarse o preocuparse. Procuraba controlar la progresión del muchacho, y todo parecía coincidir con la descripción que había hecho Dana de aquellas personas... «elegidas». Avanzaba en sus estudios al ritmo de cualquier otro, y nadie habría podido creer, de no haberlo visto, que un chico como él tuviese un poder innato sobre los demonios.

Había otra cosa que preocupaba a Jonás, y tenía nombre femenino.

Iris.

La chiquilla no solo era la aprendiza más joven que había en la Torre, sino también la más frágil. Aunque ninguno de los futuros magos que estudiaban allí había tenido una vida fácil antes de llegar a la Torre, la de Iris se llevaba la palma. Maltratada por su familia desde muy niña, sin ser capaz de comprender el poder mágico que latía en su interior, Iris había sufrido numerosos intentos de exorcismos que le habían practicado toda una serie de curanderos que habían pensado, a instancias de sus padres, que la chiquilla estaba poseída por algún tipo de ente diabólico. Algunos de los rituales habían sido muy dolorosos. Iris lo había pasado muy mal, había crecido con miedo a todo, odiándose a sí misma porque los suyos la veían como a una criatura odiosa. Por suerte, en cierta ocasión un auténtico mago había acertado a pasar por allí y había rescatado a la muchacha de una vida oscura, llena de odio y miseria.

En la Torre la habían acogido con calidez y alegría, y habían cambiado su antiguo nombre (su madre la llamaba Maldita) por uno que evocase algo hermoso. La chiquilla había conocido en la Torre a más gente como ella y estaba aprendiendo a ver la parte buena de su poder. Pero, aunque por fin había encontrado su lugar en el mundo, los grandes ojos de Iris seguían llenos de miedo. Uno no podía menos que sentirse impulsado a protegerla.

Y ahora ella no se separaba de Saevin.

Saevin, el extraño muchacho que podía ser un héroe o una criatura maléfica.

Jonás no sabía qué hacer. Desde que Saevin había expulsado al demonio del cuarto de Iris, ella se sentía en deuda con él. Sus ojos brillaban de admiración cuando lo veían, y sus pasos no se apartaban de los del muchacho. Saevin no la rechazaba, pero tampoco la aceptaba abiertamente. Podría decirse, simplemente, que la toleraba.

Jonás sabía que con Saevin no podía haber término medio, porque no era un chico como los demás. Él podía curar a Iris de sus miedos de una vez por todas o abocarla a su propia perdición.

Pero, hasta que Dana no volviese del Templo Sin Nombre, Jonás no podía saberlo.

La Señora de la Torre descendió del lomo del dragón y se quedó inmóvil un momento, contemplando el extraño paisaje que se abría ante sus ojos.

Los picos de la Cordillera del Destino llegaban hasta las estrellas en las noches más claras, y ahora ella se hallaba en lo alto de una de esas cimas. Frente a ella se extendía un gélido paraje cubierto de brumas, y más allá podían adivinarse los restos de lo que había sido una ciudad de orgullosos edificios sostenidos por altas columnas. Ahora, todo lo que quedaba de ellos eran unas tristes ruinas cubiertas de nieve y escarcha.

Sobre todo aquel abandono se alzaba una imponente construcción que parecía haber sobrevivido al paso del tiempo. Las altas y esbeltas columnas aún se mantenían en pie, desafiando al frío y a los siglos, sosteniendo una enorme cúpula que parecía un ojo abierto al firmamento. Después de tantísimo tiempo, el mundo había olvidado al pueblo que había rezado allí a sus dioses, y por eso llamaban a aquel edificio el Templo Sin Nombre.

Solo ella había sobrevivido a toda aquella destrucción. El Oráculo.

Dana se estremeció, aunque el frío glacial no podía traspasar el hechizo térmico que mantenía su cuerpo caliente. Se volvió hacia Kai.

—A partir de aquí, debo seguir yo sola.

El dragón inclinó su enorme cabeza hacia ella. Sus ojos verdes la miraron con preocupación y ternura.

—¿Estás segura, Dana? Las noticias que te dio Aonia no eran tranquilizadoras.

Dana lo miró a los ojos.

—Lo sé. Pero, aun así, creo que debo hacerlo.

Kai no discutió. Se tendió sobre la nieve y se enroscó sobre sí mismo, dispuesto a aguardar a su amiga y compañera el tiempo que hiciese falta.

Tras una breve vacilación, la Señora de la Torre se internó por entre las ruinas de la ciudad fantasma.

Sabía lo que sucedería entonces y estaba preparada. Cientos de personas habían nacido, vivido y muerto allí. Muchas de ellas todavía seguían vinculadas a aquellos restos sin nombre. Sus voces aún resonaban para aquellos que, como Dana, podían escuchar a las criaturas del Más Allá.

La mujer trató de no prestarles atención. A veces veía sombras entre las ruinas, fantasmas que se deslizaban por los lugares donde habían morado, incapaces de viajar al Más Allá, o simplemente incapaces de permanecer en el Otro Lado sin acudir de vez en cuando a la ciudad para rememorar su vida pasada. Dana los oía susurrar en una lengua que no conocía, entreveía sus rostros asomando entre las columnas caídas, y se obligaba a sí misma a re-

. MARCELO · PEREZ ·

cordar que nadie más, en todo el mundo, era capaz de ver y oír a aquellas personas.

Finalmente alcanzó los peldaños del Templo Sin Nombre y los subió uno por uno, lentamente. Cuando penetró en aquel lugar milenario no pudo reprimir un estremecimiento. Recorrió sus salones despacio, buscando al Oráculo.

La encontró en una sala pequeña y oscura.

No era como Dana había imaginado.

Se trataba de una mujer pequeña y muy, muy vieja. Se había sentado sobre unas mantas raídas y apenas podía moverse. Acurrucada en su rincón, parecía esperar, simplemente, que le llegara la muerte.

—Oráculo —susurró Dana.

—Ah —dijo la anciana alzando la vista hacia ella—. De modo que has venido.

La Señora de la Torre se sentó frente al Oráculo.

—He venido —respondió Dana; apenas se atrevía a respirar—. He venido a preguntarte...

—Has venido a preguntarme por el Momento. No eres la primera, ni serás la última. Sí, el Momento llegará dentro de poco. ¿Sabes lo que eso significa?

—Que puede borrarse la frontera entre la vida y la muerte.

—Que podré morir por fin.

Dana la miró sin entender su respuesta.

—A cambio de la clarividencia me quitaron mi don más preciado —explicó el Oráculo—: la mortalidad.

—Yo... no comprendo...

—No lo comprendes porque los hombres siempre han buscado la inmortalidad y los espíritus han deseado volver a la vida. No comprendes que cada cosa tiene su tiempo y su edad, y que, si bien la vida es algo maravilloso, también la muerte es necesaria para toda criatura. Yo soy inmortal y hace muchos siglos que me cansé de serlo. Pero, de entre todos los mortales, tú, precisamente tú, deberías comprenderme mejor que nadie.

Dana se estremeció. Sabía lo que había querido decir el Oráculo con sus últimas palabras. Sabía que tenía razón.

—Espero entonces que el Momento te permita cumplir tus deseos, Oráculo —dijo, impresionada—. Pero hoy me atrevo a pedirte que me ayudes a encontrar con tu clarividencia las respuestas a las preguntas que formula mi alma.

La anciana quedó un momento en silencio y después dijo solamente:

—Habla.

—Tengo a un Elegido en la Torre, la Escuela de Alta Hechicería que dirijo como Señora y Maestra. Su nombre es Saevin. Dime, ¿qué nos traerá su llegada? ¿Grandes bienes o grandes catástrofes?

—Señora de la Torre —respondió el Oráculo con una risa cansada—, cometes un error al condicionar tu destino al de una sola persona. Has de saber que todos estáis implicados. Has de saber que la Torre es el lugar elegido para ser el escenario de los importantes acontecimientos que tendrán lugar cuando llegue el Momento.

Dana no dijo nada, pero su corazón se había llenado de angustia.

—La Torre es nexo de unión de muchas personas que están vinculadas a ella. Cuando llegue el Momento, once de ellas se hallarán allí. Escucha atentamente, Señora de la Torre. Escucha y recuerda mis palabras.

Dana asintió y prestó atención. El corazón le latía con fuerza.

—Diez criaturas vivas y una muerta —prosiguió el Oráculo—. Estos once tejerán el destino del mundo de los vivos y el mundo de los muertos. Estos once se hallarán en la Torre cuando llegue el Momento en que ambas dimensiones estén tan próximas que podrían fusionarse en una.

»Uno de ellos será traicionado. Otro será tentado por el mal. Otro partirá en un peligroso viaje, tal vez sin retorno. Otro se consumirá en su propio fuego. Otro escuchará la llamada de los muertos. Cuando llegue el Momento, otro abrirá la Puerta. Otro de ellos, el más joven, entregará su propio aliento vital. Otro recuperará su verdadero cuerpo. Otro verá cumplida su venganza. Otro morirá entre horribles sufrimientos. Y todo ello, Señora de la Torre, para que el último de ellos cruce el Umbral y se haga inmortal.

»Así, once son, y once forjarán su desgracia o su leyenda.

La voz del Oráculo se extinguió. Dana temblaba violentamente.

—¡Oráculo! —susurró—. ¿No puedes decirme más cosas?

—Una sola pregunta, Señora de la Torre —replicó ella—. No es bueno conocer el futuro con detalle.

Dana calló un momento. Tenía muchas preguntas que hacerle a la anciana clarividente, pero debía elegir... Y no era una elección fácil.

—Dime —pidió por fin— quién morirá entre horribles sufrimientos.

—Aquel que escucha la voz de los lobos, Señora de la Torre.

No había sido muy explícita, pero Dana no necesitó más detalles.

—¡Fenris! —susurró, pálida como un muerto.

—Vete ahora —dijo el Oráculo—. Vete, porque te queda mucho por hacer. Porque la cuenta atrás ha comenzado, y el Momento se acerca.

La Archimaga se levantó de un salto, todavía temblando. Antes de marcharse, sin embargo, se volvió hacia el Oráculo.

—Ven conmigo —le dijo—. Te llevaré lejos de este desolado lugar.

Pero ella negó con la cabeza.

—Los hombres odian y temen a los que son como yo. Solo en este remoto confín del mundo pude hallar la paz que necesita mi alma cansada. Márchate, Señora de la Torre. Márchate y déjame sola.

Dana no discutió. Salió del Templo Sin Nombre y corrió por las calles de la Ciudad Olvidada, en busca de Kai, para regresar cuanto antes a la Torre, mientras en su mente seguía resonando la aterradora profecía del Oráculo:

«Uno de ellos será traicionado. Otro será tentado por el mal. Otro partirá en un peligroso viaje, tal vez sin retorno. Otro se consumirá en su propio fuego. Otro escuchará la llamada de los muertos. Cuando llegue el Momento, otro abrirá la Puerta. Otro de ellos, el más joven, entregará su propio aliento vital. Otro recuperará su verdadero cuerpo. Otro verá cumplida su venganza. Otro morirá entre horribles sufrimientos. Y todo ello, Señora de la Torre, para que el último de ellos cruce el Umbral y se haga inmortal.

»Así, once son, y once forjarán su desgracia o su leyenda.»

III

SU VERDADERO CUERPO

Jonás carraspeó suavemente. La Señora de la Torre volvió a la realidad y le dirigió una mirada preocupada e interrogante.

—Todo se ha hecho como has ordenado, Maestra —dijo el joven mago—. Todos los aprendices están recogiendo sus pertenencias y preparándose para la evacuación. Los estudiantes elfos serán acogidos en la Escuela del Bosque Dorado. Los estudiantes humanos se refugiarán en la Escuela del Lago de la Luna. Y los aprendices de procedencia más... hum, exótica, por así decirlo, estarán repartidos entre ambas.

»Todos se marcharán. Todos excepto Saevin.

Dana asintió lentamente, sin una palabra. Jonás iba a dar media vuelta para marcharse; se detuvo un momento, vaciló y miró de nuevo a la Señora de la Torre:

—Maestra, es evidente que ocurre algo muy grave. Sé que no poseo tu sabiduría y tu poder, y que no soy digno de conocer las revelaciones del Oráculo, pero...

Dana lo hizo callar con una leve sonrisa.

—Por supuesto que eres digno, Jonás. Simplemente sucede que sus palabras anunciaban cosas terribles, y eran demasiado oscuras como para entenderlas por completo.

Jonás avanzó un paso hacia ella. Vaciló de nuevo antes de decir:

—Me gustaría compartir contigo el peso de esa carga, Dana. Has ordenado que todos deben abandonar la Torre, todos salvo Saevin, pero sabes que yo no voy a marcharme. No si sé que Kai y tú podéis estar en peligro.

Dana guardó silencio mientras observaba a Jonás con gravedad, tratando de decidir si debía decírselo o no.

—Bien —dijo finalmente—. Atiende, porque esto es importante, pero no saques conclusiones precipitadas, ¿de acuerdo?

Jonás asintió.

Dana le habló entonces de la proximidad del Momento, y le explicó lo que ello significaba. Le relató su visita al Templo Sin Nombre y repitió las palabras proféticas del Oráculo, tal y como ella las había escuchado. Cuando terminó de hablar, Jonás había palidecido y estaba temblando.

—El Oráculo habló de once personas —concluyó Dana—. Algunos morirán. No quiero arriesgar la vida de los chicos; por eso he mandado evacuar la Torre, y por eso creo que tú también deberías marcharte. No voy a cometer el mismo error de hace cinco años; en esta ocasión no dejaré que ningún aprendiz corra peligro por mí.

Sobrevino un pesado silencio. Jonás seguía temblando, esforzándose por no dar rienda suelta al aluvión de pensamientos que le rondaban por la mente, tratando de controlar las violentas emociones que la profecía había provocado en su interior.

Finalmente logró decir en voz baja:

—¿Se puede cambiar el futuro, Maestra?

—No lo sé —respondió Dana—. Yo quiero creer que todos somos libres y tenemos plena responsabilidad sobre nuestros actos para hacer de nuestra vida lo que queremos que sea.

Jonás asintió, algo más calmado.

—Era lo que necesitaba oír.

—Es lo que pienso. Por eso he evacuado la Torre. Jonás fue a decir algo, pero se lo pensó mejor. Dana advirtió su vacilación.

—¿Por quién temes, Jonás? —preguntó, aunque ya conocía la respuesta.

—Por... —titubeó de nuevo—. Por Salamandra, Maestra. La profecía dice «uno de ellos se consumirá en su propio fuego». Ya sabes que Salamandra...

—Sí, lo sé. Pero ella está muy lejos de aquí, y nada indica que vaya a venir a la Torre precisamente cuando llegue el Momento. Hace tiempo que se marchó.

Jonás respiró hondo.

—Aun así, me gustaría ir a buscarla y decirle...

No terminó la frase, pero la Señora de la Torre asintió. Sabía que Jonás temía por Salamandra, pero también sabía muy bien que esperaba tener un motivo, un solo motivo, que justificase un nuevo encuentro entre los dos.

—No puedo impedirte que vayas, porque ya no eres un aprendiz, sino un mago consagrado —dijo suavemente—. Pero debes saber que, si le dices todo lo que va a suceder, le darás una razón para volver a la Torre... ¿habías pensado en ello?

—Sí. Pero si, como dices, nosotros tenemos el poder de decidir nuestro propio destino, no podemos quedarnos parados a esperar que se cumpla una profecía que anuncia nuestra destrucción.

Dana no dijo nada. Jonás añadió:

—No tardaré. En cuanto haya hablado con ella regresaré a la Torre, y estaré aquí, contigo, para cuando llegue el Momento.

Dana permaneció en silencio durante un buen rato, y Jonás pensó que desaprobaba su decisión. Pero finalmente ella dijo:

—Buena suerte, Jonás.

El joven asintió.

—Gracias, Maestra.

—Ah, y... siento decirte esto, pero... es necesario. Sabes que es probable que, si encuentras a Salamandra, Fenris esté con ella.

El rostro de Jonás se ensombreció.

—Sí. Lo sé.

—En tal caso, no olvides hablarle de la profecía. El Oráculo vaticinó para él una horrible muerte.

La expresión de Dana mostraba una honda preocupación, y Jonás entendió entonces por qué no se había opuesto con más fuerza a su viaje: también ella temía por un amigo querido, y en aquellas circunstancias resultaba difícil tratar de pensar con sensatez.

—Descuida, se lo diré —murmuró Jonás.

Iris estaba empaquetando sus escasas pertenencias: el Libro de la Tierra, el Libro del Aire, su túnica de repuesto, sus saquillos llenos de ingredientes básicos y algunos pergaminos con hechizos más avanzados que había copiado de la biblioteca. Todo ello lo hacía con un nudo en el corazón. No quería abandonar la Torre, y menos sin saber cuándo iba a poder volver. Se rumoreaba que los habían evacuado porque un grave peligro amenazaba la seguridad de la Escuela, pero eso a Iris no le importaba. Nada podía sucederle mientras estuviera bajo el mismo techo que Dana, de eso estaba segura; pero no sabía qué iba a encontrar en el Lago de la Luna, y no quería averiguarlo. Era cierto que sus compañeros también irían con ella, pero, a pesar de que siempre la habían tratado bien, a Iris le costaba coger confianza con la gente. Saevin era diferente, sin embargo. No habría sabido decir por qué, pero era así. Por lo menos, él estaría con ella en la Escuela del Lago de la Luna...

Pensar en Saevin le hizo recordar que no lo había visto desde la hora del almuerzo. Abandonó su cuarto un momento para ver qué tal le iba a él con los preparativos. Debía de ser bastante desconcertante para él que le hiciesen cambiar de Escuela tan pronto, cuando no había pasado ni una semana desde su llegada a la Torre.

En seguida se encontró frente a la puerta del cuarto del muchacho y llamó suavemente, con cierta timidez. Unos segundos más tarde, la puerta se abrió y se asomó Saevin, con su acostumbrada expresión de calma inalterable.

—Hola, ¿cómo llevas lo de recoger tus cosas? ¿Necesitas que te ayude?

—No, muchas gracias —respondió él, pero Iris ya se había asomado a la habitación.

—¡Oye, pero si todavía no has empezado! Si no te das prisa, se marcharán sin ti, ¿sabes?

Saevin no respondió. Un tanto incómoda, Iris se despidió y se fue.

Se cruzó en el pasillo con dos aprendices de tercero que bajaban a la biblioteca. Ninguno de ellos pareció percatarse de su presencia, cosa a la que estaba acostumbrada. Pero no pudo evitar oír un fragmento de la conversación:

—...el nuevo, ese chico que nunca habla con nadie...

—¿Es verdad que es el único que no ha sido evacuado?

—La Maestra le ha dicho que él debe quedarse, ¿puedes creerlo?

No, Iris no podía creerlo. Se refugió en un rincón hasta que los muchachos se alejaron, absolutamente horrorizada ante lo que acababa de escuchar.

Saevin se quedaba en la Torre. Y ella iba a ser enviada a un lugar extraño, sola.

Jonás se hallaba ya en su habitación, preparando su macuto. Mientras lo hacía, no podía dejar de pensar en Salamandra y en su último encuentro con ella.

Salamandra había llegado a la Torre después que Jonás, pero el muchacho se había tomado sus estudios con mucha calma, y ella había acabado por adelantarle. Se había presentado a la Prueba del Fuego un año antes que él y la había superado brillantemente... pero ella contaba con ventaja, por supuesto.

El control sobre el fuego era algo innato en Salamandra. Lo invocaba, lo moldeaba, jugaba con él como si fuese inofensivo barro, podía crearlo de la nada y volverlo contra cualquiera que quisiese dañarla. Había llegado a la Torre llena de dudas sobre aquel poder y había concluido su aprendizaje sabiendo dominarlo a la perfección. Habitualmente se necesitaban dos años para preparar la Prueba del Fuego. Jonás había tardado cuatro. Ella lo había hecho en uno.

Después de aquello, ya nada había podido pararla. Abandonó la Torre para correr aventuras, en busca de las emociones que le pedía su carácter indómito y temerario; se unió a un grupo de aventureros, y en apenas unos meses sus hazañas corrían de boca en boca y su nombre era temido y admirado en los Siete Reinos.

La llamaban la Bailarina del Fuego.

Jonás se había preguntado a menudo si el hecho de que ella se convirtiese en maga antes que él había influido en su decisión de dejar la Torre y romper la relación que ambos habían iniciado cuando eran adolescentes, una relación vacilante, incierta, pero llena de ternura.

Por eso, en cuanto superó la Prueba del Fuego, Jonás fue a buscarla.

La halló en el Reino de los Elfos; había sido reclamada por su soberana, una vieja conocida, para que ella y su grupo la ayudasen contra los asesinos que una facción rival de la nobleza había contratado para matarla. Hablaron. Jonás le dijo que aún la quería, pero no debía haberlo hecho, se reprochaba a sí mismo una y otra vez.

A cambio de sus servicios, la Reina había prometido a Salamandra que la ayudaría a encontrar a Fenris.

Siempre Fenris.

Jonás cerró los ojos, dolido, una vez más. Apreciaba a Fenris, era su amigo y había sido su Maestro. Pero no podía comprender la obsesión de Salamandra por un elfo que, aunque seguía pareciendo joven, tenía más de doscientos años, y, probablemente, viviría medio milenio más.

Sacudió la cabeza y cerró su macuto. La última vez que había visto a Salamandra, ella estaba en el Reino de los Elfos, que se extendía al otro lado del mar. Lo único que tenía que hacer era acompañar a los estudiantes que irían a la Escuela del Bosque Dorado. Dana y él prepararían un gran pasillo mágico entre ambas escuelas para poder teletransportar a todos los aprendices a la vez.

Entonces vería si Salamandra seguía allí. De lo contrario, tal vez la Reina de los Elfos pudiese darle alguna pista.

No podía permitir que aquella profecía se cumpliese. Sobre todo, si la vida de Salamandra estaba amenazada.

Los aprendices se marcharon, y la Torre se volvió silenciosa y algo fría. Mientras descendía por la enorme escalera de caracol, Dana recordaba tiempos pasados, cuando en aquel enorme edificio solo vivían cuatro personas.

Cuando ella todavía no era una maga, sino una pequeña aprendiza que había abandonado su casa y a su familia para seguir a su Maestro.

Las cosas habían cambiado mucho desde entonces, pero la Señora de la Torre no lo había olvidado.

En aquellos momentos se dirigía a la habitación de Saevin. Quería saber si el muchacho se encontraba bien. Sospechaba que sí, y eso la inquietaba. Cuando le había comunicado que él no se iría con los demás, no había hecho ningún comentario. Simplemente había asentido en silencio.

Se detuvo cuando vio algo parecido a un destello dorado en un rincón en sombras. Se acercó.

La criatura que la aguardaba avanzó un poco. La luz iluminó entonces la figura de una mujer elfa de deslumbrante belleza, envuelta en una túnica dorada. Sus ojos, en cambio, parecían duros y fríos, y su imagen era translúcida, incorpórea, irreal.

El rostro de Dana se ensombreció.

Otro habitante del Otro Lado venía a hablar con ella en aquellos momentos inciertos.

—Shi-Mae —murmuró.

—Me recuerdas —dijo ella.

—No podría olvidarte —dijo la Señora de la Torre. No sonreía—. ¿Cómo logró tu espíritu escapar del Laberinto de las Sombras?

—Cuando vosotros escapasteis, yo os acompañaba. Pero tú, que eras la única que podía verme, estabas demasiado alterada como para percatarte de mi presencia.

—¿Qué es lo que quieres, pues?

—Proponerte una tregua, Dana.

—No quiero tratos contigo.

—Vamos, sé lógica. ¿Qué daño puedo hacerte ya? Tú estás viva, y yo estoy muerta.

—Y apuesto a que te encantaría darle la vuelta a esta situación.

Pero Shi-Mae negó con la cabeza.

—En mis nuevas circunstancias, Dana, no puedo aspirar a aquello que me hizo enfrentarme a ti. Nada de lo que yo quería entonces puedo obtenerlo ahora, y por ello, ya no tengo nada contra ti.

Dana seguía mirándola con desconfianza.

—En cambio, sigues teniendo mucho contra Fenris, ¿no es así?

El rostro fantasmal de Shi-Mae pareció suavizarse por un breve instante. Sin embargo, recuperó su dureza habitual con tal rapidez que Dana se preguntó si no lo había imaginado.

—Estoy muerta —dijo ella con cierta impaciencia—. He tenido tiempo para reflexionar sobre todo lo que pasó, y te aseguro que mi rencor contra él murió cuando lo hizo mi cuerpo.

Parecía sincera, se dijo Dana. De todas formas, preguntó:

—¿Qué es lo que quieres, entonces?

—Ya te lo he dicho: proponerte un pacto. Un pacto de ayuda mutua...

—A los que tú eras muy aficionada —asintió Dana—. Sí, lo recuerdo. ¿Qué pides?

—Pregunta primero qué te ofrezco. Recuerdas la profecía, ¿verdad? «Otro recuperará su verdadero cuerpo»... Supongo que pensaste lo que todo el mundo: que se refería a Kai.

El corazón de Dana se aceleró levemente, pero su rostro seguía impenetrable.

—Después de tantos años lograste por fin introducir el espíritu de Kai en un cuerpo vivo, un cuerpo de dragón —prosiguió Shi-Mae.

Dana no le dijo que, en realidad, la reencarnación de Kai no había sido obra suya. La visitante del Otro Lado continuó hablando:

—Pero desde entonces estás tratando de devolverle su verdadero cuerpo. Bien, Señora de la Torre, he aquí mi propuesta: te ofrezco el sortilegio que estás buscando. Te ofrezco la solución mágica al problema de Kai, o cómo resucitar su cuerpo y hacer que la profecía se cumpla.

Dana palideció de golpe.

—Eso… no es posible…

Shi-Mae rió suavemente.

—Los muertos sabemos más que los vivos, Dana. Y yo sé que es posible.

—Y quieres que, a cambio, te resucite a ti también —interrumpió Dana fríamente.

—No sería factible, puesto que mi cuerpo quedó en el Laberinto de las Sombras, y se habrá disuelto entre las brumas que lo conforman. Es, por tanto, del todo irrecuperable.

—Entonces, ¿qué es lo que quieres?

—Solo una cosa: vincúlame a ti.

—¿Qué? —Dana se echó hacia atrás.

—Sabes muy bien lo que eso significa. Como fantasma, solo puedo hacer visitas puntuales al mundo de los vivos. Si empleases conmigo el hechizo de vinculación, podría quedarme en tu dimensión, obligada, por supuesto, a ir a donde tú vayas y a estar donde tú estés.

—No es algo que me tiente, ¿sabes?

Shi-Mae sonrió.

—No me sorprende. Pero piensa en lo que te ofrezco a cambio: Kai y tú, por fin, juntos, humanos los dos… Dana retrocedió aún más. Temblaba violentamente.

—No quiero seguir escuchándote.

Dio media vuelta y se fue escaleras abajo a paso ligero, sin mirar atrás, alejándose del fantasma de Shi-Mae, que se había quedado allí, con una leve sonrisa en los labios.

El palacio de la Reina de los Elfos estaba situado en pleno corazón del Bosque Dorado, relativamente cerca de la Escuela de Alta Hechicería a la que habían sido enviados los aprendices elfos de la Torre del Valle de los Lobos.

Mientras caminaba por sus largos y elegantes pasillos, decorados al más exquisito gusto élfico, Jonás se preguntaba una y otra vez si estaba haciendo lo correcto. Recordaba muy bien la advertencia de Dana: prevenir a Salamandra podría ser contraproducente, ya que, de saber lo que se avecinaba, ella podría escoger volver a la Torre cuando llegase el Momento.

Pero, ¿y si tenía pensado regresar de todos modos? La profecía se refería a ella, no cabía duda. Entonces, ¿estaba mal tratar de impedir que se cumpliese?

Apartó todas aquellas dudas de su mente cuando llegó ante las puertas, recamadas en oro, del gran salón del trono. Los guardias elfos que las custodiaban debían de estar avisados de su llegada, porque le abrieron sin pronunciar una sola palabra y sin necesidad de que él explicase quién era. Algo intimidado, el joven mago entró.

Dirigió su mirada hacia el trono, pero estaba vacío. Percibió entonces la figura de la Reina un poco más allá, asomada a uno de los grandes ventanales que se abrían sobre el Bosque Dorado.

Jonás carraspeó suavemente, inseguro acerca de cómo debía dirigirse a ella, esperando que fuese la propia Reina quien diese el primer paso.

La soberana elfa se volvió, y Jonás tuvo problemas para reprimir su sorpresa.

Nawin.

Nawin era el nombre de la princesa elfa, orgullosa y engreída, que había llegado a la Torre cinco años atrás, de la mano de la poderosa Archimaga Shi-Mae. Nawin había sido, más tarde, compañera de estudios y de aventuras hasta que la muerte de su tío en extrañas circunstancias la había obligado a regresar al Reino de los Elfos para ceñirse la corona que la convertiría en gobernante de un país convulso regido por una nobleza dividida en facciones que luchaban por el poder.

Por supuesto, Jonás sabía que Nawin era la Reina de los Elfos, pero no había llegado a verla en su viaje anterior, porque, por consejo de Salamandra, se hallaba oculta hasta que los traidores fuesen desenmascarados. Por eso no estaba preparado para aquello.

Era Nawin, por supuesto.

Siempre Nawin.

Exactamente igual a como la recordaba: cabello fino y muy liso, ojos almendrados con pupilas de un color verde inverosímil, como cristal coloreado, las orejas acabadas en punta y la belleza casi sobrenatural que caracterizaba a los elfos. Pero, sobre todo, aquella cara de niña. No parecía tener más de doce años, y seguramente superaba ya el siglo de vida.

Resultaba difícil aceptarlo. Jonás lo había visto en los aprendices elfos de la Torre, que apenas cambiaban con el paso del tiempo, pero era más extraño en una persona a la que, como Nawin, hacía tiempo que no veía. Jonás había supuesto que ella habría crecido, como todos: como Salamandra y él mismo, como Dana, en cuyo negro cabello empezaban a aparecer algunas canas.

Pero no, Nawin seguía igual que la primera vez que la vio, cuando el propio Jonás tenía poco más de quince años y era un adolescente lleno de espinillas. Ella era entonces una niña, y seguía siendo una niña ahora, cinco años después.

Ambos cruzaron una mirada, y Jonás descubrió que, con todo, los ojos de Nawin no parecían los de una niña, sino los de una mujer que había sufrido mucho, y pensó que era monstruoso colocar a alguien tan joven en el trono del Reino de los Elfos, sabiendo que muchos nobles estaban deseando quitarla de en medio para poner a sus herederos en su lugar.

En aquel momento, en aquella mirada, Jonás supo exactamente cómo tenía que tratarla.

—Hola, Nawin —dijo simplemente, con una amplia sonrisa.

—Hola, Jonás —respondió ella solamente, sonriendo a su vez.

La Señora de la Torre se sentó en el suelo, junto al dragón, se recostó sobre su pecho escamoso y exhaló un profundo suspiro.

—Pareces cansada —dijo Kai.

Estaba tumbado sobre el suelo del jardín, en el lugar donde él solía echarse para dormir, cubierto por un techo de madera que habían fabricado cinco años antes, cuando su espíritu se había reencarnado en aquel cuerpo de dragón. Por supuesto, allí no había nieve, porque su aliento de fuego la fundía instantáneamente, pero tampoco crecía nada, y eso era algo que él, que amaba la vida bajo todas sus formas, lamentaba profundamente.

—Estoy cansada —dijo Dana, pero no añadió nada más.

Kai bajó un ala para cubrir gentilmente a la Señora de la Torre. Sobre ellos brillaban todas las estrellas del universo.

—¿Qué es lo que te preocupa?

Dana sonrió.

—Me conoces demasiado bien como para ocultarte nada, ¿eh? De acuerdo, intentaré explicártelo: es sobre la profecía. Hay... —vaciló un momento—. Hay una parte que se refiere a ti: «Otro recuperará su verdadero cuerpo». Y yo...

—Entiendo. Te sientes dividida, ¿no es así? Por un lado, quieres que esa parte se cumpla, pero ello implicaría...

—Que también podrían cumplirse todas las otras predicciones —Dana se estremeció—. Y no pienso permitirlo, Kai.

—Me alegra oírlo, Dana.

Ella lo miró.

—¿En serio? ¿No me reprocharías que dejase pasar la oportunidad?

—¿A cambio de la vida de otras personas, como, por ejemplo, Fenris, o Salamandra, si es que la profecía se refiere a ellos? —Kai le dirigió una mirada reprobatoria—. Vamos, Dana. Me conoces bien. Deseo que estemos juntos, pero no a ese precio. Es demasiado alto.

Dana respiró profundamente y se acurrucó más junto a él. Ninguno de los dos dijo nada en un buen rato.

—Además, no podrías devolverme mi cuerpo aunque quisieras... —comentó entonces él.

Dana no respondió, y el dragón volvió hacia ella sus ojos de color esmeralda. Descubrió entonces que la Señora de la Torre se había quedado dormida.

Era ya noche cerrada cuando Nawin y Jonás terminaron de rememorar historias pasadas. Ninguno de los dos habría sabido decir quién había empezado, pero ambos sabían que lo habían hecho para no tener que recordar la amenaza que pesaba sobre ellos.

Jonás le había hablado a la Reina de los Elfos de la profecía, y ella se había sentido inmediatamente preocupada.

—¡Once! —había dicho—. ¿Y no tenéis idea de quiénes son esos once?

—No, pero tú no tienes por qué estar entre ellos... ¿o es que algo en las palabras del Oráculo te ha resultado familiar?

Nawin no respondió en seguida. Se mordía el labio inferior, pensativa, mientras entornaba sus grandes ojos almendrados, preguntándose si podía o no confiar en él.

—Hace tiempo que dudo de la lealtad de algunos de mis colaboradores —confesó finalmente.

—¡«Uno de ellos será traicionado»! —adivinó Jonás, sorprendido—. Pero... el Oráculo dijo que todo esto sucedería cuando llegase el Momento, en la Torre. Si tú estás aquí, no corres ningún peligro, por lo menos en cuanto a la profecía se refiere, ¿entiendes?

Nawin sonrió débilmente.

—Parece sencillo, pero no lo es tanto. Si estalla una rebelión en el reino, no tendré otro sitio adonde ir, ¿comprendes? Pediría asilo en la Torre —la Reina elfa dirigió a Jonás una mirada llena de gravedad—. Vosotros sois los únicos amigos que tengo, Jonás.

Él había tratado de tranquilizarla, y por eso habían empezado a hablar de tiempos pasados.

Pero ahora la noche había caído sobre el Reino de los Elfos, y Jonás necesitaba respuestas.

—Salamandra se fue con su grupo hará unas semanas —dijo Nawin—, en cuanto localizamos y detuvimos a todos los asesinos contratados por mis enemigos para matarme —hablaba de ello fría y desapasionadamente, y Jonás se estremeció sin poder evitarlo—. La envié hacia el norte. Fenris se fue más allá de las fronteras de mi reino, y yo no sé dónde puede estar ahora. Pero, si siguen su rastro, no me cabe duda de que lo encontrarán.

—Pero yo no tengo unas semanas para encontrarla —respondió Jonás, desanimado.

Nawin le dirigió una breve mirada.

—Podrás alcanzarla si yo te ayudo. Pondré a tu disposición un caballo mágico que te llevará en la dirección correcta. Para él, las semanas son días, y los días son horas. La alcanzarás, porque no le di a ella nada parecido. Sus compañeros eran todos no iniciados, y no habrían sabido manejar un caballo encantado.

Jonás recordó entonces que Nawin había sido la aprendiza más prometedora que había pisado la Torre; aunque sus obligaciones reales no le habían permitido continuar allí y ella se había negado a ingresar en la Escuela del Bosque Dorado, debido a una serie de desavenencias con sus directivos en relación a la muerte de Shi-Mae, había seguido estudiando por su cuenta.

—Muchas gracias, Nawin —dijo el mago, sonriendo.

—De nada; te lo debía. Pero escúchame, Jonás, porque te voy a decir lo mismo que le dije a Salamandra antes de que se fuera: cuando encuentres a Fenris, no esperes ver en él al elfo que conociste. Porque ha cambiado, y mucho. Recuerda, Jonás, que Fenris ya no es el mismo de antes.

Nawin no dijo nada más, y Jonás supo que no debía seguir preguntándole.

—Lo recordaré —dijo, pero volvió a sentir que aleteaba en su interior la llama de la duda.

IV

SALAMANDRA

La MUCHACHA GRITÓ, ATERRADA. Las llamas la envolvían, crepitando ferozmente a su alrededor. El humo inundaba sus pulmones haciéndola toser. El fuego devoraba sus ropas y le estaba quemando la piel, y ella sabía que no tardaría en morir abrasada...

Salamandra se despertó con un leve gemido, temblando. El relente de la noche la recibió y la hizo calmarse poco a poco. La joven respiró profundamente mientras los latidos de su corazón recobraban su ritmo habitual. Se pasó una mano por la larga cabellera pelirroja y suspiró, irritada. Otra vez aquel maldito sueño. Era absurdo que todavía la acosasen pesadillas en las cuales ella moría incinerada, consumida por las llamas. Era absurdo porque ella era absolutamente inmune a ellas, y no solo porque fuese una maga que había superado la Prueba del Fuego.

Ella era el fuego.

Miró a su alrededor, algo más tranquila. Se hallaba en un claro del bosque. No muy lejos, sus compañeros también dormían, excepto aquel a quien le tocaba hacer guardia. Escudriñó el cielo y, por la posición de las estrellas, supo que aún faltaba un poco para el relevo. Sin embargo, ella ya estaba totalmente despierta y no sentía ganas de volverse a dormir.

Se estiró como un gato, se envolvió en su capa y se levantó. Echó una nueva mirada crítica a su alrededor. Ella era la única mujer del grupo, pero todos la respetaban e incluso la temían. Salamandra no era una maga corriente: era la Bailarina del Fuego y tenía poder, mucho poder. Y, además, era indómita, arriesgada, audaz e implacable. Había nacido para aquello, amaba su vida aventurera, incluso más que su época de aprendiza en la Torre.

Sonriendo para sí misma —la pesadilla ya había quedado olvidada—, Salamandra avanzó hasta la hoguera y se sentó junto al hombre que hacía la guardia, un hombre grande y fornido.

—Hola, Oso.

—Hola, Salamandra —respondió él—. ¿Qué haces despierta a estas horas? No tienes que relevarme aún.

—Lo sé, pero no tenía sueño.

Oso no dijo nada. Ambos se quedaron un momento en silencio, contemplando las llamas, hasta que él preguntó:

—¿Qué estamos persiguiendo exactamente?

Como había supuesto, ella no contestó.

—Los chicos están empezando a dudar que haya sido una buena idea, Salamandra —dijo Oso.

—Yo no he obligado a nadie a seguirme —repuso ella—. Si pensáis que obtendréis una recompensa parecida a la que nos entregó la Reina de los Elfos, podéis ir dando media vuelta y marchándoos por donde habéis venido.

—Pero hay una recompensa, ¿no? —insistió Oso—. Una bestia tan grande no puede ir por ahí sin causar destrozos. Alguien habrá puesto precio a...

—¡Cállate! —rugió Salamandra. Se había puesto en pie de un salto; sus ojos echaban chispas, y su roja melena, iluminada por las llamas, resaltaba como una corona de fuego ardiente–. No vamos de caza. Ya os lo he dicho muchas veces. Y no hay recompensa. Podéis seguirme por amistad o en pago por haberos conseguido el mejor trabajo de vuestras vidas, pero no hay dinero de por medio esta vez.

Oso no parecía muy convencido, pero no discutió. El grito de Salamandra había despertado al resto de la cuadrilla.

–¿Qué diablos era eso? –rezongó Hugo, el líder–. Salamandra, ¿eres tú?

–No pasa nada –dijo Oso–. Solo se ha puesto un poco nerviosa.

Los demás hombres gruñeron y volvieron a acostarse. Aún se oyó la voz burlona de Hugo:

–Deberías calmarte un poco, preciosa. No sé qué diablos te pasa. Desde que hablaste con esa orejuda amiga tuya no has vuelto a ser la misma...

Ella no replicó. Pronto la tranquilidad volvió al campamento. Oso y Salamandra se quedaron en silencio, y los otros tres aventureros volvieron a dormirse.

Al cabo de un rato, sin embargo, la voz de Oso sacó a la joven de su ensimismamiento:

–¿Has oído eso?

La maga se incorporó inmediatamente, alerta, prácticamente lista para actuar.

–¿Qué es lo que pasa? –susurró Hugo, a quien Oso acababa de despertar.

–Se acerca alguien.

En apenas unos momentos, los cinco aventureros estaban en pie, con las armas dispuestas, escudriñando la maleza en el más absoluto silencio. Todos oyeron claramente el sonido de unos pasos acercándose hacia ellos. Pasos humanos.

Sin necesidad de hablar entre ellos, con una compenetración perfecta forjada a lo largo de las docenas de empresas que habían acometido juntos, la maga y los cuatro hombres se movieron, despacio y sin ruido, hacia el lugar por donde se acercaba el intruso. En cuanto entrase en el claro, estaría rodeado.

Todos sabían lo que había que hacer en aquellos casos. Que ellos supieran, no habían robado nada, al menos no últimamente, y no tenían enemigos conocidos en la región. Por tal motivo, era mejor preguntar antes de atacar. Pero, por si acaso, sería buena idea asegurarse de que el recién llegado no podría darles una sorpresa desagradable antes de que pudiesen mediar palabra.

Los pasos se oían cada vez más cerca. Los aventureros aguardaban en sus puestos inmóviles, en tensión.

Una sombra humana se recortó entre los árboles del bosque. Entonces, con una sola y breve mirada, Hugo indicó a Salamandra que entrase en acción.

Ella lo hizo.

Llevaba un buen rato preparando un hechizo ofensivo básico, de modo que las palabras brotaron de sus labios de manera instantánea y sus ojos centraron toda su energía en la silueta del intruso que estaba a punto de entrar en el claro.

Hubo un breve destello, nada más. Pero el hechizo de parálisis ya había sido lanzado, y ya había encontrado su objetivo.

Inmediatamente, Hugo y los demás avanzaron hacia el desconocido con intención de reducirle antes de que se le pasase el efecto de parálisis, pero algo inesperado los hizo detenerse.

El intruso respondió. Y no respondió con un grito, con una exclamación de sorpresa o con una petición de auxilio, sino con una fórmula mágica pronunciada en el idioma arcano.

Todo sucedió muy deprisa. Salamandra no estaba acostumbrada a toparse con rivales en el terreno mágico, y por tanto, tardó unas centésimas en reaccionar. Saltó hacia atrás instintivamente y alzó las manos para levantar una barrera mágica. Sintió que una fuerza invisible la golpeaba y reconoció inmediatamente su propio hechizo de parálisis; de alguna manera, el desconocido lo había hecho rebotar hacia ella. Por fortuna, el hechizo chocó en la barrera y se deshizo.

Los aventureros se habían quedado quietos, inseguros acerca de cómo actuar. Salamandra invocó al fuego, pero, cuando estaba a punto de lanzarlo contra el recién llegado, este dijo, con voz clara y serena:

—¿No te enseñaron en la escuela que no se debe jugar con fuego en pleno bosque, Salamandra?

La joven maga se quedó inmóvil un momento. Su mano todavía estaba envuelta en llamas, y ella alzó el brazo para que el resplandor del fuego iluminase el rostro de la persona que acababa de entrar en el claro.

—Tú... —susurró.

También sus compañeros lo habían visto.

—¡Acabáramos! —gruñó Hugo, de mal humor, bajando el puñal—. ¿Qué es lo que pretendes acercándote así en plena noche? Hemos estado a punto de matarte.

El joven sonrió.

—Lo dudo —dijo solamente.

Hugo le dirigió una torva mirada. El mago y el mercenario se habían caído mal desde su primer encuentro, en el palacio de la Reina de los Elfos, un año atrás.

—¿Qué es lo que quieres, Jonás? —preguntó Salamandra, contrariada—. ¿Por qué me has seguido hasta aquí?

Iris se despertó de pronto. Por un momento se preguntó dónde se encontraba y miró a su alrededor, asustada, pero solo vio oscuridad. Entonces recordó. Lentamente, con precaución, salió de su escondite detrás de un viejo armario. Al moverlo, una nube de polvo cayó sobre ella y la hizo estornudar. La muchacha se quedó quieta un momento, con el corazón latiéndole con fuerza, preguntándose si alguien la habría oído. Si la descubrían, lo más probable era que la enviasen a la Escuela del Lago de la Luna, con los demás aprendices, y ella no quería. Cuando se aseguró de que todo seguía en calma, recorrió con cuidado la habitación hasta asomarse, prudentemente, a la ventana.

Se hallaba en una de las habitaciones abandonadas de la Torre. Había pensado que nadie la buscaría allí si se percataban de su ausencia, siempre en el caso de que alguien se diese cuenta de que no se había marchado con los demás, por supuesto. Pero Iris lo dudaba. Casi nadie se fijaba en ella. Era una habilidad que había desarrollado desde muy niña, como medio de defensa ante el rechazo de su familia. De hecho, ni siquiera Dana se había percatado de que ella seguía en la Torre.

Suspiró casi imperceptiblemente. Podría quedarse allí el tiempo que hiciese falta, escondida tras el armario, o eso había pensado en un principio.

Ahora, la situación era otra.

Tenía hambre, mucha hambre. Tendría que salir.

Era noche cerrada. No era probable que nadie la oyese. Respiró hondo y se deslizó fuera de la habitación y escaleras abajo en silencio.

Llegó a la planta baja sin novedad. Halló la cocina completamente vacía y oscura, pero el hambre pudo con el miedo y la hizo encender una vela y avanzar sin dudarlo hasta la despensa.

«Solo tengo que llevarme un pan o dos, o alguna pieza de fruta», se dijo la niña. «Entonces podré multiplicarlos mediante la magia, y ya no tendré que salir más que al baño de vez en cuando.» No quiso pensar que ella estaba todavía en segundo grado y que para realizar aquel hechizo necesitaba una energía que no podía obtener con solo una manzana y un pedazo de pan.

Cogió todo lo que le cupo en los brazos, que no era mucho, y se dispuso a volver a subir a su escondite. Sin embargo, el olor de la comida le hacía la boca agua, y no pudo resistirse: se sentó en el suelo, en un rincón, y comenzó a comer.

Ocupada como estaba, no oyó el susurro de una túnica al deslizarse sobre el suelo de piedra ni se dio cuenta de que la observaban desde la oscuridad. Solo cuando sintió necesidad de beber algo y alzó la cabeza para buscar un jarro con agua vio por fin ante sí, a la trémula luz de la vela, la figura de Saevin, que la miraba.

—Qué tontería —bufó Salamandra—. ¿Cómo voy a abrasarme en mi propio fuego? Me sorprende que Dana haya dado crédito a los desvaríos de una vieja loca.

Se habían alejado del campamento para hablar, y ambos estaban sentados junto a un arroyo, bajo la clara luz de la luna y las estrellas.

Jonás no dijo nada. Se limitó a recostarse contra el tronco de un árbol para contemplar el cielo nocturno.

—¿Has venido a buscarme solo para eso? —quiso saber Salamandra.

—La Maestra ha hecho evacuar la Torre —dijo él suavemente—. Supongo que opina que el Oráculo es algo más que una vieja loca, ¿no crees?

—Dana no ha salido de la Torre en más de veinte años, Jonás. Ha hecho viajes a lomos de Kai, sí, pero apenas se ha mezclado con la gente. Yo he visto cosas, he vivido cosas. No creo en el destino.

—Eres una mujer de acción, ya lo sé. Por eso te cuesta pensar que puede haber alguien que sepa mejor que tú qué es lo que vas a hacer mañana. Te gusta ser dueña de tu propia vida.

—Y, si tan bien me conoces, ¿por qué has venido? La mirada de ella era desafiante, pero Jonás no tenía ganas de discutir.

—«Otro morirá entre horribles sufrimientos» —le recordó solamente—. «Aquel que escucha la voz de los lobos.»

Observó un leve estremecimiento en Salamandra, y aquello le produjo una extraña mezcla de sensaciones: triunfo, tristeza, celos...

—¿O es que él no es dueño de su propio destino, Salamandra? —añadió con intención.

—No existe el destino.

—¿Y de qué tienes miedo, entonces? ¿O vas a negar que temes por él?

—Jonás, si me has seguido para hacerme una escena de celos, yo...

—No son celos, Salamandra. Ya no. He venido porque estaba preocupado por ti, para asegurarme de que vas a mantenerte al margen de todo esto...

—Descuida, tengo otras cosas más importantes que hacer.

—Sí, me he dado cuenta. Bien, supongo entonces que no te importará hablarle a Fenris de la profecía, ¿verdad? Estoy seguro de que pronto le encontrarás: estás poniendo mucho empeño en ello.

Salamandra enrojeció. Estaba demasiado oscuro como para que Jonás lo viera, pero él la conocía lo bastante bien como para saber la reacción que provocarían en ella sus palabras.

—¿Ya has acabado? —preguntó ella, cortante.

Jonás se envaró.

—Sí, he acabado. No te preocupes, no volveré a molestarte.

El mago se levantó de un salto y, sin añadir una sola palabra más, se alejó de ella hasta perderse en la oscuridad. Momentos más tarde, Salamandra oyó el relincho de su caballo mágico, ruido de cascos...

Y silencio.

La joven maga se quedó quieta un buen rato. «¿Cómo hemos llegado a esto?», se preguntó, algo angustiada. Ella y Jonás habían sido amigos. Más que amigos, de hecho. Quizá había sido aquello la causa de que se estropease aquella amistad. Salamandra había recordado a menudo aquella relación, concluyendo siempre que habría sido imposible que saliese bien, porque ambos eran muy diferentes. Pero, ¿era necesario el rencor, la tirantez, las palabras hirientes? Salamandra había pensado siempre que era culpa de Jonás, que no aceptaba que su relación hubiese terminado.

Ahora, después de aquella conversación, ya no estaba tan segura.

—S...Saevin —dijo ella.

—Hola, Iris —saludó él, amablemente, agachándose junto a ella.

—No me delates —le pidió la muchacha—. No quería irme con los demás porque...

—Lo sé —respondió Saevin con suavidad—. Pero, aunque no voy a delatarte, la Señora de la Torre no tardará en descubrirte. Supongo que, si no lo ha hecho ya, es porque tiene otras muchas preocupaciones.

Iris se estremeció.

—Yo no quiero marcharme, Saevin.

—Eso también lo sé. No te preocupes, no te irás.

—¿Cómo puedes estar tan seguro?

Saevin le dirigió una mirada insondable.

—Porque así debe ser —dijo solamente.

Por primera vez desde que lo conocía, algo en los ojos de Saevin la hizo estremecer.

—Me das miedo —murmuró—. ¿Qué quieres decir con eso de que «así debe ser»?

Saevin no respondió. Solo esbozó una breve sonrisa.

—Vuelve a tu escondite, Iris. Y no te preocupes por nada más.

Iris iba a decir algo, pero no pudo.

Saevin había desaparecido.

Cuando Salamandra regresó al campamento, solo Hugo la vio llegar.

—¿Y bien?

—No es de tu incumbencia —dijo ella de mal humor.

—Ya veo —rió el mercenario—. Bueno, le he oído marcharse en ese caballo élfico que traía, y por tu cara deduzco que no habéis hecho las paces, precisamente.

Salamandra gruñó algo mientras se dejaba caer junto al fuego.

—No sufras, niña —dijo Hugo—. No tardarás en...

Un prolongado aullido resonó desde las montañas, ahogando sus palabras. Un aullido profundo, poderoso y enérgico. Un aullido que parecía un salvaje canto a la noche, a la libertad y al delirio.

Salamandra se estremeció de pies a cabeza, y el aventurero no pudo dejar de observar que había palidecido súbitamente.

—¿Temes a los lobos?

—No —replicó ella—. Temo a algunos hombres. Son mucho peores que los lobos.

La compañía de aventureros continuó avanzando hacia el norte durante todo el día siguiente. Atravesaron un par de aldeas situadas junto al bosque y hablaron con los campesinos. Generalmente era Salamandra quien hacía las preguntas. Escuchaba atentamente lo que los lugareños tenían que decirle, y entonces asentía, pensativa, pero sin compartir con nadie lo que le rondaba por la cabeza.

Sus compañeros no discutían el nuevo cambio de liderato, porque lo consideraban provisional y pasajero. Todos sabían que era la misión de Salamandra, porque, además, solo ella sabía qué estaban buscando exactamente.

La criatura había cruzado aquellos bosques tiempo atrás, y sus huellas se habían borrado, pero, aun así, no era difícil seguirle el rastro. Por los relatos de los campesinos, Hugo y los demás suponían que estaban siguiendo a un lobo de excepcional tamaño.

Al caer la tarde abandonaron la región boscosa y llegaron al pie de las montañas. Fue entonces cuando Hugo, que iba en la vanguardia, se detuvo un poco más allá para examinar las huellas del suelo. Sus compañeros lo oyeron exclamar:

—¡Por todos los...! ¡Venid a ver esto!

Salamandra se apresuró a alcanzarle para ver por sí misma qué era lo que le había sorprendido tanto. El aventurero se había agachado junto a un trozo de terreno que presentaba una gran profusión de huellas de animales. Parecían frescas.

—¿Tú qué opinas? —le preguntó a Oso.

Salamandra y los otros dos guerreros, Eric y Fabius, se arremolinaron en torno a ellos para estudiar el rastro. Oso observó las huellas con aire experto y dijo solamente:

—Lobos.

Salamandra no dijo nada.

—Bien, bien, por fin parece que vamos a algún sitio —dijo Hugo, satisfecho—. Hasta ahora solo teníamos relatos de aldeanos aterrados, el cadáver descuartizado de alguna res, marcas de garras en los árboles... pero ahora parece, compañeros, que le estamos dando alcance.

Oso, sin embargo, no parecía compartir su buen humor.

—Esto no me gusta, Hugo —dijo—. Se suponía que perseguíamos a una bestia de gran tamaño, y bastante lista, por lo que parece... Pero aquí hay más de una docena, todos animales distintos... todos enormes, más grandes que los lobos corrientes. ¿Podremos con todos ellos?

Hugo abrió la boca para replicar, pero no dijo nada. Salamandra se puso en pie.

—No podréis con todos ellos, y por eso voy a seguir yo sola.

Hubo un breve silencio lleno de incredulidad, como si los mercenarios pensasen que no habían oído bien. Pero en seguida todos protestaron a la vez:

—¡Estás loca! —decretó Fabius.

—Tú sola no lo conseguirás, Salamandra —opinó Eric—. Ya has oído lo que ha dicho Oso...

—Además, ¿cómo íbamos a dejar que te quedases con toda la recompensa? —zanjó Hugo.

Salamandra estaba cansada de explicar que no había ninguna recompensa y que sus motivos eran personales, pero había renunciado a hacérselo entender a Hugo y los suyos. Se había preguntado entonces qué había hecho ella exactamente como para que llegasen a pensar que no poseía sentimientos ni una vida anterior.

—He dicho que es cosa mía, y que iré yo sola.

Los aventureros cruzaron una mirada, y Hugo habló por todos.

—No irás tú sola. Somos un equipo, ¿no?

Los otros tres asintieron mostrando su conformidad. Salamandra sonrió.

V

EL DILEMA

LA GRAN MESA DEL COMEDOR ESTABA VACÍA esa tarde, a excepción de dos personas, que se habían sentado en uno de los extremos: Dana y Saevin.

Cenaban en silencio un plato de humeante sopa. Ninguno de los dos había dicho nada hasta entonces. Fue la Señora de la Torre la que rompió el silencio:

—Espero que no te importe que la comida se haya vuelto algo frugal últimamente. También he tenido que despedir a la cocinera —se encogió de hombros—. Una nunca sabe.

—No me importa —dijo Saevin a media voz—. Está bueno.

—¿Sí? —Dana sonrió—. Gracias; hacía mucho que no cocinaba. Cuando era niña solía ayudar a Maritta, la cocinera que había entonces en la Torre. Ella me enseñó que, en materia de cocina, es mejor un buen guiso casero que todos los exquisitos manjares que puedan crearse mediante la magia.

Saevin no respondió. Dana siguió cenando en silencio, perdida en sus pensamientos. Aquel extraño muchacho la desconcertaba. Por un lado, no podía olvidar que latía en él, en alguna parte, algún poder oculto, un poder que podría destruir o crear. Por otro lado, tampoco podía dejar de ver en él a un chico joven, solo y desvalido. ¿Cómo tratarle como a un... «elegido»?

70

Sacudió la cabeza, preocupada. Faltaban pocos días para que llegase el Momento y, con profecía o sin ella, aún no tenía ni la más remota idea de lo que podía suceder.

Además, había otra cosa... La Señora de la Torre frunció el ceño y se frotó la sien con los dedos, incómoda. Su subconsciente estaba tratando de decirle algo, algo relacionado con la Torre y la partida de los aprendices, algo que había pasado por alto... Pero no conseguía averiguar de qué se trataba.

Después de cenar, como de costumbre, acudió a ver a Kai. Estuvieron hablando e incluso volaron juntos un rato sobre las montañas, pero Dana quiso regresar en seguida, para no dejar solo a Saevin en la Torre.

En lugar de ir a su habitación, entró en el estudio, como todas las noches. Habitualmente solía quedarse hasta altas horas de la madrugada leyendo antiguos libros de magia, en busca de un conjuro que le permitiese devolver a Kai su cuerpo humano, pero aquellos volúmenes habían quedado apartados en favor de otros que podían aportarle pistas sobre el Momento y el papel que Saevin podía llegar a desempeñar en él.

Sin embargo, aquella noche le costó concentrarse. No podía olvidar las palabras de Shi-Mae, aquella voz venida del Más Allá que le ofrecía lo único que realmente había deseado a lo largo de toda su vida: «Kai y tú, por fin, juntos, humanos los dos...».

Cuando Dana cayó dormida por fin, rendida por el cansancio, sobre sus volúmenes de magia, la voz de Shi-Mae seguía resonando en su alma y en sus sueños.

—Señora de la Torre.

Dana despertó bruscamente de un sueño ligero y poco reparador. Parpadeó, algo desconcertada, hasta que logró ubicarse y descubrió que seguía en su estudio, y que se había quedado dormida sobre la mesa.

—Señora de la Torre —repitió la voz.

La Archimaga se volvió y descubrió, en un rincón, al fantasma de Shi-Mae.

—Tú otra vez... —murmuró—. Eres insistente, y eso me preocupa. ¿Qué andas tramando?

La hechicera elfa sonrió.

—Ya te lo expliqué el otro día, Dana. Simplemente he venido a preguntarte si has pensado en mi oferta.

—Lo hice, y mi respuesta sigue siendo no.

Shi-Mae movió la cabeza con desaprobación.

—¿Crees en el destino, Señora de la Torre?

—¿Y tú? —preguntó Dana a su vez—. ¿Crees en las profecías?

—Rotundamente no, Dana.

—Entonces, ¿por qué me has mentido?

—No lo he hecho. Creo que podemos controlar nuestro propio destino y creo que la profecía del Oráculo no es más que un aviso de lo que podría suceder. No se necesitan dotes adivinatorias para saber que, cuando llegue el momento, Kai podría recuperar su cuerpo humano con un simple conjuro...

Dana se estremeció.

—¿Qué quieres decir?

—Oh, quizá se me olvidó mencionarlo... Verás, el conjuro del que te hablo solo daría resultado en circunstancias muy especiales...

—El Momento —susurró Dana.

—Exacto: el Momento —Shi-Mae le dirigió una intensa mirada—. Por eso acudo ahora a ti, y no antes ni después.

»¿Qué sabemos sobre el futuro y el destino, Dana? ¿Realmente debemos dar crédito a las profecías? ¿Debemos creer, por ejemplo, que tu amigo elfo está condenado solo porque así lo ha afirmado el Oráculo?

Dana sacudió la cabeza, confusa.

—Es evidente que crees que no —prosiguió Shi-Mae—, porque, de lo contrario, no habrías enviado a Jonás para advertirle.

La Señora de la Torre miró a los ojos al fantasma de la poderosa hechicera elfa. Fue una mirada penetrante y retadora.

—¿Adónde quieres ir a parar?

—Las profecías no son sentencias, sino advertencias. Para bien o para mal. Tú eres una mujer poderosa, Dana. Has interpretado las palabras del Oráculo como un aviso y por eso estás tratando de evitar que se cumplan. Ahora bien, no todo lo que ella profetizó eran desgracias, ¿no es cierto? Si puedes luchar para impedir que se cumplan los malos presagios, también puedes poner algo de tu parte para que se hagan realidad las otras predicciones...

Dana no dijo nada, y Shi-Mae tardó un poco en volver a hablar. Cuando lo hizo, su voz sonó suave y acariciadora.

—Recuerda que el Momento llegará y pasará...

—Lo sé —se limitó a contestar la Señora de la Torre.

—Entonces sabrás que no tienes mucho tiempo para reunir todo lo que necesitas para el conjuro.

—No he dicho que vaya a hacerlo.

73

—No tendrás otra oportunidad, Dana, y lo sabes —advirtió Shi-Mae, mientras su figura se iba haciendo, poco a poco, cada vez más difusa.

—No puedo saberlo —replicó ella.

Su última palabra resonó en una habitación vacía. El fantasma de Shi-Mae había regresado al mundo de los muertos.

Iris retrocedió hasta un rincón en sombras y se ocultó allí, temblando. La Señora de la Torre descendía por la escalera de caracol, y la muchacha no dudaba que la encontraría.

La hechicera pasó frente a ella. Iris pudo ver, a la luz de la vela, su semblante pálido y demudado, su frente surcada por profundas arrugas, como si estuviese meditando sobre un serio problema.

La Señora de la Torre descendió unos peldaños más y pasó de largo, sin detenerse. Iris respiró aliviada, sin terminar de creerse su buena suerte. Se separó un poco de la pared para seguir subiendo las escaleras hasta el séptimo piso, donde se hallaba su habitación, cuando, de pronto, algo la hizo inmovilizarse.

Un poco más abajo, la Señora de la Torre se había parado y parecía alerta, como si hubiese podido oírla, aunque Iris estaba segura de que no había hecho ningún ruido. Se echó a temblar. Dana daría media vuelta en cualquier momento, y entonces la descubriría.

Retrocedió unos pasos y tropezó con alguien. Alzó la cabeza.

Era Saevin.

—Vete —dijo él solamente, a media voz, empujándola suavemente hacia la pared.

Dana se dio la vuelta y solo vio al muchacho plantado en medio de las escaleras.

Ninguno de los dos dijo nada. Tan solo se miraron.

Iris fue testigo de este enfrentamiento visual, temblando en su rincón en sombras. Estaba convencida de que la Señora de la Torre había percibido su presencia en la escalera aunque, por fortuna, la oportuna aparición de Saevin había logrado distraerla, hasta el punto de que parecía haberse olvidado completamente de ella.

La niña no entendía nada. Allí estaban el aprendiz recién llegado y la Señora de la Torre, la Dama del Dragón, mirándose fijamente sin hablar, como desafiándose, como retándose en un duelo silencioso. Saevin no tenía miedo del poder de la Archimaga: sostenía su mirada sin pestañear. En cuanto a Dana, parecía querer bucear en la mente del muchacho, tratar de leer sus pensamientos, como si estos tuviesen una importancia crucial, como si aquella mente fuese mucho más que la mente de un adolescente que apenas acababa de empezar sus estudios de magia.

Iris estaba confusa. Se sentía insignificante, una pequeña hormiga en medio de una lucha de titanes. ¿Por qué? ¿Qué estaba sucediendo?

Por primera vez empezó a preguntarse quién era Saevin en realidad y por qué Dana había querido quedarse sola en la Torre con él y con Kai.

—Es tarde.

La voz de Dana sobresaltó a Iris. La hechicera había hablado suavemente, y se dirigía a Saevin.

—Lo sé —respondió el muchacho—. No podía dormir.

Ella ladeó la cabeza.

—No me sorprende —dijo sin alzar la voz—. La Torre está muy extraña así, tan vacía. Pero debes descansar, Saevin.

El chico asintió, pero no dijo nada más. Sigilosamente, dio media vuelta y siguió caminando escaleras arriba. Dana también prosiguió su camino, hacia abajo.

Iris se quedó un momento quieta, temblando. Por primera vez desde su llegada a la Torre se sentía insegura allí y sin saber lo que debía hacer.

Cuando el sonido de los pasos de Dana se apagó, Iris volvió a deslizarse hasta la olvidada habitación que había elegido por escondite.

Dana llegó hasta la planta baja y se frotó la sien, preocupada.

—Necesitas descansar —dijo una voz suavemente.

Ella se dio la vuelta y vio la cabeza de Kai asomando por una de las ventanas. Sonrió, y acarició su piel escamosa.

—Ese chico me desconcierta —dijo—. Ojalá supiese cuál es su papel en todo esto.

—¿Aún te preocupa la profecía?

Dana no contestó en seguida. Kai intentó acercarse a ella, pero los cuernos se le quedaron trabados en la ventana y tuvo que seguir conformándose con asomar solo parte de la cabeza. Dana no pudo menos que sonreír de nuevo.

—Creo que lo estamos haciendo bien —dijo ella—. La profecía hablaba de once personas en la Torre, y ahora mismo solo estamos tres. Incluso he logrado alejar a Jonás... Aunque... —frunció el ceño— tengo un extraño presentimiento con respecto a Iris. Es raro, no me la puedo quitar de la cabeza. Me pregunto si estará bien.

Esta vez fue Kai quien calló.

Dana alzó una mano e hizo un gesto rápido. Inmediatamente, desapareció de allí para materializarse fuera, junto a Kai. Con una palabra mágica hizo que el jardín se iluminara suavemente con una luz sobrenatural. Entonces miró a Kai a los ojos.

Recordaba perfectamente la primera vez que sus miradas se habían cruzado. Ella tenía seis años y vivía en una granja. Él también parecía tener seis años y era un chiquillo delgado, sonriente y amistoso. Pronto se había convertido en su mejor amigo, aunque Dana no tardó en descubrir que solo ella podía verle y oírle y que, además, era tan inmaterial como la brisa, como el pensamiento, como un rayo de sol.

La razón no la supo hasta mucho después, cuando ella tenía ya dieciséis años y llevaba tiempo estudiando en la Torre.

El secreto de Kai.

La hechicera cerró los ojos momentáneamente. A su memoria acudieron las palabras de su amigo aquella noche en que le confesó que él era un fantasma, un espíritu llegado del Más Allá con la misión de protegerla, porque Dana era una Kin-Shannay, un vínculo entre el mundo de los vivos y el de los muertos.

Después, se había marchado. Aquel período había durado diez años, diez largos años que habían sido para ella como un interminable invierno. Cuando él logró regresar

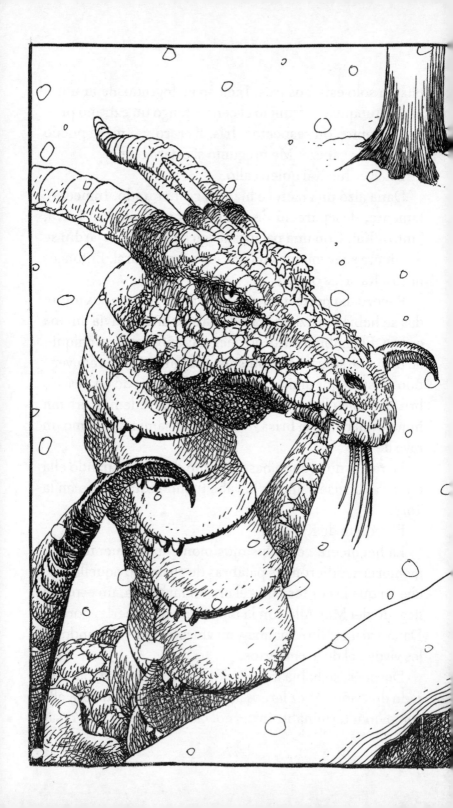

por fin al mundo de los vivos, Dana había jurado que encontraría la manera de que estuviesen juntos los dos. Casi lo habían conseguido.

Casi.

Su mano acarició suavemente el rostro del dragón, desde el cuello hasta la punta de los cuernos. Las escamas de Kai relucían con un brillo dorado, y sus ojos verdes la miraban con seriedad.

—Dana, ¿qué pasa? —preguntó él.

Ella no respondió. Pasó la mano por su largo cuello y después sobre su lomo, caminando a lo largo de su enorme cuerpo de reptil. Observó todas sus formas, rozó sus alas con los dedos, rodeó su larga cola y avanzó junto a su otro costado hasta llegar de nuevo junto a su cabeza.

Kai no supo muy bien cómo tomarse aquel examen.

—¿Qué estás haciendo?

—Mirarte —alzó la cabeza—. Dime, ¿te sientes a gusto en este cuerpo?

—Me siento vivo —replicó él, como si eso lo explicase todo.

—Aparte de eso, ¿qué más sientes?

El dragón calló un momento y luego murmuró:

—Me siento grande, poderoso y libre. Siento que es maravilloso poder volar y siento que sería capaz de llegar hasta el arco iris y traértelo hasta tu ventana.

Dana sonrió.

—Pero a veces también me siento muy pesado; mi gran tamaño me impide entrar en la Torre, y a menudo me siento apartado de todo cuanto ocurre en su interior. Además —suspiró con resignación—, tengo que comer.

La sonrisa de Dana se ensanchó. Kai había pasado más de quinientos años sin tener que satisfacer ninguna necesidad física, dado que como fantasma no tenía cuerpo, y desarrollando un intenso amor a la vida en todos sus aspectos. Ahora que debía alimentar un cuerpo tan grande se veía obligado a cazar animales en las montañas, y le dolía profundamente tener que hacerlo. Dana sospechaba que, incluso aunque hubiera podido mantenerse a base de una dieta vegetariana, también lamentaría la muerte de las plantas que tuviese que ingerir.

—Y además de eso —añadió el dragón, dirigiéndole una intensa mirada—, está el hecho de que te quiero.

Dana se estremeció. Los ojos se le llenaron de lágrimas. Pocas veces manifestaban sus sentimientos con tanta claridad, porque era demasiado doloroso, porque desde el principio habían sabido los dos que el suyo era un amor imposible.

Se mordió el labio inferior.

—Dime, ¿por qué? —preguntó suavemente.

Kai se sintió desconcertado un momento.

—¿Por qué, qué? ¿Por qué te quiero?

—No. Por qué... por qué nos ha pasado esto. Por qué nos enamoramos si no debíamos enamorarnos. Por qué ahora que está hecho no podemos ser felices juntos.

—Podríamos serlo, Dana —replicó él, dirigiéndole una mirada severa—. Estamos juntos ahora, y lo estaremos siempre. Algún día —alzó la cabeza hacia las estrellas—, al Otro Lado...

—Sí, lo sé; sé que eso es algo que no podrán arrebatarnos. Pero, ¿qué hay de la vida, Kai? Tú siempre has dicho que es única e irrepetible. No me gusta la idea de que no vamos a poder vivirla juntos, como pareja...

—Ni a mí tampoco, pero así son las cosas, Dana. De todas formas, te eché tanto de menos el tiempo que estuve lejos de ti que todavía me dura la alegría de estar contigo de nuevo. Y si este cuerpo —añadió, alzando un ala— hizo que fuera posible, bienvenido sea.

—Te tomas las cosas con tanto optimismo...

—¿Acaso hay otra forma de tomárselas?

Dana no respondió, pero sonrió. Se apoyó contra él y rodeó su largo cuello con los brazos. Kai emitió un sonido parecido a una especie de arrullo. Dana lo estrechó con fuerza.

Se quedaron un momento así, abrazados, mujer y dragón, armonizando los latidos de sus corazones, que palpitaban al mismo ritmo. Kai inclinó la cabeza y rozó el hombro de la Señora de la Torre.

—Estás muy triste esta noche, Dana. No me gusta verte así.

Ella se separó de él y se enjugó una lágrima indiscreta.

—Toda mi vida ha sido un quiero y no puedo, Kai. Dime, ¿de qué me sirve ser Archimaga, de qué me sirve ser la Señora de la Torre? ¿De qué me valen mis poderes, si no pueden darme lo único que en realidad he deseado desde que era niña? Dime, ¿por qué?

Sus últimas palabras acabaron en un suave gemido, mientras se miraba las manos con impotencia. Kai sintió que se le rompía el corazón.

—Dana, por favor, yo... No me gusta verte así... Si pudiera hacer algo...

Ella alzó la cabeza de pronto y lo miró con un extraño brillo en los ojos.

—Si pudieras hacer algo, ¿lo harías?

Kai la miró con cierta suspicacia.

—¿Qué quieres decir?

—Dime, ¿lo harías?

—Te refieres a la profecía, ¿verdad? Por eso estás así. Escúchame bien, Dana, esto es un asunto muy serio. Hay gente que depende de ti, ya lo sabes.

Ella suspiró, exasperada.

—Siempre he tenido responsabilidades, pero nunca he podido decidir por mí misma. Unos y otros me han utilizado, me han llevado de un lugar a otro, sin que yo pudiese hacer nada. El Maestro, Shi-Mae, incluso la propia Aonia... Por no hablar de todos los espíritus del Otro Lado que te enviaron para protegerme porque así protegían sus propios intereses.

Las palabras de Dana estaban cargadas de amargura.

—Dana, yo...

Ella alzó la cabeza para mirarle a los ojos.

—Pero eso se ha acabado, Kai. Por una vez quiero ser dueña de mi propio destino. Por una vez quiero tener la posibilidad de elegir libremente...

Kai frunció el ceño.

—¿Qué quieres decir?

La expresión de ella se dulcificó; le dirigió una mirada llena de infinito cariño y le acarició de nuevo. El dragón cerró los ojos para disfrutar de aquel contacto, y entonces oyó que ella susurraba algo en voz baja. Abrió los ojos y se tropezó con la mirada de Dana, azul, profunda, hipnótica.

—¿Qué... diablos pasaaaa...? —su boca se abrió en un formidable bostezo.

—Lo siento, Kai —murmuró ella—. Cuida de la Torre en mi ausencia.

—¿Qué... quieres de...?

Kai no llegó a terminar aquella frase. Cerró los ojos y su cabeza cayó sobre la nieve, junto a su cuerpo. Estaba profundamente dormido.

Dana se inclinó para contemplarlo de cerca.

—Perdóname —le susurró al oído—. Quiero que sepas que yo... también te quiero.

Se estremeció involuntariamente y se levantó con presteza. Tras ella tomó forma un fantasma incorpóreo que se definió hasta mostrar en el rostro los rasgos de Shi-Mae.

—¿Estás lista, Señora de la Torre? —preguntó ella.

Dana asintió.

—Cuando quieras.

VI

LA HUELLA DEL LOBO

SALAMANDRA ALZÓ LA CABEZA hacia el cielo, cubierto por un pesado manto de nubes grises. Se arrebujó en su capa y se apartó el cabello de la cara. El viento peinaba las laderas de las montañas y silbaba en sus oídos.

La voz de Oso la devolvió a la realidad.

—Son frescas —anunció—. No me extrañaría nada que topásemos con esas bestias hoy mismo.

Salamandra se estremeció, pero no respondió ni se acercó para mirar las huellas que estaban examinando sus compañeros, un poco más allá.

Cuando el grupo se reunió de nuevo para continuar la marcha, ella se volvió hacia Hugo y le miró a los ojos.

—No quiero ninguna interferencia, Hugo.

El aventurero se encogió de hombros.

—Eso ya lo has dicho muchas veces, preciosa. Y nosotros respetaremos tus deseos. Sin embargo, espero que no te moleste que acudamos a rescatarte si te encuentras en problemas.

Salamandra no respondió. Cargó con su macuto y siguió adelante, trepando por los riscos de las montañas, bajo las nubes de color plomizo.

A media mañana, la compañía se detuvo en lo alto de una loma. Salamandra miró a su alrededor. Se trataba de un terreno verde salpicado de rocas y de pequeños cerros pedregosos y abruptos. Un poco más allá se extendía un bosque que parecía no haber sido nunca pisado por seres humanos.

Hugo lanzó un suspiro exasperado.

—Salamandra, creo que ya va siendo hora de que nos expliques qué diablos está pasando, ¿no te parece? Ella iba a responder cuando un profundo aullido desafió al silbido del viento. La joven maga se volvió hacia el lugar desde donde parecía haber sonado, se envolvió en la capa y echó a correr hacia allá, dejando a sus compañeros atrás. Hugo soltó una maldición y se apresuró a correr tras ella, y los otros tres lo imitaron.

Salamandra se internó por un paso entre dos cerros rocosos y llegó hasta una pequeña hondonada verde veteada de rocas. Se detuvo en el centro, insegura, y ello permitió que los demás la alcanzasen.

—¿Qué diablos...? —resopló Hugo, pero la voz de Oso lo interrumpió:

—¡Mirad!

Sobre una gran roca, un poco más arriba, un lobo gris de excepcional tamaño los miraba con seriedad.

—Allí hay otro... —susurró Eric.

Y otro. Y otro. Y otro.

La compañía de aventureros estaba rodeada por una docena de lobos enormes que los observaban en silencio desde lo alto de las rocas. Instintivamente, los hombres se llevaron las manos a las armas.

Salamandra no.

La maga avanzó unos pasos, separándose del grupo. Había fijado su mirada en uno de los lobos, un ejemplar de pelaje blanco como la nieve.

—Busco a Fenris —dijo en voz alta.

Hugo y los demás la miraron como si se hubiese vuelto loca.

—Salamandra, ¿se puede saber qué estás haciendo?

—Quiero hablar con Fenris —insistió ella, ignorando a sus compañeros—. Sé que está aquí, con vosotros.

El lobo blanco no se inmutó. Se limitó a mirarla con sus profundos ojos oscuros.

Después, lentamente, dio la espalda a los humanos y se alejó de ellos.

Aquella fue la señal que esperaban sus compañeros de manada. De pronto, todos comenzaron a gruñir y avanzaron unos pasos hacia los aventureros.

—¡Diantre, Salamandra, deja de jugar y échanos una mano! —gruñó Hugo.

Salamandra se volvió hacia ellos; indecisa, se mordió el labio inferior. Entonces, de súbito, dio media vuelta y echó a correr hacia el lobo blanco, que se marchaba. Hugo lanzó un juramento por lo bajo.

—¡Escúchame! —gritó Salamandra—. ¡No queremos haceros daño! ¡Di a los demás que dejen en paz a mis amigos!

El lobo se volvió un momento hacia ella y le dirigió una breve mirada. Después le enseñó los dientes en un gruñido.

—¡Sé quiénes sois! —insistió Salamandra—. Soy amiga de Fenris. Él...

Se interrumpió cuando de pronto, entre los gruñidos del lobo, logró distinguir unas palabras:

—Marchaos, humanos.

Los lobos gruñeron más alto, y algunos incluso aullaron. El lobo blanco seguía trepando por las rocas, alejándose de Salamandra, y ella reaccionó y corrió tras él.

–¡Tú me salvaste la vida una vez! Debes acordarte de mí.

–Salvé la vida a uno de los nuestros –gruñó el lobo sin volverse.

Salamandra se estremeció. Aquella criatura hablaba, sí, pero sus palabras resultaban difíciles de entender y de distinguir de los gruñidos de la bestia.

–Tú tienes una parte humana –insistió Salamandra. El lobo se volvió súbitamente hacia ella y la miró de tal forma que la maga empezó a dudar de sus propias palabras.

–Tú eres humana –dijo el lobo–. Yo soy un lobo. Los lobos aullaron más alto, coreando sus palabras. Los aventureros retrocedieron un tanto, indecisos. Estaban demasiado lejos como para oír las palabras del lobo blanco, y solo veían que Salamandra trataba de hablar con un animal, que parecía el jefe de la manada, pero que no dejaba de ser un animal.

–Entonces, ¿por qué no me has matado ya? –susurró Salamandra, estremeciéndose.

Los ojos del lobo blanco se estrecharon. Sus gruñidos aumentaron de intensidad, de modo que la joven pudo ver claramente sus afilados colmillos.

–Tú lo has querido, humana.

El lobo saltó sobre ella. Salamandra gritó y levantó una barrera mágica defensiva.

Todos los demás lobos se lanzaron contra los aventureros, que alzaron las armas.

–¡Fríelos con un rayo, Salamandra! –gritó Hugo, pero la maga no parecía dispuesta a ejecutar un hechizo de agresión.

De pronto un autoritario ladrido se oyó sobre los demás. El lobo blanco chocó contra la barrera de Salamandra, retrocedió un tanto y miró un poco más allá. Lanzó dos cortos ladridos, que le fueron respondidos por otro, seco y cortante.

Salamandra alzó la mirada y el corazón empezó a latirle con más fuerza; sobre una loma, un lobo de color castaño rojizo la miraba con cierta hosquedad brillando en sus ojos ambarinos.

Kai oyó una voz conocida, pero no acabó de ubicarla. La voz parecía hablar en idioma arcano. Kai sabía cómo sonaba aquel lenguaje, pero no lo comprendía.

De pronto vio algo parecido a un rayo de luz hendiendo las tinieblas. La voz calló un momento, y entonces dijo, claramente:

—¿Kai?

Con dificultad, lentamente, Kai abrió los ojos. Parpadeó bajo la luz de la mañana. Entrecerró los párpados y pudo ver ante sí una figura humana vestida de rojo que lo miraba con cierta preocupación.

—¿Jo...nás? —pudo decir, reprimiendo un nuevo bostezo.

El joven mago se irguió y echó un vistazo a la imponente figura de la Torre, que se alzaba como un guardián eterno sobre el Valle de los Lobos.

—Kai, ¿se puede saber qué ha pasado? —preguntó—. Parece que Saevin se ha quedado solo en la Torre. ¿Dónde está Dana?

El dragón se incorporó un poco y respiró hondo, tratando de volver a la realidad.

–¿Dana? ¿Saevin? Oh, mi cabeza... Jonás, siento muchísimo haberme dormido. Yo...

–No lo sientas, no fue culpa tuya. Alguien te sumió en un sueño mágico –Jonás frunció el ceño–. Maldita sea, tal vez esa persona le haya hecho daño a Dana. Por favor, trata de recordar quién...

–Me temo que fue ella, Jonás.

–¿Quién?

Kai le dirigió una mirada profundamente preocupada.

–Sé que te va a resultar difícil de comprender, pero... si Dana se ha ido, creo que me durmió para que no pudiera impedírselo. Y creo saber por qué.

El lobo blanco retrocedió un poco, y los otros lobos lo imitaron, pero Salamandra no se dio cuenta. Seguía con la mirada clavada en el animal recién llegado.

Sus compañeros tampoco parecían tenerlas todas consigo. Los lobos habían interrumpido el ataque, pero no dejaban de vigilarlos.

El lobo de pelaje castaño dio media vuelta y se alejó de la hondonada.

–No tardes –gruñó el lobo blanco.

Salamandra asintió y echó a correr tras el animal castaño. Hugo hizo ademán de seguirla, pero los otros lobos le cerraron el paso.

–Si no lo veo no lo creo –murmuró el aventurero al ver la actitud de los lobos con Salamandra. Parecía que ella tenía mucho interés en seguir a uno de ellos, y parecía que los demás se lo permitían, pero siempre y cuando ella fuese sola.

Aquellos animales eran sorprendentemente listos, se dijo el mercenario.

Salamandra siguió al lobo de color castaño rojizo hasta un lugar más apartado, detrás de unos riscos. Le temblaban las piernas y le costaba caminar. Había esperado mucho tiempo aquel momento, y había imaginado mil veces qué diría cuando se presentase. Sin embargo, ahora descubría que le resultaba difícil encontrar las palabras apropiadas.

De pronto, el lobo se detuvo y se volvió hacia ella.

—¿Por qué me has seguido hasta aquí? —preguntó; su voz parecía más un gruñido que palabras articuladas.

Salamandra tragó saliva. Su corazón latía con fuerza. «Porque te echaba de menos», habría querido decirle. Sin embargo, llevaba demasiado tiempo comportándose como una dura aventurera como para hablar de sus sentimientos con tanta facilidad.

—He venido a verte —dijo—. Por lo menos podrías agradecérmelo.

El lobo gruñó.

—Este es un santuario para lobos. Los humanos no deberíais entrar aquí.

—Fenris, tú no eres un lobo.

Él le dirigió una mirada socarrona.

—Soy lo que he elegido ser.

Salamandra no dijo nada durante un momento. Le estaba resultando más difícil de lo que había previsto.

—Ya no te importamos nada, ¿verdad?

Creyó ver una breve vacilación en la mirada ambarina del lobo, y añadió:

—¿Cuánto tiempo llevas transformado en lobo?

—Muchas lunas —replicó él—. Me encuentro más a gusto así, Salamandra. Aquí nadie me rechaza por ser como soy.

Ahora fue ella quien vaciló.

—Todos estos lobos... son como tú, ¿verdad?

Fenris dejó vagar su mirada por las montañas.

—Aquí hemos encontrado un refugio a salvo del odio de los hombres. Tú no comprendes lo que has hecho, Salamandra —le dirigió una mirada severa—. Esos hombres que has traído contigo no dudarían en matarnos a todos, si supieran lo que somos. Y también lo harían aunque creyesen que somos lobos como los demás.

—Sois mucho más que lobos. ¿Por qué os empeñáis en rechazar vuestro lado racional? He oído a ese lobo blanco. Ya apenas se le entiende cuando habla. Pronto te pasará a ti también, Fenris.

—¿Has venido para darme un sermón?

—No.

Salamandra había ido a buscarle para decirle que ya no era una niña, para confesarle sus sentimientos, para asegurarle que no temía a su parte salvaje, que la aceptaba. Pero resultaba muy difícil hablar de aquellas cosas con un lobo. Por ello buscó otra manera de proseguir con la conversación, y la encontró.

—Hace poco hablé con Jonás. Me contó que un Oráculo ha profetizado cosas que nos afectan a todos nosotros.

—¿Qué quieres decir?

Salamandra respiró hondo.

—Fenris, he venido desde muy lejos. Te lo pido por favor: quisiera volver a verte como te conocí. Hazlo por mí. Solo un momento.

El lobo le dirigió una hosca mirada. Después retrocedió unos pasos y emitió un extraño sonido gutural.

Y la transformación comenzó.

Salamandra vio fascinada cómo el pelaje castaño rojizo retrocedía para mostrar una fina piel que recubría unos miembros largos y delgados, cómo el hocico se acortaba y las garras se transformaban en manos, cómo el lobo se convertía en un ser de grandes ojos almendrados y facciones angulosas, rodeado de un innegable halo de misterioso atractivo.

El elfo se hallaba aún agachado a cuatro patas, y sus ojos color miel todavía mostraban un cierto brillo salvaje. Salamandra sintió que enrojecía intensamente.

—Fenris, ¿qué ha sido de tu túnica?

—No la necesito aquí.

—Bueno... te presto mi capa —murmuró ella abruptamente, tendiéndole la prenda.

El elfo sonrió enigmáticamente y envolvió su cuerpo desnudo con la capa de ella.

—Bien —dijo; su voz seguía sonando parecida a un gruñido—. Ya que has venido hasta aquí para arrancarme de mi tranquila vida lobuna, supongo que me explicarás con más detalle qué es eso de la profecía.

Jonás paseaba nerviosamente de un lado a otro. Su inquietud contrastaba vivamente con la calmosa actitud de Saevin, que aguardaba ante él en silencio.

—No puedo creer que no sepas adónde ha ido.

—No me lo dijo —replicó el muchacho, encogiéndose de hombros.

Jonás se detuvo y lo miró fijamente.

—No te lo dijo, pero lo sabes.

Saevin no respondió.

—¡Maldita sea! —gruñó el mago—. ¿Cuál es tu papel en todo esto? Dime, ¿quién diablos eres?

—Soy Saevin —dijo él sin alterarse—. Y mi papel en todo esto está escrito en la profecía.

Jonás seguía mirándole con fijeza.

—¿Y se puede saber qué más sabes?

—No. Tú no lo comprendes, Jonás; todos me concedéis mucha importancia, pero yo no soy más que un peón en este juego.

—Increíble, increíble —murmuró Jonás, cerrando los ojos, algo mareado—. Me está dando lecciones un aprendiz de primer grado. ¿Cómo sabes todo eso?

—Lo sé porque debo saberlo, Jonás. Igual que tú sabes que la profecía debe cumplirse.

—¡Basta ya! —gritó el mago—. ¿Quién te crees que eres? Escúchame bien; me das muy mala espina, y la única razón que tengo para no echarte de la Torre es que Dana decidió que te quedases. No me importa que no quieras colaborar: la encontraré, con o sin tu ayuda. Y evitaremos el cumplimiento de la profecía —añadió, echando chispas por los ojos—, con o sin tu ayuda.

—Jonás.

El joven dio un respingo y se volvió. Por la ventana asomaba la cabeza de Kai.

—En seguida voy —murmuró; echando una última mirada furibunda a Saevin, salió de la habitación para reunirse con el dragón en el jardín.

Kai se había sentado sobre sus cuartos traseros y examinaba su ala derecha con aire crítico.

–¿Todo listo? –preguntó Jonás, muy nervioso.

–Sí, eso parece.

–Es un viaje muy largo. ¿No quieres que te ayude mediante la magia?

–No, porque yo no soy mago, y no sabría qué hacer si algo saliese mal. No te preocupes; no tardaré tanto en sobrevolar el mar. Soy un dragón, ¿recuerdas? Los vientos soplan en mi favor.

Jonás sonrió, algo preocupado.

–¿Crees que hacemos bien?

–No lo sé, ni me importa, Jonás. Yo solo quiero encontrar a Dana y asegurarme de que está bien. Y si alguien puede darme una pista, ese es Fenris.

–He intentado avisar a Salamandra, pero tiene todos los canales de comunicación cerrados. Supongo que eso, en su caso, es una norma elemental de precaución: no lleva una vida fácil y no quiere que nadie la localice.

–No importa, yo encontraré a Fenris de todas formas. Con las indicaciones que me has dado no será difícil.

Jonás se frotó la sien, preocupado.

–Siento dejarte solo –dijo Kai.

–Da igual. Tendría muy bajo concepto de mí mismo si no me creyera capaz de controlar a un aprendiz de primer grado, por muy «Elegido» que sea.

Kai sonrió.

–Hasta pronto, amigo –dijo solamente.

Agitó las alas, levantando una fuerte ventolera a su alrededor. Jonás se protegió el rostro con un brazo.

Cuando volvió a mirar, el dragón ya había alzado el vuelo. Momentos más tarde, era tan solo una llama dorada recortada contra el cielo.

—Suerte, Kai —murmuró el joven mago.

Fenris permaneció callado largo rato. Salamandra, a su lado, aguardaba, expectante, mientras le miraba con cierta curiosidad.

El elfo no había cambiado desde su último encuentro. De hecho, ni siquiera había cambiado desde la primera vez que se vieron, siete años atrás. Entonces ella era poco más que una niña.

Ahora ya era una mujer. Deseaba decírselo, pero no encontraba las palabras, quizá porque sabía de antemano la respuesta de él. Aunque ahora pareciesen de la misma edad, el elfo tenía más de doscientos años, y continuaría siendo joven durante un par de siglos más, mientras que ella envejecería y moriría.

Y, en el fondo de su corazón, Salamandra sabía que Fenris le diría aquello por no decirle la verdad: que siempre la había querido como a una amiga, como a una hermana, pero nada más.

Salamandra no estaba acostumbrada a que hubiese cosas en el mundo que ella no pudiese cambiar. Le gustaba ser dueña de su vida y de su destino. Odiaba pensar que ella, que era una poderosa hechicera, no tenía el más mínimo control sobre los sentimientos de Fenris.

El elfo seguía igual en apariencia, pero algo en él era diferente. Llevaba el cabello, de color cobre, más largo y revuelto, y sus ojos tenían un cierto brillo salvaje. Sus movimientos eran algo más bruscos que de costumbre. Su voz sonaba más ronca de lo que ella recordaba.

—Tenías amigos en la Torre —susurró ella—. ¿Por qué elegiste venir aquí, por qué te decidiste por la otra opción?

Fenris le dirigió una dura mirada, pero ella no se acobardó.

—Dime, ¿por qué prefieres ser un lobo?

—Creía que habías venido a hablar de la profecía, Salamandra —dijo él.

—Bueno, ya te he contado lo que sé —respondió ella—. ¿Qué opinas tú? —añadió de mala gana.

—Parece un asunto grave —admitió el elfo, frunciendo el ceño—. Por un lado, creo que debería volver a la Torre por si Dana me necesita, pero, por otro...

—¡No debes hacerlo! —exclamó Salamandra, preocupada—. La profecía...

—En determinadas circunstancias, Salamandra, me preocupa más la seguridad de Dana que la mía propia —cortó Fenris.

Ella no respondió. Pensaba que las cosas habían cambiado, pero de nuevo volvía a sentirse como una niña reprendida por su Maestro. Porque Fenris, a pesar de que parecía muy cómodo con su nueva vida con los elfos-lobo, seguía siendo un mago poderoso, y había sido su tutor.

Algunas cosas nunca cambiaban.

—Me pondré en contacto con Dana esta misma noche —murmuró Fenris pensativo; en un movimiento reflejo se rascó la cabeza tras una de sus largas y puntiagudas orejas, y Salamandra pensó, inquieta, que parecía más lobo que elfo—. Le prometí que me tendría a su lado si alguna vez me necesitaba y, a pesar de todo, no quiero faltar a esa promesa.

Salamandra no dijo nada; entonces él se volvió para mirarla, y sonrió como si la viese por vez primera.

—Por cierto, has crecido mucho, Salamandra.

—Has tardado en darte cuenta. Creo que deberías adoptar esta forma más a menudo. Ser lobo te hace olvidarte de tu educación, por no hablar de tus amigos. La sonrisa de Fenris se hizo más amplia. Salamandra se sintió algo mejor al comprobar, aliviada, que cuanto más tiempo pasaba Fenris transformado en elfo más volvía a parecerse a la persona que había conocido.

—Te echo de menos —logró decir por fin.

Fenris le dirigió una mirada pensativa.

—Ya veo —dijo solamente—. No funcionó lo tuyo con Jonás, ¿eh?

—¿Qué insinúas? —saltó ella, ofendida.

—He visto a tus compañeros —dijo él, señalando con el mentón hacia el lugar donde habían dejado a Hugo y los demás—. Me he podido hacer una idea de cómo es tu nueva vida. No podía ser de otra forma. No estabas hecha para quedarte encerrada en la Torre.

—¿Y tú? —preguntó Salamandra, estremeciéndose.

—Yo os echo de menos a todos, pero esta es mi vida. Tú deberías comprenderlo mejor que nadie. Todos hemos seguido nuestro camino... yo pensé que me quedaría en la Torre para siempre, pero ya ves... Encontré esta opción, y no me arrepiento.

—La verdad, todos nos hemos ido de la Torre después de pasar la Prueba del Fuego. Hasta Conrado se ha marchado. De mi grupo solo queda Jonás...

De pronto, Fenris alzó la cabeza y husmeó en el aire. Se le escapó un breve ladrido, y Salamandra lo miró con inquietud.

Frente a ellos había un lobo de pelaje gris claro, que miraba a Fenris con cierto aire de reproche.

—Ah, Gaya —dijo él; se volvió hacia Salamandra—. Dejad que os presente. Gaya, esta es Salamandra, una amiga de la Torre.

La joven maga vio, no sin cierto desasosiego, cómo el lobo gris se transformaba en una elfa de salvaje belleza y de larguísimos y despeinados cabellos color rubio ceniza. Igual que Fenris, iba desnuda, y parecía recién salida de lo más profundo del bosque.

—Encantada —dijo con voz ronca.

Fenris miró de nuevo a Salamandra, algo inquieto.

—Salamandra, ella es Gaya, mi compañera —explicó.

La joven lo había estado temiendo, pero ello no impidió que las palabras del elfo sonasen en sus oídos como una sentencia de muerte.

VII

DE VUELTA A CASA

DANA SE DETUVO EN UN RECODO DEL CAMINO, y su caballo relinchó con impaciencia. La Señora de la Torre echó de menos, una vez más, a Lunaestrella, su fiel yegua, que había muerto dos años atrás. Calmó al animal y paseó su mirada por la campiña.

Se hallaba en una comarca de suaves colinas y verdes valles, salpicados de granjas y peinados por campos de cultivo y caminos para carros.

Hacía más de veinte años que no pasaba por allí, pero nada parecía haber cambiado.

Nada, salvo ella misma.

La última vez que pasó por aquel camino era una niña de diez años que trataba de mantenerse erguida sobre su nuevo caballo, tras el hombre que la llevaría lejos de su hogar hasta un remoto valle perdido entre montañas.

Ahora era una mujer madura, una poderosa Archimaga, la Señora de la Torre.

«¿Por qué no regresé nunca?», se preguntó entonces, mientras espoleaba de nuevo a su caballo. «¿Qué me lo impedía?»

Cuando detuvo su caballo frente a la valla de una granja de tejados rojos, entre el bosque y la explanada, todavía no había encontrado la respuesta a aquellas preguntas.

Un hombre acudió a recibirla.

—¿Puedo ayudaros, señora? —preguntó.

Dana lo miró con atención y sonrió.

—Me gustaría ver a los dueños de la granja, si es posible —dijo suavemente.

El hombre negó con la cabeza.

—Mi padre ha ido al pueblo. Si puedo hacer alguna cosa por vos...

Dana bajó del caballo ágilmente y se quedó mirándole un momento. Él le devolvió una mirada inquieta.

—¿Señora...?

—Oh, deja de llamarme así. Cuando éramos niños me tirabas de las trenzas. ¿Tanto he cambiado?

El granjero la miró con algo más de atención, frunciendo el ceño. De pronto, pareció reconocerla.

—Tú...

—¿Qué es lo que pasa?

Los dos se volvieron hacia la persona que acababa de hablar, una mujer pequeña de cabello cano y gesto enérgico. Dana avanzó hacia ella, algo vacilante, y la miró a los ojos.

La mujer la reconoció al punto, pero la sorpresa le impidió hablar durante un momento.

La Señora de la Torre tuvo que tragar saliva antes de poder decir, en un susurro:

—Madre.

Hugo se sintió considerablemente aliviado cuando vio regresar a Salamandra, saltando de roca en roca. La joven presentaba un gesto bastante adusto, pero el aventurero no lo consideró una gran novedad.

—Nos vamos —dijo ella en cuanto llegó junto a sus compañeros.

Hugo no resistió la tentación de hacerse el valiente.

—Lástima de pieles —suspiró, echando un vistazo resignado a los lobos que los rodeaban—. Habríamos sacado mucho por ellas.

Salamandra lo miró casi con odio.

—Cierra la boca. Ya te dije que no íbamos de caza.

Hugo se encogió de hombros en un gesto burlón, pero nadie más dijo nada. Aunque no se atrevieron a confesarlo, ninguno de ellos respiró tranquilo hasta que dejaron muy atrás la hondonada donde se habían encontrado con aquellos extraordinarios lobos.

Salamandra tampoco pronunció palabra durante el viaje de regreso. Parecía sumida en sus propios pensamientos, y no respondió a ninguna de las bromas de sus compañeros.

En realidad, estaba pensando en su próximo movimiento.

Fenris había abandonado la Torre apenas un par de meses antes de que ella se presentase a la Prueba del Fuego. Desde aquel momento, Salamandra solo había tenido un único pensamiento: superar la prueba para ser reconocida como maga de primer nivel y poder abandonar la Torre para ir en su busca.

Habían pasado tres años desde entonces, tres años a lo largo de los cuales Salamandra había vivido muchas aventuras, pero jamás había olvidado su objetivo de encontrar a Fenris.

Ahora que lo había logrado y que el encuentro no había resultado como ella habría deseado, se sentía desorientada y, sobre todo, vacía. Muy vacía.

Mientras Hugo proponía entusiasmado abandonar el Reino de los Elfos y buscar aventuras en las agrestes tierras del sur, Salamandra se preguntaba si iría con ellos una vez más o, por el contrario, había llegado el momento de buscar su propio camino y seguir adelante... sola.

Iris volvía a su cuarto silenciosamente, deslizándose por los rincones en sombras. Estaba preocupada. Saevin le había contado que Dana y Kai se habían marchado, y que Jonás había quedado como responsable de la Torre. Aunque Jonás le infundía confianza, Iris sospechaba que la súbita partida de la Señora de la Torre era un indicio de que algo muy grave estaba ocurriendo. Ya no sabía si había hecho bien en quedarse allí. Algo le decía que debía hablar con Jonás y decirle que había desobedecido y se había escondido para no tener que abandonar la Torre con los demás, pero sabía que, en cuanto lo hiciera, el mago la enviaría a reunirse con ellos. Y eso también la asustaba.

«Mira, es ella...»

Iris se detuvo de pronto en el pasillo. Estaba segura de haber oído una voz.

«¿Qué estará haciendo aquí?»

Iris dio un respingo y comenzó a temblar.

—Na... nada —susurró—. Yo...

«Debería esconderse, ¿verdad?»

«Oh, sí, debería hacerlo. Los magos tienen mil ojos.»

Iris se volvió hacia todos lados, con los ojos desorbitados de terror.

–¿Qui... quién es? ¿Quién habla?

Escuchó atentamente, con el corazón latiéndole con fuerza, pero no oyó nada más. Muy asustada, se deslizó escaleras arriba, todavía temblando.

No vio la sombra de Saevin que la observaba desde un rincón, con un brillo calculador en sus impasibles ojos azules.

Anochecía ya cuando Dana entró en el granero de la granja. Había pasado la tarde hablando con su familia, aunque solo su madre parecía alegrarse de veras de su regreso. Para su padre y todos sus hermanos y hermanas era ya una extraña. Habían transcurrido más de veinte años. La vida en la comarca había continuado sin ella. Sus hermanos mayores tenían ya hijos adolescentes, y sus hermanos pequeños no la recordaban.

Pese a todo, la habían invitado a cenar con cariño y cortesía. Sobre todo los más jóvenes ansiaban escuchar historias de lugares lejanos, aunque Dana poco podía contarles. Todos ellos sabían que se había ido lejos, «a estudiar», pero desconocían la naturaleza de tales estudios. Dana no se lo explicó. Había pasado mucho tiempo, y ella no era capaz de recordar qué actitud tenían hacia la magia los habitantes de la comarca. Pero por experiencia sabía que la gente sencilla temía a los hechiceros y no confiaba en ellos.

–¿Qué haces ahora, Dana? –había preguntado su madre.

—Dirijo una escuela —simplificó ella.

—¡Una escuela! —exclamó una de las niñas, una sobrina a la que Dana acababa de conocer—. A mí me gustaría aprender en tu escuela.

Dana sonrió, pero una de sus hermanas, la madre de la pequeña, replicó:

—Tú tendrás que trabajar en la granja como todos tus hermanos.

La Señora de la Torre pensó que, mucho tiempo años atrás, había creído que aquel era también el destino reservado para ella. Después se sintió muy afortunada de poder estudiar hechicería en la Torre, pero ahora miraba a su familia y no estaba tan segura. Vio rostros cansados, curtidos, manos encallecidas de trabajar, pero miradas limpias, tranquilas y felices. Adivinó que la cosecha había sido buena.

Se preguntó cuándo había tenido ella un buen año.

—Parece que los niños te dan muchas preocupaciones —dijo su madre, casi como si adivinase sus pensamientos.

—También muchas alegrías —replicó ella.

Habían seguido hablando hasta después de la cena. Sus hermanos querían saber dónde vivía ella ahora, sus hermanas le preguntaban por qué no se había casado todavía.

—Parece que fue ayer cuando te escondías en el granero, debajo de esa vieja manta.

El corazón de la Señora de la Torre empezó a latir con fuerza.

—Me gustaría recordar viejos tiempos —dijo sencillamente—. Me gustaría que me permitieseis dormir allí esta noche.

Su madre le dirigió una extraña mirada, pero no dijo nada.

Ahora estaba allí, sola, de pie en el granero, sosteniendo un farol en alto.

—Todos se han acostado ya —susurró la voz de Shi-Mae en su oído—. ¿Estás segura de que sabes dónde buscar?

Dana evocó unas lejanas palabras: «Si algún día vuelves a casa...».

—Señora de la Torre, no tenemos todo el día.

—Está bien, está bien.

Dana colgó el farol de un gancho y susurró unas palabras mágicas. Después, contuvo el aliento.

No tuvo que aguardar mucho. En seguida, media docena de pequeñas siluetas corrieron hasta ella desde los rincones más ocultos del granero. Eran hombrecillos no más altos que la palma de su mano y vestidos con colores oscuros. Arrastraban pequeños picos y palas tras de sí.

—¿Nos has llamado, Señora de la Torre? —dijo uno de ellos con voz chillona.

—Necesito vuestra ayuda —susurró ella.

El hombrecillo hizo una reverencia.

—Los duendes cavadores siempre estamos a tu servicio. ¿Qué hemos de hacer?

«Si algún día vuelves a casa y excavas en la pared oeste del granero, bajo la ventana...»

Dana se estremeció. Los recuerdos acudían a ella como un torrente de aguas desbordadas, y le resultaba difícil mantenerse en el presente.

Les indicó el lugar.

—Con mucho cuidado, por favor —suplicó.

Los hombrecillos parecieron ofendidos.

—Los duendes cavadores siempre tenemos cuidado.

Dana no discutió y les dejó hacer.

Mientras los duendes cavaban donde ella les había indicado a una velocidad de vértigo, Dana recorrió aquel rincón perdido en sus recuerdos de infancia.

No había cambiado mucho. La madera parecía más vieja y habían construido un pequeño armario para guardar los aperos de labranza, pero, por lo demás, seguía estando igual. Rozó con los dedos la vieja escalera que llevaba a la parte alta y que tantas veces había subido de niña, y sintió un ramalazo de nostalgia.

En todos aquellos recuerdos seguía estando él: Kai.

Todos los rincones del granero le devolvían la imagen de un chiquillo rubio, delgado y algo mal vestido, pero animoso y vivaz, siempre dispuesto a emprender nuevas aventuras, siempre con una sonrisa en los labios y con un brillo travieso en la mirada.

Habían crecido juntos, y en muchas ocasiones, Dana había llegado a olvidar que ella era la única capaz de verle, y que nunca había tocado otra cosa que aire cuando trataba de rozar su piel.

—Estoy haciendo esto por ti, amigo mío —susurró.

—¡Señora de la Torre! —la llamaron súbitamente los duendes cavadores.

Dana se apresuró a acudir junto a ellos. En apenas unos minutos, las seis mágicas criaturas habían abierto una fosa de considerable tamaño y profundidad, y mostraban orgullosos lo que habían hallado en su fondo.

La Señora de la Torre sintió que el dolor la golpeaba como una maza; le temblaron las piernas y tuvo que apoyarse contra la pared para no caerse.

Sabía lo que iba a encontrar, y había creído estar preparada... pero en aquel mismo momento descubrió que no lo estaba, ni lo estaría nunca.

La voz de Kai, perdida en el recuerdo, seguía resonando en su mente: «Si algún día vuelves a casa y excavas en la pared oeste del granero, bajo la ventana... seguramente encontrarás mis huesos, si es que los perros no los han desenterrado ya».

En el fondo del foso había un esqueleto de huesos pálidos y quebrados.

Fenris gruñó algo y se envolvió aún más en el manto. Las llamas de la hoguera iluminaban su rostro de elfo, enmarcado por enmarañados mechones de cabello cobrizo. Sus ojos ambarinos aún no habían perdido el brillo salvaje del lobo.

Abrió con cuidado el saquillo que traía consigo y arrojó su contenido, unos polvos de color dorado, sobre la hoguera, cuyas llamas se elevaron más todavía hacia el cielo sin luna. Fenris retrocedió un poco y observó el fuego.

—Señora de la Torre —gruñó más que dijo.

Las llamas no le devolvieron la imagen que él esperaba. Sin dudarlo, el elfo introdujo la mano en el fuego para remover los troncos. Las llamas no quemaron su piel.

—Me da escalofríos verte hacer eso —dijo tras él una voz femenina, pero profunda y ligeramente enronquecida.

Tras él apareció el rostro élfico de Gaya.

—Soy un mago —repuso Fenris.

—El único mago que hay entre nosotros —dijo ella—. Nunca te lo he preguntado, pero supongo que tu poder te permitió aprender a controlar tus cambios con mayor facilidad que el resto de nosotros.

—Supones mal —replicó él en voz baja—. Fue duro de todos modos.

Su mano se crispó en un gesto de impotencia.

—Maldita sea —gruñó—. No logro comunicarme con Dana. Algo va mal.

Sintió que Gaya lo miraba fijamente, y se volvió hacia ella.

—¿Vas a marcharte? —le preguntó sin rodeos.

Fenris vaciló.

—Vas a marcharte —dijo ella en voz baja, comprendiendo.

—Aún no sé qué voy a hacer. Llevo ya tiempo viviendo como un lobo. No me atrae la idea de volver junto a los seres humanos, ni junto a los elfos, a pesar de que, gracias a la reina Nawin, ya no soy un proscrito en mi tierra. Sin embargo, ya te he hablado de Dana. Ella y yo somos amigos. Ella me ayudó cuando más perdido y solo estaba. Si me necesita ahora, no puedo fallarle.

—Lo sé —asintió Gaya; calló un momento antes de añadir—. Otros se marcharon antes que tú; ninguno regresó.

—Yo lo haré.

—Eso dicen todos, muchacho.

Fenris y Gaya alzaron la cabeza y vieron a un elfo de aspecto tan salvaje como cualquiera de ellos dos, de cabello cano y ojos oscuros y penetrantes.

—Zor —murmuró Fenris, sorprendido—. ¿Qué te ha hecho cambiar de forma?

—Tú, Fenris —su voz seguía sonando como un gruñido—. Recuerdo la primera vez que te vi, hace siete años. Había oído hablar de ti a los vientos. Las hojas de los árboles susurraban que al otro lado del mar había alguien como nosotros, alguien que, además, poseía el don de la magia. Por eso abandoné mi forma de lobo y traté de parecer un elfo más o menos respetable. Así, crucé el mar y recorrí el continente que se extendía al otro lado, buscándote.

»Y por fin te encontré.

Fenris entornó los ojos. Recordaba perfectamente el momento de su primer encuentro. Una jauría de lobos había atacado a los aprendices de la Torre: Jonás, Salamandra, Nawin y Conrado, que habían cometido la imprudencia de escapar al bosque en momentos inciertos. El propio Fenris había acudido al rescate, transformado en lobo.

Zor lo había rescatado a él.

Después se había marchado tan silenciosa y misteriosamente como había llegado, sin que Fenris pudiera preguntarle...

Pero nunca había olvidado a aquel enorme lobo blanco ni el convencimiento de que, por primera vez en su vida, había encontrado a alguien como él.

—¿Dices que cruzaste el mar a propósito para venir a buscarme? No puedo creerlo. ¿Por qué te fuiste entonces sin decir nada?

—Porque ya te había encontrado —Zor le dirigió una mirada inescrutable—. El resto del camino debías recorrerlo tú solo. Y yo sabía que tarde o temprano llegarías hasta nosotros.

Fenris no dijo nada.

—Y lo hiciste, Fenris —prosiguió el elfo-lobo—. Porque todos los que son como nosotros nos encuentran, antes o después.

—¿Adónde quieres ir a parar?

—Nosotros somos elfos-lobo; apenas una docena en todo el vasto Reino de los Elfos. Pero nuestra peculiaridad es menos rara en tierras humanas. Allí pude encontrar hasta tres grupos distintos de hombres-lobo. Aun así, allí también los temen y los odian, igual que a los elfos-lobo, porque es difícil aprender a controlar los cambios del plenilunio, aprender a transformarse a voluntad, como lo hacemos nosotros. Para cuando logramos llegar a este nivel, nuestra fama de bestias asesinas nos ha apartado del resto del mundo. Por eso huimos y nos reunimos en grupos, en lugares que nadie ha pisado jamás.

»Pero tú eres diferente, Fenris.

—¿Qué quieres decir?

—Tú has encontrado un lugar entre los hombres. Tú tienes amigos fuera de nuestro grupo.

Fenris fue a responder algo, pero finalmente calló y sacudió la cabeza.

—He visto a esa joven humana que ha venido a buscarte hoy. No solo te ofrecía su amistad, sino también su amor.

Fenris evitó mirar a Gaya.

—No sé si eso se debe a que has vivido entre magos, acostumbrados a lo extraordinario.

—Puede ser —murmuró Fenris—. También los magos son odiados y temidos en muchos lugares del mundo. Pero eso no significa que yo sea como ellos.

—Tú eres uno de ellos, Fenris —gruñó Zor—, lo quieras o no. Pero también eres uno de nosotros. Por eso aceptaremos tu partida.

Fenris dirigió a los elfos-lobo una mirada interrogante.

—¿Cuándo vas a marcharte? —preguntó Gaya.

El mago se levantó trabajosamente y tuvo que quedarse quieto un momento para acostumbrarse a caminar de nuevo sobre dos piernas. Después miró a su compañera, y no vio dolor reflejado en sus ojos, sino serenidad y estoicismo.

—Volveré, Gaya.

—¿Cuándo vas a marcharte? —repitió ella.

—En cuanto esté preparado.

Ella no respondió. Dio media vuelta y se internó en la espesura. Fenris se la quedó mirando y, tras un breve momento de vacilación, la siguió.

—De modo que eso es todo lo que queda del cuerpo de Kai —dijo la voz de Shi-Mae en su oído.

Dana la ignoró y se concentró en el sencillo hechizo reductor que estaba aplicando al esqueleto. Este empequeñecía por momentos. Cuando no fue más grande que la osamenta de un ratón, Dana pronunció una breve orden mágica y el proceso se detuvo. La Archimaga extrajo entonces una pequeña caja de su túnica y la abrió. Con una nueva palabra mágica hizo que los restos de Kai levitasen lentamente en el aire hasta introducirse en la caja, sin mezclarse ni desordenarse. Cuando los huesos estuvieron guardados, Dana cerró la caja y se la guardó con un estremecimiento.

—Señora de la Torre, viene alguien —avisó Shi-Mae.

Dana ya se había percatado de que una débil luz había invadido el granero. Se volvió y vio la figura encorvada de su madre, que entraba con un candil en la mano.

—¿Qué sucede, Dana? —preguntó ella.

La Señora de la Torre echó un vistazo a la fosa. Los duendes cavadores habían desaparecido, pero el agujero seguía allí.

—¿Se puede saber qué estás haciendo, hija?

—Lo arreglaré —respondió ella con suavidad.

Se sintió extraña. No había pensado en su madre desde hacía años. Resultaba raro pensar que los orígenes de la poderosa Archimaga que era la Señora de la Torre estaban en aquella humilde granja.

En aquella mujer, pequeña y enjuta, de pelo canoso y mirada resuelta.

La granjera se acercó a ella y la miró con gesto serio. Por un momento le recordó a Maritta, la cocinera enana de la Torre, que había sido su mejor amiga, y que había muerto años atrás.

—Parece que fue ayer cuando ese hombre vino... —suspiró la mujer.

Dana se estremeció involuntariamente. Su madre se refería al Maestro, el hombre que la había separado de su familia para llevarla a la Torre y enseñarle a conocer y emplear la magia.

—Nos dijo que te daría una educación, que sería mejor para ti —prosiguió ella—. Aceptamos. Aún recuerdo cuando te marchaste, niña mía, tan pequeña sobre ese caballo tan grande. Desde entonces me he preguntado muchas veces si hice lo correcto...

Dana sonrió levemente, emocionada por el cariño que emanaba de la voz de su madre, y pensó qué respuesta debía darle. El Maestro no había sido un hombre bueno; había tratado de utilizar el poder de Dana para sus propios fines, había estado a punto de matarla.

Pero le había enseñado el camino de la magia.

–Hiciste bien –le dijo a su madre–. Por fin encontré mi lugar en el mundo.

Ella sonrió, y su rostro se llenó de arrugas. De pronto, sus ojos se detuvieron en algo que descansaba sobre el pecho de Dana. Se trataba de un colgante de plata que representaba una luna que sostenía una estrella entre sus cuernos.

Un colgante que la granjera había entregado a su hija el día de su partida, hacía tanto tiempo.

–Ah, esto –murmuró la hechicera, siguiendo la dirección de su mirada–. Siempre lo llevo conmigo, madre. Es mi talismán.

–No es mágico, hija –dijo ella, mirándola a los ojos.

Dana se estremeció involuntariamente. «Lo sabe», pensó. «Lo sabe, y no le importa, no me teme, no me rechaza.»

–Para mí vale más que todas las joyas mágicas del mundo –susurró.

Las miradas de ambas se cruzaron.

Más de veinte años después, madre e hija volvieron a fundirse en un cálido abrazo.

Iris seguía temblando en su refugio, intentando convencerse a sí misma de que las misteriosas voces que había escuchado habían sido un producto de su imaginación. Sin embargo, las había oído con demasiada claridad como para ignorarlas.

Las voces decían...

«Puedes esconderte de ella, pero no de nosotros.»

«Ven, te necesitamos.»

«Sube, te esperamos.»

«Escucha...»

Iris gimió y se tapó los oídos con las manos, pero las voces seguían sonando en su interior, muy hondo...

VIII

LA PUERTA

EL LOBO ALZÓ LA CABEZA hacia el cielo estrellado y clavó su mirada en la luna. Husmeó en el aire y aulló.

Como si se tratara de una respuesta a su llamada, algo parecido a una llama surcó el firmamento.

El lobo aulló de nuevo. Se quedó un momento mirando aquello que sobrevolaba el bosque y, con un leve gruñido de asentimiento, descendió de lo alto del cerro y volvió a internarse en la espesura.

Salamandra y los suyos también lo habían visto.

—¡Diantre! —exclamó Fabius—. ¿Qué era eso?

La maga se había levantado de un salto y se había alejado un poco de la hoguera para poder observar mejor el extraño rayo dorado que cruzaba el cielo.

—Bueno, tú que sabes tantas cosas —oyó la voz de Hugo tras ella—, dinos, ¿de qué se trata?

Salamandra tardó un poco en contestar. La llama voladora se alejaba, y ella permanecía allí, indecisa, tratando de adivinar qué significaba su presencia en aquel lugar.

—¿Salamandra...?

Ella volvió a la realidad, pero no se giró para mirar a Hugo.

—Es un dragón —dijo a media voz.

—¿Un dragón? —resopló Hugo—. Pues parecía hecho de oro puro. ¡Eh, compañeros! —llamó—. ¿Venís con Salamandra y conmigo?

—¿Adónde?

—¡A la caza del mayor botín que haya pasado ante nuestras narices! Cada escama de esa bestia debe de valer una fort...

—¡Silencio! —estalló Salamandra—. Nadie tocará a ese dragón.

—Pero, ¿por qué no? ¿Qué tripa se te ha roto esta vez?

Ella respiró hondo.

—Porque lo conozco —calló un momento antes de añadir—. Es amigo mío.

Hugo resopló por lo bajo.

—Tienes amigos muy extraños, Salamandra, ¿lo sabías?

—Es una condenada túnica roja —murmuró Eric—. No podía ser de otra manera.

—Está bien, os hablaré en un lenguaje que podáis comprender —dijo Salamandra, un poco harta—: ese es Kai, el dragón de la Señora de la Torre, una de las más poderosas Archimagas de los siete reinos. Estoy segura de que ella no vería con buenos ojos que una piojosa pandilla de mercenarios fuese a pincharle con sus espadas, ¿me explico?

Hugo abrió la boca para replicar, pero no llegó a decir nada.

—Así me gusta —asintió Salamandra—. Bueno, yo he de ir a resolver un asunto urgente. Podéis largaros o podéis esperarme, me da igual. En cualquier caso, que la suerte os sonría.

Hugo reaccionó.

—¡Espera, Salamandra...!

Se detuvo, disgustado.

La maga había desaparecido. Se había esfumado en el aire.

—¡Maldita túnica roja...! —murmuró el aventurero.

Kai seguía volando siempre hacia el norte, pero estaba demasiado agotado como para fijarse en el pequeño campamento que acababa de sobrevolar. Llevaba un día y una noche viajando, y en realidad no tenía demasiado claro cuándo debía parar. De noche, todo el bosque parecía igual.

Resopló suavemente y se esforzó por mantenerse despierto. No se había detenido ni un solo momento y había forzado sus alas al máximo para cruzar el mar en el menor tiempo posible.

Por eso, cuando vio el destello de luz un poco más allá, le costó un poco darse cuenta de lo que estaba pasando.

Frente a él, suspendida en el cielo nocturno, flotaba la brillante imagen de un lobo.

Kai reprimió un bostezo y sonrió.

Halló cerca de allí una gran explanada, y no dudó en descender y posarse en tierra por fin. Cuando replegó las alas, todo su cuerpo se lo agradeció. Sin embargo, no se dejó vencer por el cansancio. Miró a su alrededor en busca de la persona que le había dejado aquella brillante señal en el cielo.

Por fin, bajo la luz de la luna y las estrellas, pudo distinguir una figura alta y esbelta, que caminaba hacia él un poco encorvada, envuelta en una túnica roja.

—Hola, Kai —saludó una voz que antaño fue melodiosa y musical, pero que ahora sonaba grave y algo áspera—. ¿Qué te trae por aquí?

—¿Fenris? Caramba, apestas a lobo.

—No me daré por ofendido —repuso el mago.

Pronunció una palabra mágica. Se oyó un chasquido y, de pronto, una pequeña bola de fuego iluminó el claro, quedando suspendida en el aire sobre sus cabezas.

Ambos se examinaron mutuamente.

—Te veo algo cambiado —comentó el dragón.

—Te lo contaré en otro momento; es una larga historia. Supongo que traes noticias, ¿no?

—Exacto —frunció el ceño y husmeó en el aire—. Dime, ¿quién está contigo?

Fenris se volvió rápidamente. Justo entonces, ambos distinguieron otra figura vestida de color rojo que avanzaba hacia ellos en la oscuridad.

—¿Salamandra? —preguntó Kai, inseguro.

—¡Salamandra! —exclamó Fenris, con un gruñido.

—Saludos, chicos —dijo ella en tono festivo.

Dana se volvió solo un momento sobre la grupa de su caballo para ver la granja por última vez antes de marcharse.

Era todavía de noche. No le gustaba partir en la oscuridad sin despedirse de nadie, pero el tiempo apremiaba, y no podía esperar al amanecer.

Solo una persona sabía que se marchaba, y había acudido a despedirla a la puerta de la granja.

—Hasta siempre, madre —murmuró la Señora de la Torre. Clavó los talones en los flancos de su caballo, y la oscuridad de la noche se la tragó.

—Creo que empiezo a entender algo de todo esto —murmuró Fenris.

Los tres se habían reunido en torno a una hoguera alimentada con la magia ígnea de Salamandra.

—Alguien será traicionado... todo parece apuntar a Nawin, ¿no? Alguien será tentado por el mal...

—Puede que Saevin —apuntó Kai—. Me da mala espina. Tiene mucho poder... pero es muy joven, y necesita un mentor. Habría que ver entonces a quién elige.

—Otro partirá en peligroso viaje... me temo que no sé qué significa. Otro se consumirá en su propio fuego... —evitó mirar a Salamandra, pero ella se sintió aludida de todas formas.

—Vale, sí, ya lo sé. ¿Qué más?

—Otro escuchará la llamada de los muertos —prosiguió Kai—. Es obvio que se refiere a Dana.

—Evidente, sí —coincidió Fenris—. Y ahora llegamos a lo que nos interesa: otro abrirá la Puerta.

—¿A qué Puerta se refiere? —preguntó Salamandra.

—A la Puerta entre el mundo de los vivos y el de los muertos, por supuesto —dijo Kai—. Pero, ¿quién podría hacer eso?

Salamandra vaciló un momento antes de decir en voz baja:

—¿Os acordáis de Conrado?

—¿Conrado? —murmuró Fenris, entornando los ojos—. ¿Aquel chico tan estudioso que estaba con vosotros cuando...?

—Sí, era de nuestro grupo. Él estuvo a punto de abrir la puerta al Laberinto de las Sombras, ¿recuerdas? Él abrió la Puerta que guardaba Shi-Mae, para que Kai...

—Para que yo pudiese atravesarla y hablar con los espíritus —concluyó el dragón—. Claro que lo recuerdo. ¿Qué fue de Conrado, entonces?

—Bueno, ya por aquellos días le interesaba el tema de las puertas y agujeros interdimensionales. Él era el mayor de todos nosotros, si exceptuamos a Nawin, claro. Fue el primero en superar la Prueba del Fuego. Después se fue de la Torre y, por lo que sé, vive encerrado en su casa, solo, estudiando.

Fenris no pudo reprimir una sonrisa.

—Típico de él.

—Estoy segura de que no hay nadie que sepa más de Puertas que él. Yo...—vaciló de nuevo—. Sé dónde vive. Podríamos ir a consultarle...

—Y le daríamos una razón para regresar a la Torre cuando llegase el Momento —concluyó Fenris, severo—. No me parece tan buena idea. ¿No recuerdas qué más cosas dice la profecía?

—El más joven entregará su aliento vital, o algo así. ¿Quién es «el más joven»?

—La más joven de la Torre es una niña llamada Iris —dijo Kai—. Creo que no tiene más de doce años. Pero Jonás la envió a otra Escuela, junto con el resto de aprendices.

—Hum —murmuró Fenris—. Puede que sí se pueda evitar la profecía, al fin y al cabo. Veamos... otro recuperará su verdadero cuerpo...

Ninguno de los dos miró a Kai. El dragón respiró hondo.

—Por eso se ha ido Dana —dijo en un susurro.

—Pero, ¿puede hacer eso? —preguntó Salamandra—. ¿Puede hacer que recuperes tu cuerpo?

Kai miró a Fenris, que tardó un rato en contestar.

—Tal vez —dijo finalmente—. Cuando estudiamos el caso llegamos a la conclusión de que existen medios para resucitar a los muertos... Pero quedan convertidos en criaturas bastante desagradables... zombies, se llaman. Sin embargo, si uno de esos conjuros se realizase en ese Momento, en que la frontera entre la vida y la muerte se hace más difusa..., podría funcionar.

—¿«Podría»?

—No, maldita sea, estoy seguro de que funcionaría —gruñó Fenris—. Dana solo necesita una parte del verdadero cuerpo de Kai...

Salamandra miró a Kai, interrogante. El dragón frunció el ceño.

—Mi cuerpo está enterrado en la granja donde nació Dana —dijo—. ¿Creéis que se ha ido hasta allí?

—Casi con toda seguridad —dijo Fenris, mirándole con seriedad—. ¿Tú sabrías volver allí?

—Sí —desplegó las alas con impaciencia—. ¿Cuándo nos vamos?

—Espera un momento —interrumpió Salamandra—. Quiero seguir desentrañando la profecía. Otro verá cumplida su venganza... ¿quién quiere vengarse?

—El Maestro, sin duda —respondieron Fenris y Kai a dúo.

—¿El Maestro, otra vez? —Salamandra frunció el ceño; Fenris y Dana se habían rebelado contra su Maestro mu-

124

cho tiempo atrás, y las leyes de la magia decían que, en aquellos casos, él tenía derecho a vengarse de ellos, incluso después de muerto−. Pero ya lo derrotamos, ¿no?

−Un par de veces −respondió Fenris, mohíno−. Pero está claro que no se puede matar a quien ya está muerto, ¿no? Y Kai se ha encargado de enseñarnos que los habitantes del Otro Lado son tan reales como tú y como yo.

−De todas formas, si quisiera vengarse, lo tendría fácil cuando llegue el Momento −reflexionó Salamandra−. Veamos, si no he entendido mal, hay quien está muy interesado en abrir esa Puerta cuando llegue el Momento. Pero no lo entiendo. Shi-Mae tenía una Puerta. Conrado la abrió sin problemas...

−No exactamente −replicó Fenris−. Verás, esa Puerta permitía a Shi-Mae comunicarse con el Otro Lado. Podríamos decir que, más que una Puerta, era una Ventana. Sin embargo, cuando llegue el Momento, sería relativamente fácil abrirla del todo y permitir el paso de un lugar a otro... El paso de mucha gente a la vez, incluso.

Salamandra se estremeció.

−En momentos como este desearía no tener tanta imaginación −murmuró−. Porque supongo que te refieres a todo un ejército de criaturas del Otro Lado atravesando la Puerta en masa...

−Exacto −susurró Kai−. Yo he estado allí, sé lo que sienten todos. Podríamos ser felices al Otro Lado si no fuera porque la vida nos llama y nos atrae como un imán. Los más sabios saben que la vida y la muerte no son dos estados contrarios, sino complementarios. Sin embargo, mucha gente lo olvida, a ambos lados de la frontera. Los muertos desean volver a la vida, y los vivos buscan la inmortalidad.

—...Para que el último de ellos cruce la Puerta y se haga inmortal —recordó Salamandra—. ¿Quién querría hacerse inmortal? ¿Quién nos falta en la ecuación de la profecía?

Fenris sacudió la cabeza.

—Podría ser cualquiera. Muchos han pasado por la Torre en los últimos tiempos, Salamandra. No podemos saberlo.

Hubo un breve silencio. Salamandra había evitado voluntariamente la parte de la profecía que se refería a aquel que iba a morir entre horribles sufrimientos, y ni Kai ni Fenris parecían dispuestos a recordarla.

Fue el dragón quien rompió el silencio.

—Yo pienso ir a buscar a Dana a la granja —declaró—. ¿Quién me acompaña?

Fenris y Salamandra cruzaron una mirada.

—Yo lo haré —gruñó el mago—. Si puedes evitarlo, Salamandra, mantente alejada de todo esto.

—¿Bromeas? No temo a las profecías. Creo en mi poder para cambiar mi destino.

—Sabía que dirías eso. ¿Qué piensas hacer?

—Sé que no te parece bien, Fenris, pero creo que deberíamos consultar a Conrado. Sin duda ya sabe lo del Momento. Quizá deberíamos asegurarnos de que no vaya a abrir la Puerta por error.

Fenris consideró aquella nueva perspectiva.

—Tienes razón, aunque no me gusta nada todo esto. Ya es bastante preocupante la idea de que Dana esté trabajando para que se cumpla la profecía... y lo siento mucho, Kai, pero no pienso ayudarla.

—Estoy de acuerdo contigo —asintió él.

—Bueno, ya sabéis que yo no creo en el destino —dijo Salamandra—. Tal vez la profecía no sea más que una serie de advertencias acerca de lo que podría suceder. Podemos intentar que se cumplan las cosas buenas y tratar de evitar las malas.

—Sí, sospecho que eso es lo que cree Dana también —suspiró Fenris—. El problema está, Salamandra, en que no sabemos cuánta influencia podemos tener en todo este asunto.

—En cualquier caso —intervino Kai, fijando en ellos sus ojos verdes—, el tiempo apremia.

Dana se arrodilló con cuidado junto al manantial e introdujo la redoma en el agua. El líquido, de una pureza sin igual, llenó en seguida el recipiente. La Archimaga lo sacó y lo estudió a la luz del amanecer.

—Agua de vida —susurró.

Suspiró, agotada. No había sido sencillo acceder al mítico manantial del agua de vida. Estaba custodiado por los más salvajes espíritus del bosque profundo. Dana y Shi-Mae habían tardado toda la noche en atravesar la espesura, y la poderosa hechicera había estado a punto de ser tragada por ella en alguna ocasión.

Sin embargo, ahí tenía su premio, en aquel pequeño frasco de cristal.

Se volvió hacia Shi-Mae. El fantasma de la Archimaga elfa aguardaba junto a ella, en silencio.

—¿Qué es lo siguiente?

—Lo sabes muy bien —respondió Shi-Mae—: sangre de fénix.

Dana se estremeció involuntariamente.

—Sangre de fénix para volver a la vida —susurró.

—No es algo que cualquier mago pueda tener en su laboratorio, Señora de la Torre. La sangre de fénix pierde sus propiedades si no se usa en menos de siete horas...

Dana suspiró. Shi-Mae se encogió de hombros.

—Nadie dijo que fuera fácil.

Dana alzó la cabeza para mirar la cascada del manantial, envuelta en un arco iris.

—En tal caso, démonos prisa —dijo—. Quiero regresar a la Torre con tiempo, antes de que llegue el Momento. No puedo olvidar que he dejado solos a Kai y a Saevin... Dime, Shi-Mae... ¿Dónde puedo encontrar un fénix?

Los ojos de Shi-Mae parecieron relampaguear un breve instante.

—Hay un mago que vive en los confines de este continente, al oeste, en la Cordillera de la Niebla —susurró—. Él tiene un ave fénix.

Dana se volvió hacia ella, suspicaz.

—¿Cómo lo sabes?

—Lo sé. Y tú sabes que no te miento.

—Es cierto, no me mientes, lo veo en tu aura. Pero tampoco me estás diciendo toda la verdad. ¿Quién es ese mago?

—Es... —Shi-Mae vaciló un breve instante—. Es un mago negro, Señora de la Torre.

Dana asintió, pensativa. Los magos negros eran aquellos que habían obtenido un gran poder por medios poco convencionales. El Consejo de Magos no los admitía oficialmente como hechiceros, y sin embargo, algunos eran más poderosos que los mismos Archimagos.

—Ya veo. Por alguna razón, tú quieres llegar hasta él. Por eso me pediste que te vinculase a mí, ¿no es verdad? Porque sabías que, si yo accedía a llevar a cabo el conjuro, tendría que ir a verle tarde o temprano...

—No lo niego, Dana. Pero mis motivos son personales y no tienen nada que ver contigo, ni con tu amigo elfo. Y puedes ver que sigo sin mentirte.

—Está bien —suspiró ella—. ¿Accedería tu mago negro a entregarnos su ave fénix?

—No se pierde nada por probar.

La Señora de la Torre no replicó. Guardó la redoma en su saquillo, junto con la caja que contenía los restos de Kai, y se volvió de nuevo hacia Shi-Mae.

—¿La Cordillera de la Niebla, has dicho?

«¿Por qué no vienes a vernos, Iris?»

«Deberías hacerlo. Estamos deseando que alguien nos haga una visita.»

«Además, tú también estás sola, ¿no?»

«Sal de ahí, pequeña. Sube las escaleras...»

Iris gimió y se encogió sobre sí misma. No sabía cuánto tiempo más podría aguantar, escuchando aquellas voces siniestras y oscuras...

De pronto, oyó pasos en el pasillo, y supo que se trataba de Jonás, porque Saevin no solía hacer ruido al caminar. Contuvo la respiración.

«Eso es, pequeña, silencio...»

«No digas nada…»
Iris reprimió un gemido.

Jonás se detuvo en el pasillo, de pronto. Le había parecido oír algo. Se volvió hacia todos lados, nervioso y suspicaz, preguntándose si Saevin no lo habría seguido desde el comedor donde ambos acababan de desayunar. No parecía posible, sin embargo. Estaba seguro de que se había quedado en la biblioteca. Suspiró y se frotó un ojo con cansancio. Los nervios estaban haciendo mella en él. Todo aquel asunto de Saevin y la profecía, su encuentro con Salamandra, la súbita partida de Dana… «Lo estamos haciendo bien», se dijo a sí mismo por enésima vez. «El Momento llegará pronto, tal vez mañana mismo, y aquí solo estamos dos…»

Se alejó pasillo abajo, sumido en sus pensamientos.

Kai estaba tendido sobre la hierba al pie de las montañas, dormitando. Estaba casi seguro de que se había ocultado bien, pero, por si acaso, mantenía despierto su sexto sentido. Fue este el que le avisó de la llegada de Fenris.

El dragón abrió un ojo perezosamente. Un enorme lobo de color castaño cobrizo se acercaba a él, saltando de roca en roca.

—¿Y bien? —preguntó Kai.

—Me he acercado a la granja —gruñó el lobo—. He sentido el olor de Dana, pero muy débil. Ella ya no se encuentra aquí.

Kai cerró los ojos un breve instante.

—Lo suponía —dijo solamente.

—Hay más. También he percibido un olor que me ha resultado familiar... Creo que ella no está sola, Kai.

—¿Qué quieres decir? ¿Quién la acompaña?

—No lo sé, pero sí estoy seguro de que no es de este mundo.

Kai no respondió en seguida. Dejó vagar su mirada por las montañas y por la región que se adivinaba más allá.

—Yo nací y crecí aquí, Fenris —susurró—. Y también fallecí aquí, en algún lugar de estas montañas. A los dieciséis años.

—Lo sé —dijo el lobo.

—También fue aquí donde regresé a este mundo en forma de espíritu para cuidar de Dana. La vi nacer, crecer, la he visto vivir la vida que me fue arrebatada a mí. Me cuesta creer que ahora huya de mí.

—Irónicamente, lo hace por ti, Kai.

—Lo sé. Pero no estoy seguro de que sea una buena idea —se volvió hacia su amigo con una chispa de resolución en sus ojos verdes—. Transfórmate; debemos encontrarla cuanto antes.

Kai aguardó mientras el cuerpo de lobo de Fenris volvía a metamorfosearse en la elegante figura de un joven hechicero elfo.

—Espero que la alcancemos en el manantial del agua de vida —dijo el mago—. De lo contrario...

No terminó la frase. No era necesario.

Iris no lo soportaba más. Debía subir, debía seguir aquellas voces y averiguar de una vez qué era lo que querían.

Tenía que hacerlo, o pronto se volvería loca.

Lentamente, con cautela, salió de la habitación y se asomó al pasillo. No vio a nadie, ni a Jonás ni a Saevin. Se deslizó hasta la escalera de caracol...

«Eso es, pequeña...»

«Sube...»

...y comenzó a subir los escalones, uno tras otro.

En aquel preciso instante, en una de las salas más recónditas del palacio de la Reina de los Elfos, dos personajes mantenían una reunión secreta. Uno de ellos era el Gran Duque, mano derecha de la reina Nawin; el otro, un representante de la facción más misteriosa y desconocida de la nobleza élfica, la Casa de los Elfos de las Brumas, a los que se les atribuían misteriosos poderes, a la par que una fiereza y frialdad sin límites.

El grupo de asesinos contratados para matar a la reina tiempo atrás había estado compuesto, en su mayoría, por elfos de las brumas.

—¿Habéis traído la información? —susurró el Gran Duque.

—Sí —respondió el otro en el mismo tono—. Hemos contactado con los señores de la Casa del Río, la Casa del Valle y la Casa del Bosque Profundo. Todos han acordado unirse a nosotros.

El Gran Duque asintió.

—Magnífico. Con esto ya somos mayoría en la nobleza élfica y ya podemos poner cada cosa en su lugar. Por fin acabaremos con toda esta farsa y los días inciertos habrán terminado.

Su interlocutor inclinó la cabeza.

—Señor, han llegado rumores de que la reina sospecha algo...

El Gran Duque lanzó miradas nerviosas a su alrededor.

—Puede ser. Ella es una gran maga, y, como dicen los humanos, las paredes tienen oídos. Sin embargo, esto no debe detenernos. Llevamos ya tiempo fraguando este plan. Nada debe fallar ahora que todo está preparado.

Los dos personajes salieron de la habitación con sigilo y cautela.

Tras ellos quedó una estancia aparentemente vacía....

Momentos después, un trozo de pared que presentaba una textura inusual se separó del resto y adoptó, poco a poco, la figura de la joven reina Nawin. Había aprendido el hechizo de mimetismo en el Libro de la Tierra muchos años atrás; un hechizo al que casi nadie solía prestar atención, pero que la reina encontraba vital para su subsistencia en una corte llena de intrigas. Ninguno de los dos conspiradores se había percatado en ningún momento de su presencia en la habitación.

Nawin se mordió el labio inferior, angustiada y pensativa. Había confiado en el Gran Duque todo lo que su situación le permitía.

Ahora comprobaba lo que ya hacía tiempo que sospechaba: incluso él la había traicionado.

Estaba sola.

Recordó la visita de Jonás apenas un par de días atrás; recordó sus advertencias sobre la profecía del Oráculo.

Pero no tenía alternativa. Planeaban atentar contra su vida, y solo había un lugar en el cual ella podría considerarse segura.

Con un suspiro, respiró hondo y volvió a mimetizarse con la pared. Su figura, apenas perceptible, se deslizó fuera de la habitación, pegada al muro de piedra.

Iris llegó a la cúspide de la Torre guiada por las voces. Allí había cuatro puertas, eso lo sabía; pero le sorprendió ver que la cuarta puerta, que siempre estaba cerrada, se encontraba ahora abierta de par en par («No lo dudes, entra», decían las voces).

Atraída por ellas, Iris entró en la habitación. No se paró a mirar a su alrededor; sus ojos fueron directamente a un bulto plano, alto y ovalado, que descansaba al fondo de la estancia, un bulto cubierto por un paño de terciopelo azul («Acércate, vamos»).

Iris no lo dudó. Avanzó hasta el fondo de la habitación («Ven, pequeña, ven») y retiró el paño con un gesto rápido y brusco.

El objeto que ocultaba era un espejo.

Jonás estaba en su estudio, pero oyó claramente el chillido de la niña procedente de la parte alta de la Torre.

IX

TRANCE

SALAMANDRA SE DETUVO cuando el pequeño y destartalado torreón se hizo visible ante sus ojos. Era una construcción bastante curiosa, una casa baja rematada por una torrecilla retorcida a un lado, por cuya chimenea salía un humo blanco que se elevaba en volutas hacia el cielo rojizo del atardecer. Un torreón olvidado entre rocas agrestes y matas espinosas.

El hogar de Conrado.

Hacía varios años que Conrado había abandonado la Torre, pero Salamandra no había olvidado al tímido y trabajador muchacho que escondía más de una sorpresa en su interior. Sonriendo sin poder evitarlo, la maga se aproximó hasta la puerta. Antes de que llegase a llamar, sin embargo, esta se abrió de par en par.

«Bienvenida», oyó una voz telepática. «Sube, estoy arriba.»

Sorprendida a su pesar, Salamandra subió por la pequeña escalera de caracol, retorcida y empinada, hasta la habitación que coronaba el torreón.

También aquella puerta estaba abierta. Salamandra se asomó con cierta timidez a un cuarto bastante grande en el que ardía un alegre fuego. Las paredes estaban forradas de estanterías en las cuales se apilaban libros y hojas sueltas que parecían organizadas en algún tipo de extraño orden que, probablemente, solo entendía su propietario. Al fondo se abría una pequeña ventana que dejaba pasar los últimos rayos del atardecer.

En el centro de la estancia, revolviendo entre los papeles que se amontonaban sobre una vieja mesa de roble, se hallaba Conrado.

—Un momento, en seguida estoy contigo —murmuró.

Salamandra simplemente esperó mientras observaba a su amigo con atención y cierta curiosidad.

Conrado no había cambiado mucho desde los tiempos en que estudiaban juntos. Igual que ella y que Jonás, había trocado su túnica de aprendiz por una de color rojo en cuanto superó la Prueba del Fuego. Los últimos rasgos infantiles habían desaparecido de su rostro definitivamente, pero seguía siendo delgado y desgarbado, con aquel aire de despistado que no hacía sospechar lo que ocultaba en su interior: una mente privilegiada para los estudios, un alma en completa sintonía con los misterios más ignotos de la magia.

Por fin, Conrado encontró lo que buscaba: un arrugado pergamino que extrajo de algún lugar entre los pesados y polvorientos volúmenes.

—Ah, aquí está —dijo, muy ufano—. Temía haberlo perdido, y no me queda mucho tiempo, ¿sabes? Has venido en el momento apropiado. ¿Tienes idea de lo que está a punto de suceder? ¡La dimensión de los muertos estará más próxima a nosotros de lo que nunca...!

—Lo sé —cortó Salamandra—. Por eso he venido a hablar contigo.

Conrado la miró y vio su expresión seria. Dejó a un lado el pergamino, aun a riesgo de volver a perderlo, se sentó e indicó a Salamandra que hiciera lo mismo.

—Cuéntame —dijo.

Fenris se inclinó junto al manantial con gesto irritado.

—Maldita sea —gruñó—. Hemos vuelto a llegar tarde. ¿Cómo es posible?

Kai miraba a su alrededor batiendo ligeramente las alas con nerviosismo.

—Con lo que nos ha costado llegar hasta aquí —suspiró—. ¿Qué hacemos ahora?

Fenris alzó la cabeza, arrugó la nariz y husmeó en el aire.

—Hace horas que se ha marchado —dijo—. ¡Y ese olor a fantasma...!

—No sabía que los fantasmas oliesen a algo —comentó Kai, algo molesto.

—Es más que un olor. Es... no sé. Digamos que cualquier espíritu deja una especie de rastro tras de sí, solamente perceptible por criaturas con los sentidos muy agudizados. De todas formas, es algo muy leve. Por eso me sorprende tanto captarlo con tanta claridad. No recuerdo haber sentido nada parecido desde... —miró a Kai, frunciendo el ceño—, desde que tú rondabas por la Torre como espíritu, pegado a los talones de Dana.

Kai le devolvió una mirada perpleja.

—¿De veras podías percibirme? Nunca dijiste nada.

—En realidad no, dado que entonces solo me transformaba en lobo las noches de luna llena. Bajo mi forma élfica, mis sentidos no eran nada comparados con lo que son ahora, después de haber pasado tanto tiempo metamorfoseado en lobo. Pero hubo una vez que sí percibí tu presencia... una noche, en el bosque, bajo la luna llena, cuando buscábamos al unicornio...

—No sigas —se estremeció Kai—. Lo recuerdo.

—No he olvidado esa sensación, ese... llamémoslo «olor». El olor de un espíritu que ha cruzado la barrera del mundo de los muertos.

—Eso solo puede significar que Dana ha realizado un conjuro de vinculación con un espíritu y lo ha traído a este plano —murmuró Kai—. Pero, ¿de quién se trata? ¿Y por qué lo haría?

—Solo hay una manera de averiguarlo, Kai. Pero, lamentablemente, no tengo ni la más remota idea de dónde puede haber ido Dana ahora. No sé qué conjuro piensa utilizar para devolverte tu cuerpo.

—Antes has dicho que, fuera el que fuese, necesitaría tres cosas por encima de todo —recordó Kai—: restos de mi cuerpo, agua de vida y... sangre de fénix.

—Sí, bien, pero ni siquiera yo sabría dónde encontrar sangre de fénix si la necesitase. Es una sustancia muy preciada y escasa. Por no hablar del hecho de que pocos magos tendrían agallas para matar a un ave fénix. Son criaturas maravillosas, hechas de fuego y luz.

—Bien, bien, entonces parece que estamos en una encrucijada. ¿Adónde vamos ahora?

De nuevo, Fenris husmeó en el aire.

—Puedo seguir su rastro si se ha ido andando, o a caballo. Pero lo dudo. El Momento se acerca, y ella tiene prisa. Habrá empleado medios mágicos y... ¡espera!

Se levantó de un salto y rebuscó en sus saquillos. Cuando encontró lo que buscaba se plantó junto al manantial y cerró los ojos para concentrarse. Lentamente, alzó las manos frente a él, llenas de una extraña sustancia brillante. Comenzó entonces a murmurar las palabras de un hechizo, mientras dejaba caer poco a poco entre sus dedos aquel polvo reluciente.

Cuando terminó, nada parecía haber cambiado, salvo el hecho de que había un pequeño montón de polvo brillante a los pies del mago elfo.

—¿Qué estás tramando? —preguntó Kai, frunciendo el ceño.

—Ssshhh... ¡mira!

El dragón miró, y vio en seguida lo que Fenris le señalaba: del pequeño montículo de polvo mágico salía una larga hilera brillante que iba derecha hacia al bosque y se perdía en la espesura.

—Rastro mágico —anunció el elfo, satisfecho—. Nos llevará hasta Dana por el camino más corto.

Kai no respondió. Bajó un ala para que Fenris trepase por ella hasta su lomo. Momentos después, ambos se elevaban en el aire. A sus pies, en tierra, un largo camino luminoso centelleaba en la semioscuridad.

La nieve caía mansamente sobre el Valle de los Lobos. Anochecía ya cuando una figura cubierta con una capa de suave piel blanca apareció ante la Torre. Aguardó apenas un instante, porque casi inmediatamente la verja de hierro se abrió con un chirrido. Entró sin dudarlo y cruzó el jardín hasta la puerta.

Allí aguardaba Jonás, pálido, ojeroso y visiblemente agitado.

—Te dije que era peligroso venir —dijo él a modo de saludo.

—No he tenido otra alternativa —respondió ella suavemente. Su voz era dulce y melodiosa, y hablaba con un fuerte acento élfico.

—Deberías marcharte.

—Pero no puedo hacerlo. Dime, ¿qué pasa? Parece que hay problemas.

Jonás la miró, dubitativo.

—Está bien, entra —accedió.

Entonces ella se retiró la capucha. La luz que procedía del interior de la Torre iluminó los rasgos de la joven reina Nawin.

En el laboratorio de Conrado reinaba un silencio pesado y lleno de preguntas sin formular.

Fue Salamandra quien habló por fin.

—Entonces, ¿crees que podrías abrir la Puerta?

—Por supuesto que podría —replicó Conrado, algo ofendido—. Y por supuesto que no voy a hacerlo. No pensaba hacerlo, de todas formas, pero gracias por advertirme.

—Eso me tranquiliza —murmuró Salamandra.

—Pero hay otra cosa que me preocupa, y es esa última parte de la profecía.

—«Para que el último de ellos cruce la Puerta y se haga inmortal». No hemos podido averiguar de quién se trata.

Conrado vaciló.

—Yo tengo una idea al respecto.

Salamandra lo miró, sorprendida.

—¿De veras?

—Sí. ¿Te acuerdas de Morderek?

El gesto de Salamandra se torció en una mueca de desagrado.

—¿Ese chico que solo se preocupaba por sí mismo? Sí, lo recuerdo. Nosotros fuimos a rescatar a Dana al Laberinto de las Sombras y él huyó como un cobarde, con el rabo entre las piernas. No lo volvimos a ver.

—Yo ya estaba en la Torre cuando él llegó la primera vez. Dana le preguntó qué esperaba él de la magia. Y Morderek, que aún era casi un niño y vestía todavía la túnica blanca, respondió sin dudar: «Que me haga inmortal».

—Bueno, eso es lo que pensamos todos cuando llegamos —objetó Salamandra—. Creemos que seremos capaces de obrar grandes milagros. Y la verdad es que hacemos prodigios, pero no milagros. No podemos devolver la vida a los muertos ni podemos hacernos inmortales. Eso lo descubrimos a lo largo de nuestro aprendizaje.

—¿Nunca te has preguntado por qué se fue tan de repente?

—Porque le entró miedo, ya te lo he dicho. Los lobos asediaron la Torre aquella noche. Él sabía mejor que nadie que buscaban venganza. Ahora vive retirado igual que tú, lejos del mundo.

—¿Cómo lo sabes?

—Hugo... quiero decir, un amigo... me lo dijo. Se encontró con él alguna vez.

—¿En serio? Quizá sería mejor preguntarle.

—¿Crees de verdad que él está mezclado en todo esto?

Conrado tardó un poco en contestar, pero, cuando lo hizo, su voz sonó firme y segura:

—Sí, lo creo. Y es más: estoy seguro de que no se fue por cobardía. Tú no llegaste a conocerle como yo. Era una persona muy, muy ambiciosa. Si se marchó de la Torre fue porque pensó que encontraría en otra parte el poder que buscaba.

—Pero si no era más que un estudiante de tercer grado...

—Hazme caso, Salamandra. Busca a ese Hugo e id los dos al encuentro de Morderek. Tal vez podáis distraerlo hasta que pase el Momento.

—Pan comido —dijo ella, sacudiendo sus rizos pelirrojos.

Pero Conrado le dirigió una mirada severa:

—No lo subestimes. Estoy convencido de que no se habrá conformado con el tercer grado, Salamandra. Ha tenido tiempo de sobra para encontrar lo que andaba buscando.

»Además... —añadió—, hay otra cosa que me preocupa. Dudo que Morderek esté solo.

—¿Qué quieres decir?

—Quizá reciba ayuda del Otro Lado... y se me ocurre una persona que puede estar muy interesada en que se unan ambas dimensiones, alguien que tiene una cuenta pendiente en el mundo de los vivos y está deseando regresar...

—El Maestro —murmuró Salamandra—. Sí, Fenris y Kai llegaron a la misma conclusión. Muy bien, entonces iré a buscar a Morderek. ¿Y tú qué vas a hacer?

Conrado se puso en pie. Sus ojos brillaban llenos de determinación.

—Yo voy a volver a la Torre.

—¿Qué? —saltó Salamandra—. ¡Estás loco! La profecía...

—La profecía no se cumplirá si alguien destruye esa Puerta, Salamandra. Y creo que yo puedo hacerlo.

Saevin estaba a solas en su habitación. Las voces de Nawin y Jonás le llegaban en un suave murmullo apagado desde el piso de arriba.

Saevin no habría podido salir de su cuarto, aunque lo hubiese querido. Después de lo sucedido con Iris, Jonás se había enfurecido con él y lo había hecho responsable de todo.

—Si estás de nuestra parte, ¿por qué no me dijiste que Iris estaba aquí? ¿Te das cuenta de lo que le ha pasado, en parte por tu culpa?

Saevin no había respondido. Entonces Jonás había pronunciado un hechizo de encarcelamiento sobre su habitación, y ahora el muchacho estaba encerrado allí. Si trataba de salir, una fuerza mágica se lo impedía. Y, pese a que sabía que tenía mucho poder, este solo se manifestaba cuando se hallaba bajo una gran tensión o un gran peligro. Entonces brotaba de él espontáneamente. Sin embargo, ahora se encontraba atrapado en una prisión mágica y no conocía el contrahechizo. Al fin y al cabo, solo era un estudiante de primer grado.

Estaba pasando las hojas del Libro de la Tierra, leyendo algún hechizo por encima sin demasiado interés, cuando oyó su llamada.

«Va a llegar el Momento, Saevin.»

—Lo sé —dijo él a media voz, sin sorprenderse ni asustarse.

«Hace tiempo te pregunté si estarías dispuesto a ser mi nuevo aprendiz. No dudo que recuerdas lo que me contestaste entonces. Bien, ahora te necesito. ¿Acudirás a mí?»

—Estoy encerrado.

La voz rió suavemente.

«Eso no es problema para alguien como yo.»

Saevin vaciló. Sabía que aquello sucedería tarde o temprano. Había tratado de prepararse, pero en el último momento le asaltaron las dudas.

«En el fondo no quiero hacerlo», se dijo.

«Es una lástima», replicó la voz. «Porque yo sí quiero hacerlo. Si vienes conmigo tendrás poder y gloria. De lo contrario...»

Saevin cerró los ojos un momento. Podría decirle que no le temía, lo cual era verdad, hasta cierto punto. «No debo dudar», se dijo.

La voz rió por segunda vez.

«Así me gusta. Prepárate. No tardaré en venir a buscarte.»

La comunicación se cortó, y Saevin se quedó solo de nuevo.

Ya era noche cerrada, pero el rastro mágico brillaba en la oscuridad como una relumbrante cadena de fuego. Las alas de Kai batían poderosamente el aire, impulsando con fuerza al dragón hacia su objetivo: Dana.

Tanto él como Fenris, que montaba sobre su lomo, mantenían la vista fija en el brillante camino que más abajo, en tierra, les indicaba la dirección que debían seguir.

—¡Eh! —exclamó de pronto Kai—. ¿Qué es eso? ¡El rastro se interrumpe!

Pero fueron los agudos ojos de elfo de Fenris, capaces de ver en la más profunda oscuridad, los que apreciaron la figura vestida de blanco que los aguardaba en el lugar donde el rastro se acababa.

—Hemos encontrado a Dana, Kai —murmuró.

Kai descendió hasta posarse en tierra frente a ella. La Archimaga estaba de pie, aparentemente sola, mirándolos en silencio. El dragón inclinó la cabeza para mirar a Dana. Fenris saltó del lomo de Kai y avanzó unos pasos. Ninguno de los dos supo qué decir al principio.

—¿Creíais que no me daría cuenta de que me estabais siguiendo? —preguntó ella suavemente.

Por fin Kai recuperó el habla.

—Dana, no debes seguir adelante. Es peligroso para mucha gente.

—¿Eso crees? —Dana sonrió—. Mira, me has traído a Fenris. Con mi huida he hecho que ambos os alejéis de la Torre. Ya no corréis peligro.

—Pero...

—Kai, no insistas. Voy a hacer esto, necesito hacer esto. Han pasado muchos años desde que nos conocimos. Si dejo pasar esta oportunidad, la única que ha habido desde entonces, no volverá a presentarse.

—Dana... —intervino Fenris con voz ronca.

Ella los miró con cariño.

—Fenris, Kai... mis mejores amigos. No dudaba de que vendríais a buscarme. Siento haberte provocado un sueño mágico, Kai, pero debía hacerlo. Por ti, por nosotros.

—¿Quién está contigo, Dana? —preguntó él súbitamente.

La Archimaga vaciló un breve instante.

—¿Qué quieres decir?

—Sabes lo que quiero decir. ¿A quién has vinculado a ti? ¿Quién te está hablando desde el mundo de los muertos?

—Kai, sé que ahora tienes dudas. Pero estoy segura de que todo saldrá bien. Mira.

Ella murmuró unas palabras mágicas, y Kai sintió que su alma salía de su cuerpo. No era la primera vez que aquello sucedía. Se volvió hacia atrás y vio su cuerpo de dragón dormido. Se miró a sí mismo y vio manos humanas, translúcidas, incorpóreas.

Dana lo había vuelto a hacer, había evocado su imagen humana para verle como había sido antes, cuando era el fantasma de un chico humano fallecido tiempo atrás.

—Dana...

Vio también que Fenris los miraba sin moverse, y se sintió inquieto.

—¿Por qué lo has paralizado?

—Porque quiero enseñarte una cosa.

La Archimaga dio media vuelta y se internó en la espesura. Kai la siguió, intranquilo.

La perdió de vista. Miró hacia todos lados y vio un leve resplandor un poco más allá. Avanzó hasta allí. Se trataba de un pequeño claro en el bosque. En él estaba...

—¡Dana!

Era ella, pero había rejuvenecido y mostraba el aspecto que debía de tener con quince años, cuando apenas era una estudiante de cuarto grado que buscaba desvelar los secretos del unicornio. La túnica violeta, el cabello negro corto, los ojos azules brillando intensamente... Kai la miró, profundamente conmovido, sacudido por los recuerdos. Habían vivido tanto juntos...

Iba a avanzar hacia ella cuando un movimiento en la espesura atrajo su atención. Vio entonces cómo un muchacho rubio acudía hasta la Dana adolescente, y tardó un poco en reconocerse a sí mismo. Parpadeó, confuso. ¿Qué estaba pasando?

Fue testigo del encuentro de los dos jóvenes, Dana y Kai, vio cómo se miraban con un amor infinito reflejado en sus ojos, vio cómo se abrazaban... por fin.

Kai jadeó. Reprimió el impulso de correr hasta ellos, de ocupar el lugar de su doble y abrazar a Dana con todas sus fuerzas, como aquella vez, como aquella única vez...

La voz de ella en su oído lo sobresaltó:

—¿Comprendes ahora?

Era una voz de mujer adulta. Kai se volvió y vio a la verdadera Dana, la Archimaga, una mujer madura que, sin embargo, jamás había conocido un amor de verdad. Kai se sintió pequeño e insignificante junto a ella. Por más que Dana mejorase su técnica mágica, solo lograría evocar la imagen de un chico de dieciséis años, porque Kai no había vivido más tiempo como ser humano, porque había fallecido a esa edad. Sintió que se les agotaba el tiempo a los dos, y deseó ardientemente que todo pudiera cambiar, aunque solo fuera por un momento.

—Solo tenemos una vida para vivir —susurró ella, adivinando sus pensamientos—. Y no habrá más oportunidades, Kai. Puedo resucitar tu cuerpo y puedo rejuvenecer el mío. Puedo hacerlo cuando llegue el Momento. Después, siempre será imposible.

Kai no supo qué decir. La quería, siempre la había querido. ¿Cómo decirle que él no deseaba que estuviesen juntos? No podía, porque no era cierto.

Dana lo miró con ternura.

—Se acaba el tiempo, Kai —le recordó.

Dio media vuelta y se alejó de él. Kai corrió tras ella y tropezó con algo que tiró de él. Sintió que su cuerpo succionaba su espíritu, cerró los ojos... y cuando los abrió se vio de nuevo como dragón dorado, tendido sobre la hierba.

Alzó su largo cuello escamoso y miró a su alrededor. Vio a Fenris, que se movía tratando de desentumecerse, y miraba hacia todos los lados, desconcertado.

—No debéis preocuparos por mí —se oyó de pronto la voz de Dana—. No me sigáis; yo te encontraré, Kai, cuando llegue el Momento y todo esté listo...

—¡Dana...!

La hechicera había desaparecido sin dejar ni rastro.

—Dana... —musitó Kai, desolado.

Fenris cayó de rodillas sobre el suelo y hundió los dedos en lo que había sido el rastro mágico.

Ahora no era más que un montón de vulgar arena.

Jonás, pálido y ojeroso, abrió la puerta tras la que se hallaba Iris. Conrado entró tras él. Acababa de llegar a la

Torre, y Jonás no había tenido fuerzas para pedirle que se marchara, por su propia seguridad. Estaba demasiado preocupado por lo que le había sucedido a Iris.

—No he podido lograr que despertara —explicó, mientras Conrado se acercaba para examinar a la niña.

El mago recién llegado tocó la frente de Iris. Estaba fría como el mármol.

—Está viva —dijo Jonás—, pero es como… no sé, como si no estuviese aquí.

—¿Qué le ha pasado?

—No estoy muy seguro —Jonás frunció el ceño—. Ni siquiera sabía que no se había ido con los demás. De repente la he oído gritar y he venido corriendo… La he encontrado en la habitación cerrada de lo alto de la Torre, caída en el suelo…

—¿Frente a un espejo? —cortó Conrado.

Jonás vaciló.

—Bueno… sí.

—Maldita sea —murmuró Conrado—. La profecía ha empezado a cumplirse.

La ciudad estaba tranquila. Hacía rato que había anochecido y todos habían vuelto a sus casas para descansar hasta el día siguiente.

Sin embargo, y como en todas las ciudades, había lugares que no dormían.

Uno de ellos era la fonda Los Tres Jabalíes, que bullía de agitación. El cantinero servía más y más jarras de cerveza mientras los parroquianos bebían y vociferaban canciones de taberna. Evidentemente, los hombres que debían trabajar al día siguiente no se hallaban allí. Por tanto, la taberna estaba repleta de rufianes, truhanes, gente sin ocupación clara y aventureros de todas las calañas.

Ninguno de ellos vio a la joven vestida de rojo que se materializó frente a la puerta como surgida de la nada. Ella sonrió un momento, se atusó el pelo y entró, sin reparos.

Algunos se volvieron para mirarla, pero inmediatamente desviaron la vista hacia otra parte. La sonrisa de ella se ensanchó. Por muy duros que se creyesen, la mayoría de aquellos hombres sentían terror ante las túnicas rojas de los magos.

—¡Salamandra! —oyó una voz desde el fondo de la sala.

Se volvió hacia allí. Vio a Hugo; estaba bebiendo cerveza y jugando a los dados con un par de tipos de mala catadura. Se acercó a él, sin amilanarse lo más mínimo.

—¿Qué haces aquí? —preguntó él—. ¿Cómo me has encontrado?

—Supuse que no te habrías quedado en el bosque, y vine a mirar en la taberna más cercana. Como ves, no me equivoqué. ¿Y los demás?

—Durmiendo, ¡angelitos...! —dijo Hugo con una sonrisa burlona.

Sus compañeros de mesa parecían incómodos ante la presencia de la hechicera. Esto, lejos de molestarla, divertía a Salamandra. Pero en aquella ocasión no tenía tiempo de jugar.

—Vamos a un lugar más tranquilo, Hugo. He de hablar contigo.

Hugo aceptó, algo reacio a abandonar la partida, sin embargo. Momentos después estaban ambos sentados en un rincón apartado.

—No puedo explicártelo ahora porque es muy largo —empezó ella—, pero el caso es que hay algunos amigos míos que podrían estar en peligro dentro de poco. Y quiero evitar eso, ¿entiendes?

—Más o menos. ¿Y qué tengo que ver yo con eso?

—Una vez me dijiste que conocías a un mago que se hacía llamar Morderek.

—Sí, menudo nombrecito, ¿no crees?

—¿Podrías llevarme hasta él?

Los ojos de Hugo brillaron de una manera extraña.

—Vive lejos...

—No me importa. Si es un lugar que he visto antes podré teletransportarme hasta allí. Y si no, de todos modos tengo medios mágicos a mi alcance para viajar más deprisa.

Hugo se acarició la barbilla, pensativo.

—Muy bien —dijo; sus labios se curvaron en una leve sonrisa—. ¿Cuándo quieres partir?

—Ahora mismo. Despertaré a los demás y...

—No es necesario. Iremos tú y yo solos.

Salamandra tenía prisa, y no puso objeciones.

No tardaron en salir los dos de Los Tres Jabalíes, de nuevo hacia la aventura.

Iris seguía inconsciente en un extraño trance, entre la vida y la muerte; respiraba, y su corazón aún latía débilmente, pero no se movía ni reaccionaba a nada. Nawin la cubrió con la manta para que no cogiera frío. Sus ojos almendrados miraban a la muchacha con una mezcla de miedo y compasión.

—Tú no lo recuerdas porque no estabas allí —estaba diciendo Conrado—. Cuando Shi-Mae vino a la Torre, se trajo un espejo consigo. Ese espejo no era lo que parecía: se trataba de un vínculo con el Más Allá. A través de él, Shi-Mae podía hablar con los espíritus de los muertos.

—Sí, Salamandra me contó algo de eso —asintió Jonás.

—Por ese motivo, Shi-Mae escondió el espejo en una habitación en la que nunca entraba nadie. Pero Salamandra y yo lo encontramos, con la ayuda de Kai. De hecho, yo conseguí abrir el acceso para que Kai hiciese una pequeña expedición al mundo de los muertos.

»Todos sabemos que Shi-Mae se fue poco más tarde y nunca regresó.

Nawin se estremeció al recordar el final de la que había sido su Maestra.

—Supongo que el espejo se quedó aquí —concluyó Conrado—. Con todo lo que pasó después, nos olvidamos de él. Además, la Torre está llena de trastos que nadie sabe para qué sirven. A nadie le llamaría la atención un espejo más.

»El caso es que me temo que, ahora que se acerca el Momento, los espíritus del Otro Lado han elegido el espejo como vía de acceso al mundo de los vivos.

—¿Qué tiene eso que ver con Iris? —preguntó Nawin.

—Necesitan un enlace con el mundo de los vivos, como un puente tendido entre ambas dimensiones para ir aproximándolas poco a poco. Además necesitan la fuerza vital de alguien para atravesar la Puerta de manera definitiva.

—¡La fuerza vital...! —repitió Jonás, consternado.

—Una vez que han atravesado la barrera al mundo de los muertos, los espíritus no pueden volver aquí y quedarse.

Necesitan vincularse a alguien, a algo o a algún lugar, ya lo sabéis... Cuando llegue el Momento sí podrán hacerlo, pero en ese primer instante necesitarán un ser vivo al cual aferrarse para cruzar la Puerta. Ahora están sorbiendo su vitalidad poco a poco, empapándose de su esencia. Es una manera de vincularse a ella... todos a la vez.

Jonás se levantó de un salto.

—¡Destruyamos el espejo, pues! Has dicho que podías, ¿no?

Pero Conrado negó con la cabeza.

—No, esto lo cambia todo. Veréis, el alma de Iris está ahora mismo vagando por el mundo de los muertos, unida a su cuerpo por un delgado hilo. Si destruimos la Puerta, ese hilo se romperá, e Iris morirá.

Nawin había palidecido. Jonás se dejó caer sobre una silla, abrumado.

—No puede ser —susurró—. ¿Por qué ella? No es más que una niña...

—Por eso precisamente; tiene más vida por delante y, por tanto, más fuerza vital. Ahora está envejeciendo poco a poco. El proceso se acelerará a medida que se acerque el Momento.

—Pero tiene que haber algo que podamos hacer...

Conrado miró a sus compañeros, indeciso.

—Hay algo, pero no es una salida fácil.

—¿Qué es?

—Seguir las instrucciones de la profecía: yo abriré la Puerta y la mantendré abierta mientras otro pasa al Otro Lado para rescatar el espíritu de Iris.

—¡«Otro partirá en un peligroso viaje, tal vez sin retorno»! —recordó Nawin, aterrada.

Jonás se estremeció, pero no dijo nada. Se acercó al lecho donde yacía Iris, inerte, caminando en la frontera entre la vida y la muerte.

—No tengas miedo, pequeña —le dijo—. Todo se arreglará.

Se volvió hacia Conrado.

—Está bien. ¿Qué he de hacer?

Él lo miró fijamente.

—¿Te das cuenta de lo que digo? Si abrimos la Puerta, la profecía se estará cumpliendo. Esa profecía también anunciaba la muerte de Fenris y Salamandra.

Jonás se estremeció.

—Quizá deberíamos pensarlo un poco más —dijo Nawin.

—No tenemos tiempo —replicó Jonás, angustiado, y echó una breve mirada a Iris, que seguía yerta sobre el lecho, sumida en la oscuridad.

«Ha llegado la hora»...

La voz sonaba con fuerza y no admitía réplica. A Saevin lo sobresaltó. Alzó la cabeza como movido por un resorte.

«Pero si todavía no es el Momento...», pensó, algo aturdido.

«Pero es necesario que preparemos algunas cosas. Ella no tardará en llegar.»

Saevin se puso en pie, vacilante.

«No irás a echarte atrás ahora...»

Saevin respiró profundamente. Había mucho en juego. Sabía que aquel era el momento más importante de su vida. Sabía que, si seguía a aquel que lo estaba llamando, nada volvería a ser igual.

Pero debía hacerlo.

—No —respondió finalmente, alzando la cabeza con valentía—. No voy a echarme atrás.

La voz calló. De pronto algo sucedió. Frente a Saevin, en el centro de la habitación, apareció algo parecido a una enorme ventana que se abría a... una habitación oscura, apenas iluminada por un fuego en alguna parte. Había algo al fondo, bultos junto a la pared, pero el extraño vaho que flotaba en la estancia impedía verlos con claridad.

—Ven —se oyó la voz con claridad, al otro lado de la ventana mágica; era una voz suave y taimada—. Ven a mí, aprendiz.

—Voy —dijo Saevin.

Dio un paso al frente. Vaciló. Miró un momento hacia atrás y murmuró:

—Adiós, Iris. Nunca te olvidaré.

Avanzó entonces sin dudarlo, hasta que la ventana mágica se lo tragó.

Después desapareció, y tras él solo quedó una habitación vacía, silenciosa, fría.

X

EL ACÓLITO

JONÁS ABRIÓ DE GOLPE la puerta del cuarto de Saevin y descubrió que él ya no estaba allí.

—Se ha marchado —murmuró—. Maldita sea, se ha marchado. ¿Cómo demonios lo habrá hecho?

Nawin y él habían bajado rápidamente tras sentir una poderosa manifestación de magia en aquel lugar. Sin embargo, tras examinar la estancia, Jonás no vio nada que le llamase la atención. Excepto el hecho de que, inexplicablemente, Saevin había escapado de su prisión mágica.

—No ha podido haberse ido así como así. Tiene que haber algo...

—Si has aplicado a la habitación el hechizo que creo que has aplicado —dijo Nawin—, solo puede haber escapado con ayuda de otra persona, alguien de fuera, que abriese una brecha entre este lugar y cualquier otro.

Jonás se volvió hacia ella.

—Nadie que ayudase a escapar a Saevin sin decirnos nada podía traer buenas intenciones. Parece que otra pieza del rompecabezas encaja en su sitio.

—«Otro será tentado por el mal» —recordó Nawin, pálida—. ¿Qué vas a hacer?

Jonás titubeó.

—No lo sé —dijo por fin—. Si trato de salvar la vida de Iris pondré en peligro las de Fenris y Salamandra —Nawin apreció que no hablaba para nada del riesgo que correría él mismo—. Esa idea me pone los pelos de punta. Pero, por otro lado... no puedo quedarme quieto, viendo cómo Iris se nos muere...

Sus palabras acabaron en un susurro.

Saevin había aparecido en la habitación que había visto a través del corredor mágico. Ahora que se hallaba allí pudo ver que los bultos que había apreciado junto a la pared no eran otra cosa que jaulas que encerraban todo tipo de animales extraños.

—Bonita colección, ¿verdad? —se oyó una voz tras él. Saevin se volvió. De entre las sombras surgió un mago joven, vestido con una túnica negra. Llevaba el cabello castaño recogido por una tira de cuero sobre la nuca, y sus ojos, de color verde pálido, mostraban una mirada fría e insensible. Por alguna razón, llevaba la mano derecha, que sostenía un pesado bastón, cubierta por un largo guante de cuero negro.

El mago observaba a Saevin con una sonrisa taimada.

—Pero esto no es nada comparado con lo que va a pasar mañana por la noche —dijo—. Tenemos poco tiempo, aprendiz. Hemos de asegurarnos de que te aprendes tu papel para la función...

Saevin no dijo nada. Solo miró al mago con un brillo de fría determinación en sus ojos azules.

–¿No puedes rastrearla con tu magia? –preguntó Kai–. Quiero decir, evocar su imagen en una bola de cristal o algo parecido...

–Si pudiese hacer eso, lo habría hecho ya. No se puede espiar a un mago que no quiere dejarse espiar. Hay contrahechizos, ¿sabes?

Kai cerró los ojos; parecía algo aturdido y muy cansado. El mago lo miró de reojo.

–¿Qué diablos te ha dicho? Estás muy raro desde que has hablado con ella.

–No importa lo que me haya dicho, y no hurgues más en la herida, ¿quieres? Todo esto es muy difícil para los dos.

–Comprendo –asintió Fenris, pensativo–. Si por lo menos hubieses visto al fantasma que está con ella...

–No, no lo he visto.

«Estaba más preocupado por otras cosas», tuvo que reconocer para sí mismo.

–¿Por qué no intentas ponerte en contacto con Salamandra? –sugirió–. Tal vez ella haya descubierto algo...

–Buena idea –aprobó el mago.

Observó con aire crítico la hoguera que habían encendido para calentarse.

–Sí, creo que servirá –dijo.

Salamandra tiró de las riendas de su caballo y se detuvo, perpleja.

–¿Qué pasa? –preguntó Hugo, frunciendo el ceño y llevándose la mano al cinto, por si acaso–. ¿Has oído algo?

—Alguien está intentando comunicarse conmigo.

Sin esperar réplica, bajó del caballo y se inclinó sobre el suelo pedregoso del camino. Alzó la mano, y de ella brotaron llamas instantáneamente. Salamandra las moldeó hasta formar una hoguera que ardía sobre las piedras sin necesidad de leña alguna.

—Estoy aquí —susurró—. ¿Quién me llama?

En seguida se vislumbró entre las llamas un rostro de rasgos élficos que ella conocía muy bien.

—¡Fenris! —murmuró—. ¿Dónde estás?

—No estoy muy seguro —la voz de Fenris sonaba como el crepitar de mil llamas—. Escucha, Salamandra, le hemos perdido la pista a Dana. ¿Dónde estás tú?

Ella le puso rápidamente al corriente de las novedades. Fenris asentía, pensativo.

—Bien; si no se nos ocurre nada mejor, iremos a tu encuentro y te acompañaremos a ver a Morderek. La corazonada de Conrado me parece muy acertada. Ojalá haya logrado destruir la Puerta...

—Seguro que sí. Probablemente a estas alturas el peligro haya pasado y estemos preocupándonos por nada...

—Me gustaría tener tu entusiasmo, Salamandra.

Ella lo miró con cariño.

—Saldrá bien —dijo—. Tiene que salir bien.

Salamandra apagó la hoguera, y la imagen de Fenris se extinguió con ella. Se puso en pie. Tras ella, Hugo la aguardaba con el ceño fruncido.

—Ya podemos irnos —dijo la maga.

—Aún no —repuso él, y se dio la vuelta para internarse en el bosque; Salamandra oyó su voz desde la espesura—. No tardaré.

—Qué oportuno —suspiró ella, con resignación.

—¿Qué pasa? —replicó Hugo—. ¿Los magos no tenéis necesidades?

El mago negro volvió a entrar en la sala donde aguardaba Saevin; parecía ligeramente molesto.

—Vaya, parece que las cosas se están torciendo un poco —fijó su mirada en su aprendiz—. ¿Cómo va eso, muchacho?

Saevin, siguiendo sus instrucciones, se había sentado frente a una mesa sobre la cual había un libro abierto, y estaba estudiando las palabras que había escritas allí.

—Bien —dijo con seriedad—. Estoy seguro de que podré aprenderme a tiempo el conjuro.

—Magnífico —aprobó su tutor—. Uno abrirá la Puerta para que el último de ellos la cruce y se haga inmortal, dijo el Oráculo. Y esos somos tú y yo, Saevin. Aunque no lo sepas, tú tienes mucho más poder que ese papanatas de Conrado. Solo tú podrías mantener la Puerta abierta y contener a los fantasmas al mismo tiempo... para que yo cruce el Umbral y me haga inmortal.

Se volvió de nuevo hacia la puerta de la estancia.

—He de salir un momento, aprendiz. Quédate aquí y no toques nada, porque si lo haces, yo me enteraré de todas formas.

Saevin no respondió. Volvió a centrarse en el conjuro de su libro mientras el mago negro salía de la habitación, dejándolo a solas.

Jonás se puso en pie.

—He tomado una decisión —les dijo a sus amigos—, y no me ha resultado nada fácil. Pero quisiera consultarla con vosotros, para saber si estáis o no de acuerdo conmigo.

Ni Nawin ni Conrado dijeron nada, pero lo animaron con la mirada para que siguiese hablando.

—He pensado —prosiguió Jonás— que Fenris y Salamandra son dos magos poderosos y tendrán la oportunidad de defenderse si se viesen en peligro. En cambio, Iris está completamente desvalida ahora. Si no la ayudamos nosotros, morirá.

»También he pensado que el peligro que corren Fenris y Salamandra es hipotético. Pero el trance de Iris es real. El mundo de los muertos está sorbiendo su esencia vital, y eso está pasando ahora, no es una predicción futura.

»Por tanto, he decidido que debemos abrir la Puerta y rescatar su espíritu antes de que sea demasiado tarde para ella.

Jonás había pronunciado estas palabras con esfuerzo, y sus dos amigos sabían muy bien por qué. Debía elegir entre la vida de Iris y la de Fenris y Salamandra, y no había sido sencillo.

Pero había tomado una decisión, y ambos sabían que debían apoyarlo.

—De acuerdo —asintió Conrado—. Subamos a ver ese espejo.

Salamandra sonreía mientras sentía su larga y roja cabellera ondeando tras ella y el mundo pasando a su lado a una velocidad de vértigo. Aunque no podía igualar a los mágicos corceles élficos de Nawin, su caballo era ahora mucho más rápido que antes, y a Salamandra le gustaba aquella sensación. Apenas prestaba atención a Hugo, cuyo caballo la seguía de cerca. Al mercenario no le estaba sentando muy bien la salvaje carrera, pero Salamandra había insistido en aplicar a los caballos un encantamiento de velocidad, porque el tiempo se acababa. Aquel amanecer era el último antes de la llegada del Momento.

De pronto, algo frenó bruscamente a Salamandra. El caballo se detuvo como si lo hubiesen clavado en el suelo, y Salamandra fue lanzada hacia adelante...

Dio con sus huesos en el suelo, y al principio sintió que se desvanecía, pero se esforzó por no perder la consciencia. Abrió los ojos con precaución y trató de incorporarse lentamente. Estaba dolorida y sangraba. Con un soberano esfuerzo, levantó la cabeza y miró al frente.

Lo primero que vio fue una difusa forma oscura. Parpadeó y miró mejor, y se quedó helada.

Era un joven vestido con una túnica negra.

—Tú... —murmuró Salamandra.

Conrado examinó el espejo, alto, ovalado, con un marco dorado en el cual había una serie de inscripciones en élfico.

—Volvemos a vernos —murmuró, con una sonrisa.

—¿Podrás abrirlo? —preguntó Jonás, inquieto.

—«Pregunta y te contestarán» —tradujo Conrado por toda respuesta, señalando la inscripción—. Este espejo servía para hacer consultas al Más Allá. En principio no fue concebido para servir de Puerta. Una vez lo emplea-mos para que Kai pudiese regresar a su mundo, pero él era un espíritu, no un ser vivo. Sin embargo, ahora que se acerca el Momento cualquiera podría cruzar...

Nawin se estremeció.

—Jonás, ¿estás seguro de que quieres hacerlo?

El mago miró a Nawin y después a Iris, a quien habían instalado en un lecho improvisado cerca del espejo, para que, en el caso de que Jonás tuviese éxito, su espíritu lo-grase hallar su cuerpo con facilidad cuando regresase a través de la Puerta. La muchacha seguía pálida como el marfil, completamente quieta; su pecho apenas se movía.

—Debo hacerlo —dijo Jonás solamente.

Conrado lo miró, pero no dijo nada. Se volvió hacia el espejo y se plantó ante él. El objeto le devolvió su imagen.

—Pronto veremos qué más puedes mostrar —murmuró el joven.

Lentamente, comenzó a pronunciar las palabras que abrirían la Puerta al mundo de los muertos.

Salamandra se había levantado de un salto y trataba de mantenerse en pie a duras penas. Miró a su alrededor por el rabillo del ojo, pero no vio ni rastro de Hugo. Segura-mente lo había dejado atrás.

—Volvemos a vernos, mi encantadora dama —dijo el mago negro.

—Cierra la boca —replicó ella, de mal humor—. Sabía-mos que tú tenías que estar detrás de todo esto, no podía ser otro. ¿Qué es lo que quieres, Morderek?

–¿Que qué es lo que quiero? –el mago negro sonrió; sus ojos verdes centellearon–. Lo mismo que tu Maestra, supongo: que se cumpla la profecía que tan amablemente ha predicho mi inminente gloria.

–Estás loco –replicó Salamandra–. ¿Cómo sabes que esa parte de la profecía se refiere a ti?

–¿Y a quién si no? Pero yo, igual que Dana, he llegado a la conclusión de que las cosas hemos de provocarlas para que sucedan. Al igual que ella ha partido en busca de un método que le permita recuperar el cuerpo humano de Kai, yo sé que debo poner algo de mi parte para que se cumpla una profecía que tan beneficiosa puede resultar para mi salud futura...

–Hablas demasiado –gruñó Salamandra–. Y, como de costumbre, no dices más que tonterías.

A Morderek se le borró la sonrisa.

–¿Eso crees? ¿Todavía no lo has entendido?

–¿Qué hay que entender?

–Que es preciso que mueras, Salamandra.

El mago negro alzó su pesado bastón y gritó unas palabras mágicas. Salamandra alzó inmediatamente una barrera mágica defensiva.

El rayo descendió desde lo alto del cielo directo hacia el cuerpo de la joven. Sin embargo, rebotó en la barrera mágica y se deshizo sobre ella.

Salamandra se irguió. El ataque de Morderek había logrado encolerizarla.

–¿Cómo te atreves? –exclamó–. ¡No conoces el poder de la Bailarina del Fuego!

Clavó los pies en tierra, abrió los brazos y echó la cabeza hacia atrás, todo a la vez, e instantáneamente sintió que el poder del fuego respondía a su llamada. Pronto sus manos se inflamaron, y su roja cabellera se alborotó a su alrededor como una corona ardiente. Fijó en Morderek una mirada que echaba chispas.

–Bravo –dijo el mago negro–. Por fin parece que he encontrado un adversario de mi talla.

Dana se detuvo al pie de un enorme pico truncado.

–Este es el volcán de la Cordillera de la Niebla –anunció Shi-Mae.

–¿Y dices que tu mago negro vive en el interior del cráter? –dijo la Señora de la Torre–. Cuesta trabajo creerlo.

–El volcán lleva milenios inactivo –explicó Shi-Mae–. En su interior se ha desarrollado toda una selva llena de criaturas extrañas que han evolucionado de espaldas al mundo. Es un lugar de difícil acceso.

–Ya veo. Bueno, yo subiré a pesar de todo.

–Y yo contigo –susurró Shi-Mae–. Alégrate, Señora de la Torre. Pronto las palabras del Oráculo se verán cumplidas.

Conrado pronunciaba suavemente las palabras mágicas, acariciándolas, dándoles forma poco a poco, desde la garganta hasta los labios. Había entrecerrado los ojos y alzado las manos hacia el espejo, pidiéndole, en lenguaje arcano, que se abriera ante ellos y les mostrase sus secretos. Había hecho aquello mismo en otra ocasión, cinco años atrás; pero entonces no era más que un aprendiz de cuarto grado, y ahora era ya un mago consagrado.

Entonces se había limitado a repetir las palabras mágicas con fe y ardor.

Ahora sabía.

Sabía la importancia que tenía aquella Puerta, sabía la enormidad de lo que se ocultaba detrás, sabía que iba a desvelar algo que debía permanecer oculto a los vivos.

Y pese a ello, o quizá precisamente por ello, quería hacerlo.

Quería abrir la Puerta de nuevo.

Sonrió para sí mismo. Al principio no estaba seguro de estar haciendo lo adecuado, pero ahora sentía que no había otra manera. Debían salvar a Iris. Y si tenían que abrir la Puerta, era mejor hacerlo antes de que llegase el Momento. Así, tal vez estuvieran a tiempo de destruir el espejo una vez que el espíritu de Iris se encontrase a salvo.

Conrado suspiró casi imperceptiblemente. Era una lástima destruir aquel objeto mágico tan hermoso y tan especial... Pero debían hacerlo, por el bien de todos.

La Puerta se estaba abriendo.

Tras él, Nawin lo contemplaba en silencio, y Jonás aguardaba, dispuesto a emprender un peligroso viaje del cual tal vez no hubiese retorno, un arriesgado viaje al mundo de los muertos...

Salamandra gritó de nuevo y lanzó otra bola de fuego. Morderek la desvió con su bastón y ambos se detuvieron, jadeantes, y se miraron el uno al otro, con los ojos rebosantes de desafío, estudiándose con cautela.

El claro del bosque en el que se hallaban estaba calcinado, y las túnicas de ambos presentaban ya diversas quemaduras y desgarrones. Se habían atacado con todas sus fuerzas y, por el momento, ninguno de los dos aparecía claramente como vencedor.

—¿De dónde... has sacado... tanto poder? —jadeó Salamandra.

—Eso no te importa —replicó Morderek—. Vas a morir de todas formas, lo sepas o no.

Salamandra rugió y volvió a invocar al fuego. Este acudió a su llamada, fiel como siempre. Ningún otro mago podía conjurarlo y moldearlo con tanta facilidad como la Bailarina del Fuego. Hasta aquel mismo momento, con la fuerza del ígneo elemento de su parte, Salamandra había sido prácticamente invencible.

Morderek no pareció inmutarse. Miró al cielo un breve instante y murmuró.

—Vaya, parece que ya es la hora.

Volvió entonces la mirada a Salamandra.

—Lo siento, bella dama —dijo—. Ha sido muy interesante, pero ahora he de marcharme.

Salamandra no lo escuchaba. Estaba concentrando toda su magia en crear un enorme demonio de fuego que se alzaba rugiente sobre el claro.

Morderek no parecía impresionado.

—¡Ah, casi lo olvidaba! La profecía... —murmuró.

Salamandra lanzó el demonio contra el mago negro. Este aferró su bastón con las dos manos, lo enarboló balanceándolo hacia un lado y, cuando la criatura de fuego llego hasta él, la golpeó con todas sus fuerzas.

El demonio chocó con increíble violencia contra el bastón de Morderek y rebotó hacia Salamandra convertido en una masa ardiente.

Ella no tenía por qué temer aquel ígneo proyectil pero, por alguna razón, se sintió vulnerable y trató de levantar una barrera defensiva.

El fuego la golpeó de lleno y la envolvió. Salamandra chilló, sintiendo algo que no había sentido en años al contacto con las llamas.

Dolor.

Se estaba quemando.

—Hasta otra, mi dama —se despidió Morderek, guasón—. Bueno, en realidad, hasta nunca, dado que tú vas a morir y yo seré inmortal... Me encantaría quedarme a ver cómo te abrasas en tu propio fuego, pero tengo una cita con la Señora de la Torre.

Salamandra se dejó caer y se revolcó por el suelo, pero el fuego había prendido su túnica, y en aquel momento ella no parecía más que una simple muchacha humana, sin poderes, sin nada que le hiciese merecer el nombre de Bailarina del Fuego.

Con una sonrisa socarrona, Morderek desapareció del claro, dejando a la joven hechicera abandonada a su suerte, gritando de dolor entre las llamas.

XI

SANGRE DE FÉNIX

LA SEÑORA DE LA TORRE no había encontrado grandes dificultades en salvar con su magia la barrera del cráter del volcán. En su interior, como ya le había dicho el fantasma de Shi-Mae, había crecido una enorme y exuberante selva, un microcosmos de extraños animales y plantas que recordaban solo vagamente a aquellos que podían hallarse en el resto del mundo.

La Señora de la Torre tampoco tuvo problemas a la hora de encontrar el hogar del mago negro que había de proporcionarle el último ingrediente básico que necesitaba para su conjuro. Se trataba de una casa hecha de piedra y madera, con diferentes dependencias, como módulos interconectados, lo que le daba una cierta apariencia de red. En el centro se alzaba lo que parecía el edificio principal.

—Parece una vivienda muy grande para un mago solo —comentó Dana.

A su lado, Shi-Mae se removía, inquieta. El fantasma de la hechicera elfa intuía que la Puerta estaba siendo abierta, y no sabía cómo, quién, ni por qué. Temía que Dana se diese cuenta también, pero, por suerte para Shi-Mae, la Señora de la Torre estaba demasiado preocupada por el siguiente paso de su búsqueda.

Sondeó el lugar con su magia y solamente captó dos presencias humanas en la casa principal. El resto de módulos estaban ocupados por animales de diversas condiciones y tamaños.

Dana frunció el ceño. Una sospecha empezaba a cobrar cuerpo en su mente.

—¡Hay alguien en la entrada de la Torre!

La súbita exclamación de Nawin hizo que Conrado se desconcentrase. La Puerta no estaba abierta todavía, pero faltaba poco, y él necesitaba toda su magia para seguir alimentando el proceso.

—Es el Gran Duque —susurró Nawin, que se había asomado al ventanal, pálida como un muerto—. Y lo acompañan el Duque de la Casa de los Elfos de las Brumas y un Archimago de la Escuela del Bosque Dorado. Oh, no, es el fin...

Jonás miró a Nawin, después a Iris y después a Conrado, que seguía con los ojos cerrados y las manos alzadas frente al espejo.

—Bajaré a hablar con ellos —dijo finalmente.

Conrado bajó los brazos y la Puerta volvió a cerrarse.

—Lo intentaremos más tarde, entonces —murmuró. Parecía aliviado; no era agradable para él saber que un amigo suyo pretendía cruzar la Puerta al mundo de los muertos, que él estaba a punto de abrir. Jonás, sin embargo, se había asomado al ventanal, y no lo captó.

—¿Cómo se habrán atrevido a seguirte hasta aquí? —murmuró Jonás.

La reina elfa miró a su amigo con preocupación.

—Voy a bajar yo. Debo hacerlo.

—Ni lo sueñes. Has pedido asilo en la Torre, y ahora estás bajo mi responsabilidad. No te preocupes; no voy a permitir que crucen esa puerta.

—¡Salamandra!

La Bailarina del Fuego apenas oyó la voz que gritaba su nombre. El dolor era tan intenso que incluso le impedía hablar.

De pronto sintió algo muy fresco recorriendo su cuerpo y aliviando sus heridas... ¿era agua? Sí, parecía agua... El preciado líquido cubrió su piel, apagando las llamas y calmando su dolor...

Salamandra se quedó tendida en el suelo, respirando entrecortadamente, sin poder moverse, consciente de que toda su piel presentaba horribles quemaduras, sin atreverse a mirar su melena carbonizada, sin querer pensar qué habría pasado con su rostro.

Y, entonces, la voz de él...

—Salamandra, levántate. No ha sido nada...

Ella trató de hablar y no pudo. Solo un gemido salió de su garganta.

—¿Te das cuenta de lo que le han hecho?

Y otra voz, también familiar:

—Han estado a punto de matarla. ¿Cómo lo habrán conseguido?

Salamandra abrió lentamente los ojos.

Las voces seguían hablando.

—Cuesta creer que hayan vencido su resistencia. Eso me hace temer muchas cosas...

Salamandra enfocó la mirada y lo primero que vio fue una mano... la suya.

Una mano con una piel perfecta, sin quemaduras.

—¿Eh? —murmuró.

Trató de incorporarse lentamente, y un mechón de cabello rojizo cayó ante ella. Un mechón que relucía con brillos cobrizos bajo la luz de la mañana. Se miró a sí misma. Estaba sana. Tan solo su túnica se había quemado.

—¿Pero qué ha pasado?

—Esperaba que nos lo pudieras decir tú.

Salamandra se volvió hacia la voz y vio a Fenris y a Kai. Se tapó como pudo con los restos de su túnica y alargó la mano hacia su zurrón para buscar la de repuesto.

—No estoy muy segura. Morderek nos salió al paso... Me atacó. Dijo que yo debía morir para que se cumpliese la profecía. Luchamos. Luego dijo que tenía que marcharse y lanzó contra mí a un demonio de fuego que yo misma había creado.

—Y por un momento pensaste que podía dañarte —asintió Fenris—. Comprendo. Salamandra, tú eres inmune al fuego, pero tu subconsciente aún le teme. Con toda esta historia de la profecía creíste de verdad que podía ocurrirte. Quizá reviviste alguna pesadilla...

Salamandra calló, pensativa.

—Pudo haber tenido graves consecuencias para ti —prosiguió Fenris—. Si tu cerebro se hubiese convencido de que te estabas muriendo, probablemente habrías muerto de verdad.

—Pero parecía tan real —musitó la joven—. Incluso Morderek se lo creyó. Yo... pensé que lo había logrado. Es... más poderoso de lo que recordaba. Tiene un bastón...

Fenris frunció el ceño.

—¿Un bastón? —repitió.

Pero Salamandra seguía hablando.

—Lo que no me explico es cómo supo dónde encontrarme.

Fenris y Kai cruzaron una mirada.

—¿Se lo decimos? —preguntó Kai.

El mago se encogió de hombros.

—¿Por qué no?

Kai se apartó un poco. Tras su enorme cuerpo de dragón, Salamandra vio un cuerpo inconsciente tendido en el suelo.

—¡Hugo! —dijo.

—Bueno, espero que no le tuvieses demasiado cariño —dijo Kai—, porque te acaba de clavar un puñal por la espalda. Nos ha confesado que ha estado en contacto con Morderek desde el principio.

Dana miró fijamente al mago negro que había salido a recibirla.

—De modo que eres tú.

Él sonrió.

—Lo sospechaba —prosiguió ella—. ¿Dónde has estado todos estos años, Morderek?

El joven se encogió de hombros.

—Oh, aquí y allá... Supongo que no me guardarás rencor por haber abandonado la Torre sin decir nada a nadie. Temía que me reprocharas el haber sido el único de tus aprendices que no acudió a rescatarte cuando tenías problemas. Compréndeme, yo era un muchacho atolondrado. Tuve miedo. No soy tan valiente como Jonás, o como Salamandra.

La Señora de la Torre lo miró con suspicacia. No mentía, pero tampoco decía toda la verdad.

—Si te sientes en deuda conmigo, hay algo que puedes hacer por mí.

—¿Qué puede mi humilde talento hacer por una poderosa Archimaga como tú, Señora de la Torre?

—No me des coba, Morderek —dijo ella con cierta dureza—. No va contigo.

El mago negro se encogió sobre sí mismo, como un chiquillo que recibiese la reprimenda de su maestra. Se enderezó en seguida, sintiéndose humillado y pensando que le costaba hacerse a la idea de que las cosas ya no eran como cuando él estudiaba en la Torre.

—Siempre tuviste un talento especial para los animales —comentó ella—. No te costaba nada hacer que confiaran en ti. Lamentablemente, eso no resultaba... digamos... demasiado bueno para su salud.

Morderek se encogió de hombros otra vez.

—Siempre me ha interesado la zoología. Existen muchos animales extraños en el mundo cuyos cuerpos albergan sustancias muy útiles para la magia —hizo un amplio gesto con la mano, señalando la inmensa selva que se abría a su alrededor—. ¿Tienes idea de todo lo que he encontrado aquí?

—Me lo figuro. Bien... Hablando de sustancias útiles... busco una muy especial.

—¿De qué se trata?

—Sangre de fénix.

Morderek sonrió.

—Hoy es tu día de suerte, Maestra.

—Queremos hablar con la Señora de la Torre, joven mago —dijo el Gran Duque con severidad.

—La Señora de la Torre no se halla en casa; mientras tanto, es conmigo con quien debéis hablar —replicó Jonás.

—Sabemos que aquí se oculta la reina Nawin, soberana de los elfos.

—Nadie se oculta aquí.

—No mientas, joven —intervino uno de los Archimagos—. Sabemos...

—Nadie se oculta aquí —insistió Jonás—, porque la Torre no tiene nada que ocultar. La reina Nawin ha pedido asilo, y este le ha sido concedido.

El Gran Duque frunció el ceño.

—¿Qué significa eso? ¡Exigimos hablar inmediatamente con la Reina!

—Acabáis de llegar a la Torre en calidad de visitantes —les recordó Jonás—. No estáis en situación de exigir nada. La reina Nawin no desea hablar con vosotros. Respetad sus deseos.

—¡Esto es un ultraje! —explotó el Gran Duque—. ¡Entréganos a la reina Nawin o de lo contrario...!

—...o de lo contrario, ¿qué? —preguntó de pronto, fríamente, una voz desde detrás de Jonás.

Este se volvió como si lo hubiesen pinchado.

—¡Nawin! ¿Qué haces? ¡No deberías estar aquí!

—Aunque físicamente te parezca una niña, te aseguro que no lo soy —replicó ella.

—De todas formas... —empezó Jonás, pero calló, sorprendido, al ver lo que acababa de pasar.

Los tres visitantes habían echado una rodilla a tierra, inclinándose profundamente ante la Reina de los Elfos.

—Majestad... —dijo el Archimago.

—Mi Señora... —dijo el Duque de los Elfos de las Brumas.

—Reina Nawin, altísima soberana de todos los elfos... —dijo el Gran Duque—, hemos venido hasta aquí para traeros una gran noticia. La rebelión ha sido sofocada, y todos los enemigos de vuestra Majestad han sido capturados y encarcelados. Todo el reino os aclama como reina y señora. Os suplicamos, por tanto, que regreséis a casa.

En lo alto de la Torre, Conrado examinaba el espejo con el ceño fruncido. Ni siquiera se había dado cuenta de que Nawin se había ido.

—Es raro —murmuró—, detecto cierta alteración en la superficie de la Puerta...

Pasó suavemente la mano sobre el espejo, absorto en la pequeña ondulación que parecía producirse sobre la lisa superficie.

—¿Hay alguien ahí, al Otro Lado? —musitó, maravillado, al observar cómo el cristal reaccionaba a sus roces como si tuviese vida propia—. ¿Quién eres?

Pero la Puerta estaba cerrada, y el espejo tan solo le devolvió su propia imagen. Conrado se contempló a sí mismo, pensativo, un joven de poco más de veinte años, alto, huesudo y algo desmadejado, vestido con una túnica roja. Sin saber muy bien por qué lo hacía, alzó la mano derecha y colocó la palma sobre el cristal del espejo.

Y de pronto sintió un fuerte tirón, como si algo lo succionara, y súbitamente se vio a sí mismo atravesando el espejo... La Puerta al Más Allá, el mundo de los muertos.

La Señora de la Torre contempló conmovida la magnífica criatura que Morderek había puesto ante sus ojos, encerrada en una enorme jaula de barrotes de oro.

Era un gran pájaro de plumas rojas y doradas, ojos brillantes como diamantes y una cresta que parecía estar formada por lenguas de fuego.

—Un ave fénix —murmuró ella.

—Tendrás que sacrificarlo tú —dijo Morderek.

—¿Sacrificarlo...? Creía que eran inmortales.

—Hay una manera de matarlos. No me mires así; es necesario que el fénix muera o, de lo contrario, los poderes de resurrección de su sangre no se activarán.

Dana suspiró y miró al fénix a los ojos. La criatura le devolvió la mirada, una mirada profunda y sabia, que parecía leer el alma de la Señora de la Torre. Ella se estremeció.

—No va a ser agradable.

El joven mago negro se encogió de hombros.

—Supongo que habrás venido aquí por alguna buena razón —dijo—. Sería absurdo echarse atrás ahora.

—Estás en lo cierto —dijo Dana de pronto, con una voz que no era la suya—. He venido aquí por una buena razón, y no voy a echarme atrás ahora.

Morderek se quedó completamente helado. Dana había hablado con la voz musical de los elfos, incluso con un leve acento élfico en sus palabras, pero su afirmación estaba cargada de aspereza.

—¿Dana? —vaciló Morderek, inseguro.

Ella se volvió hacia él, y el mago negro vio, no sin cierto horror, que tenía el rostro inexpresivo, los ojos desenfocados y la mirada perdida, como si se hallase muy lejos de allí.

Dijo, sin embargo, con total claridad y con aquella voz que no era la suya:

—Volvemos a encontrarnos, mi pérfido aprendiz.

Morderek se echó hacia atrás, temblando violentamente y con los ojos desorbitados por el terror.

—¡Shi-Mae! —pudo decir.

—No lo entiendo —musitó Nawin, muy pálida—. ¿No he sido traicionada? Entonces, ¿la profecía no se ha cumplido?

Un súbito chillido rasgó la fría mañana invernal.

—¡Iris! —exclamó Jonás.

Sin acordarse de los emisarios elfos, los dos jóvenes magos se teletransportaron a lo alto de la Torre y se lanzaron hacia el lecho donde dormía la chiquilla. Sin embargo, no apreciaron el menor cambio en ella. Seguía sumida en su extraño trance, y nada en su expresión parecía confirmar que ella había sido la autora del grito que habían oído momentos antes.

—Pero estoy seguro de que ha sido ella —musitó Jonás; se volvió hacia todos lados—. ¿Dónde se ha metido Conrado?

—Jonás... —la voz de Nawin sonaba desfallecida y temblaba de puro terror.

El mago se volvió hacia ella y vio que miraba fijamente el espejo, con sus ojos almendrados abiertos al máximo. Siguió la dirección de su mirada y lo vio, y sintió que su corazón casi se olvidaba de latir.

Conrado estaba allí, de alguna manera, al otro lado del espejo. Les daba la espalda y se alejaba de ellos, internándose en una extraña bruma fantasmal...

—¡Conrado! —gritó Jonás, pero su amigo no parecía oírle.

Desesperado, Jonás se lanzó hacia el espejo y trató de atravesarlo, sin éxito.

—¡No lo entiendo, la Puerta está cerrada! ¿Por qué...?

—Jonás, mira —susurró Nawin.

Jonás miró. La figura de Conrado se había hecho tan difusa que apenas se la distinguía del reflejo de Jonás en el espejo.

Y de pronto ya no estaba allí. Jonás se encontró a sí mismo mirando fijamente, desconcertado, a su doble del espejo, un espejo que ahora se comportaba como cualquier otro espejo del mundo, reflejando la habitación como si nunca hubiese hecho otra cosa.

—¿Cómo has conseguido...? —pudo decir Morderek, lívido.

Dana/Shi-Mae sonrió.

—¿...llegar hasta ti? No es muy difícil para un fantasma. Sin embargo, aunque te encontré hace ya mucho tiempo, no podía comunicarme contigo... necesitaba a alguien especial que hiciese de puente... Por eso fui a hablar con Dana. Sabía que, si quería resucitar a Kai, ella tendría que pasar por aquí. Yo le ofrecí mi ayuda a cambio de que me trajese con ella. Es una Kin-Shannay, Morderek. Un enlace con el mundo de los muertos.

El mago negro palideció aún más.

—Lo sospechaba —fue lo único que dijo.

—Lo sospechabas, pero no lo sabías con certeza, ¿verdad?

—El Oráculo me dijo que ella sería una pieza clave cuando llegase el Momento.

—De modo que también tú fuiste a consultar al Oráculo. Eso explica muchas cosas.

—Dana no es la única que se ha percatado de la proximidad del Momento —se defendió Morderek—. Bueno, dime... ¿por qué tenías tanto interés en hablar conmigo?

—Lo sabes muy bien. ¿Recuerdas mis últimos días en la Torre? ¿No? Te refrescaré la memoria... Dana había desaparecido, y tú me suplicaste que te aceptase como aprendiz... porque querías aprender de alguien grande como yo, creo recordar que dijiste...

Morderek no dijo nada. Se mordía el labio inferior con nerviosismo. El espíritu de Shi-Mae siguió hablando por boca de Dana, que continuaba en trance.

—Yo tenía un asunto pendiente y me marché de la Torre... pero las cosas se torcieron, y jamás regresé.

—Lo sé —murmuró Morderek.

—Pero tú no me echaste de menos. ¿Creías que no lo sabría? Yo dejé atrás, en la Torre, algo que era legítimamente mío y que tú robaste sin el menor escrúpulo en cuanto tuviste la certeza de que estaba muerta.

Morderek seguía pálido.

—No sé de qué me hablas.

—Oh, sí lo sabes... ¿Cómo, si no, un simple aprendiz de tercer grado es capaz de adquirir tanto poder por sí solo, fuera de una Escuela de Alta Hechicería, y sin Maestros que guíen sus pasos? Dime... ¿qué ocultas debajo de ese guante?

El mago negro había retrocedido unos pasos, lanzando una rápida mirada a su mano derecha, cubierta por el guante negro.

—Yo te lo diré —prosiguió Dana/Shi-Mae—. Escondes una mano deforme, una mano que fue herida cuando trató de apropiarse de algo que no le pertenecía... A pesar de ello, seguiste adelante... Debo reconocer que tienes valor... eso, o una ambición realmente desmedida... Dime, ¿has aprovechado bien el poder de mi bastón mágico?

—Estás muerta —declaró Morderek, irritado—. No puedes venir a reprocharme lo que hice.

El rostro de Dana seguía inexpresivo, pero el joven habría jurado que Shi-Mae, desde su condición inmaterial, había esbozado una breve sonrisa.

—Estoy muerta. Olvidemos el pasado, pues. Hablemos del futuro. Hablemos del Momento.

Morderek le dirigió una mirada suspicaz.

—¿Qué es lo que quieres?

—Que me ayudes a volver a la vida.

—Tenía entendido que tu cuerpo había quedado atrapado en el Laberinto de las Sombras.

—No me interrumpas. Cuando llegue el Momento, quiero que prepares el bastón, porque voy a transferir a él mi energía vital.

—¿A un objeto? —soltó el mago negro, incrédulo.

—Ese bastón contiene gran parte de mi poder... un poder del que tú te has apropiado sin el menor reparo, no creas que voy a olvidarlo. Ello me permitirá quedarme en el mundo de los vivos cuando pase el Momento... Y tendrás tiempo entonces de buscar, con calma, un nuevo cuerpo para mí.

—¿Un... cuerpo?

—¿Tienes idea de cómo regresó Kai a la vida? Se introdujo en el cuerpo de un dragón moribundo, en el mismo instante en que la criatura exhalaba su último aliento. ¡Una idea brillante! El alma del dragón salió de su cuerpo casi al tiempo que entraba en él el espíritu de Kai. Eso es lo que hay que buscar. Cuando me introduzca en un nuevo cuerpo, todo el poder del bastón, incluso sus cualidades más secretas y desconocidas, pasarán también a él, conmigo. Renaceré de mis cenizas, como el ave fénix, mucho más poderosa de lo que era antes.

—¿Y... qué pasará entonces con el bastón?

—Cuando mi espíritu se introduzca en él, será un objeto mágico inteligente. Has oído hablar de ellos, ¿verdad? Son objetos realmente poderosos, la joya de cualquier mago que se precie.

—Pero en el caso de este bastón su inteligencia será, no obstante, la tuya —objetó Morderek—. Todo aquel que toque el bastón estará en contacto contigo. Tú decidirás cómo y cuando utilizar sus poderes. Y cuando todo ello pase a tu nuevo cuerpo, el bastón quedará completamente vacío y no será más que un inútil pedazo de madera.

—De ninguna manera —se apresuró a responder Dana/Shi-Mae, pero Morderek sabía que estaba mintiendo.

—¿Creías que no lo sabría? No vas a poder engañarme. Sé perfectamente que yo no gano nada con todo esto. Por mí puedes quedarte en el mundo de los muertos, Shi-Mae —concluyó Morderek, con frialdad.

—¡Ingrato! —chilló Shi-Mae, por boca de Dana—. ¡Te recuerdo que te acepté como aprendiz!

—No —corrigió Morderek—. Me dijiste que debía ganarme ese honor.

—¡No importan las formas! Tú eres mi aprendiz, y yo soy tu Maestra. ¡Debes obedecerme!

Morderek dirigió a Dana/Shi-Mae una mirada de desprecio.

—No pienso hacerlo. Yo no obedezco a nadie. Ya no.

—¿Te rebelas contra mí?

Morderek se encogió de hombros.

—Si quieres llamarlo así...

Hubo un silencio. El joven mago negro sabía muy bien lo que se estaba jugando.

—Muy bien —dijo Dana/Shi-Mae, lentamente—. Tú lo has querido. Morderek, has desafiado a tu Maestra. ¡Yo te maldigo!

Morderek esbozó una sonrisa escéptica.

—No te temo. No podrás hacerme daño desde allí, Shi-Mae...

—¿Qué has dicho?

Morderek parpadeó, sorprendido. Dana lo miraba confundida, con el desconcierto pintado en sus ojos azules. Había desaparecido el acento élfico de su voz.

—Nada —dijo el mago cautelosamente—. ¿Te encuentras bien..., Señora de la Torre?

—Creo que me he mareado —manifestó Dana, llevándose la mano a la sien—. Pero, ¿por dónde íbamos? ¡Ah, sí! El ave fénix... Me habías dicho que ha de morir... y que hay una forma de matarla.

Morderek asintió.

—Iré a prepararlo todo.

Salió presuroso de la habitación, contento de poder alejarse de ella.

—Hugo me ha traicionado —murmuró Salamandra, todavía desconcertada—. Una traición... Eso es lo que decía la profecía. ¿Qué significa todo esto?

Fenris se puso en pie.

—Que hemos interpretado mal algunas cosas —dijo—. Evidentemente, tú no vas a morir abrasada en tu propio fuego, y Nawin no va a ser traicionada.

—Eso quiere decir que por lo menos ella está a salvo en el Reino de los Elfos —comentó Kai—. Pero nosotros no hemos sido los únicos que hemos interpretado mal las palabras del Oráculo.

—¿Qué quieres decir?

—También Morderek se equivocó. También él creyó que Salamandra se quemaría en su propio fuego.

—Todos nos equivocamos. Cualquier mago puede invocar al fuego, y cualquiera podría ser consumido por él, en ciertas circunstancias... excepto Salamandra. Todos entendimos que la profecía hablaba de ella porque relacionar a Salamandra con el fuego es como sumar dos y dos. Pero en el fondo... es absurdo.

Salamandra clavó en Fenris sus ojos oscuros.

—Está intentando que se cumplan todas las partes de la profecía, Fenris —musitó—. Quiere que tú... —se estremeció, y no pudo seguir hablando.

—Quiere que yo muera entre horribles sufrimientos —concluyó Fenris—. Bueno, pues no le voy a dar esa satisfacción.

Kai estaba inquieto.

—¿Y qué más te contó Morderek?

—Mmmm... —Salamandra frunció el ceño—. La verdad es que un montón de bravuconadas. Dijo que se haría inmortal cuando llegase el Momento y que tenía una cita con Dana.

Fenris saltó como si le hubiesen pinchado.

—¡Sangre de fénix! ¡Diablos, es él! Él tiene un ave fénix. Si encontramos el lugar donde se esconde Morderek, encontraremos a Dana allí también.

—Pero, ¿cómo encontraremos a Morderek? —preguntó Salamandra, dudosa.

—Eso no va a ser difícil —opinó Kai, ceñudo.

Levantó una garra y mostró lo que colgaba de ella: el cuerpo inconsciente de Hugo, el mercenario.

XII

CAMINANDO ENTRE SOMBRAS

«**C**ONRADO...», dijo la voz, una voz suave y cristalina, una voz de mujer.

Conrado trató de hablar, pero no pudo.

«¿Quién eres?», pensó.

Por alguna razón, aquella otra persona pareció escuchar sus pensamientos. Rió suavemente.

«Mírame.»

Conrado miró y vio ante sí, entre las brumas, a una mujer con una túnica dorada.

«Maestra», pensó.

«No soy tu Maestra», repuso ella. «Mira bien.»

Conrado lo hizo, y vio que, efectivamente, aquella mujer no era Dana. Era pequeña pero majestuosa, de cabello castaño y mirada sabia y serena.

«¿Quién eres?», repitió.

«Me llamo Aonia, y fui Señora de la Torre hace mucho tiempo. Ahora vivo en el mundo de los muertos.»

Conrado se estremeció.

«¿Quieres decir... que yo estoy muerto también?»

«No, no lo estás... todavía. He sido yo quien te ha hecho pasar a través de la Puerta, y lo has hecho, sin dejar tu cuerpo atrás... lo cual quiere decir que el Momento se acerca inexorablemente.»

«¿Por qué... por qué has hecho eso?»

«Para mostrarte muchas cosas. Tenemos poco tiempo, sin embargo. Sígueme; déjame ser tu guía a través de mi mundo.»

La aparición comenzó a alejarse entre las brumas, y Conrado, inquieto, la siguió.

—Pero ¿por qué os empeñasteis en mantenerlo en secreto? ¿Por qué me lo ocultabais? —preguntó Nawin.

—Era más seguro para vuestra majestad —contestó el Gran Duque—. Los rebeldes sospechaban que la Casa de los Elfos de las Brumas se había unido a vuestra causa. Para no perder el factor sorpresa, debíamos evitar que esas sospechas se vieran confirmadas. Vos debíais, por tanto, actuar como de costumbre, sin dar a entender que conocíais la nueva alianza. La operación para desenmascarar a vuestros enemigos estaba desarrollándose lenta, pero segura. Vuestra repentina huida precipitó las cosas, pero, por fortuna, nuestras redes estaban bien tendidas.

Nawin movió la cabeza, sin saber qué decir.

—Siento haber dudado de vuestra lealtad —le dijo finalmente al Gran Duque—. Y a vos —añadió, dirigiéndose al Duque de la Casa de las Brumas—, os agradezco la fe que deposita vuestro pueblo en mí.

El elfo se inclinó ante ella.

—Señora... —murmuró—. En nombre de los Elfos de las Brumas os pedimos humildemente perdón por las atrocidades que trataron de cometer contra vuestra persona algunos renegados de, me apena decirlo, nuestra propia raza.

En el futuro os garantizamos que acudiremos a defenderos y a luchar por vos cuando sea necesario.

Nawin volvió a quedarse sin habla.

—Por nuestra parte —dijo el Archimago—, tenemos la satisfacción de informaros de que en la Escuela del Bosque Dorado parecen haberse disipado los rumores que os relacionaban directamente con la misteriosa desaparición de la Archimaga Shi-Mae. Vuestra versión de los hechos goza cada vez de mayor popularidad, especialmente entre los más jóvenes, y los que dirigimos la escuela hemos acordado por unanimidad que seréis bien recibida en ella si deseáis continuar allí vuestros estudios... siempre que vuestras reales obligaciones os lo permitan, por supuesto.

—No puedo creerlo —murmuró Nawin—. Todo esto es...

—Debemos volver al Reino de los Elfos, majestad —apremió el Gran Duque—. Vuestro pueblo os espera.

Pero la joven reina elfa miró al techo, pensativa. Varios pisos por encima de ellos, en la cúspide de la Torre, Jonás estaba tratando de averiguar qué le había sucedido a Conrado, si él había abierto la Puerta y por qué había decidido cruzar el Umbral por su cuenta.

—No puedo marcharme ahora —dijo suavemente—. Me necesitan aquí.

El Archimago palideció.

—Vos no lo sabéis, pero esta noche sucederá algo...

—El Momento en que la dimensión de los muertos podrá confundirse con el mundo de los vivos —cortó Nawin—. Sí, lo sé. Es por eso por lo que debo quedarme hasta que todo haya pasado.

—Pero, majestad... Consultamos al Oráculo y, aunque no logramos descifrar sus oscuras palabras, sí averiguamos que la Torre...

—Lo sé —cortó Nawin—. Pero no debéis temer por mí. Marchad al Reino de los Elfos y preparad mi retorno. Dentro de un par de días estaré allí de vuelta, con mi pueblo.

El Gran Duque abrió la boca para protestar, pero la mirada de Nawin no admitía réplica.

El fénix miraba a Dana con gesto sereno. Ella tenía el cuchillo ritual en una mano y el cáliz que debía recoger su sangre en la otra. Morderek la había dejado a solas para que realizase el sacrificio, pero Dana aún tenía dudas.

—Lo hago por Kai —se recordó a sí misma—. Por Kai y por mí. Por nosotros.

No había reproche en la mirada del fénix pero, aun así, Dana se estremeció.

—Lo siento —murmuró—. Pero no puede ser de otra manera.

Alzó el puñal sobre la mágica criatura.

—Espera —dijo de pronto una voz.

Dana se volvió rápidamente. El fantasma de Shi-Mae estaba junto a ella, con los brazos cruzados y los ojos relampagueantes.

—¿Qué quieres ahora? —preguntó Dana, contrariada.

—Yo ya he hecho cuanto tenía que hacer aquí —Dana la miró intrigada, pero ella no dio más detalles—. Ahora he de volver al mundo de los muertos. Ha llegado la hora de desvincularme de ti.

—Será un placer —replicó Dana, cada vez más molesta.

No tardó en liberar a Shi-Mae del lazo que la unía a ella.

—He de confesarte una cosa, Kin-Shannay —dijo Shi-Mae; su figura se iba haciendo cada vez más incorpórea—. No tengo el menor interés en que realices el conjuro. Solo pretendía que me trajeses hasta Morderek, porque teníamos una cuenta pendiente.

Dana la miró, expectante.

—Es tu decisión —prosiguió ella—, pero creo que debes saber que ese mago negro también tiene intereses en todo esto.

—¿Qué...?

Pero Shi-Mae ya había desaparecido.

Conrado se detuvo junto al espíritu de Aonia y miró en la dirección que ella le señalaba. Vio una especie de banco de niebla brillante de color azulado, muy espeso, que cubría todo el horizonte.

«¿Qué es eso?», preguntó, fascinado, y estremeciéndose sin saber por qué.

«Son los espectros», respondió ella.

«¿Espectros?»

«Fantasmas vengativos, coléricos, violentos o desesperados», sintetizó ella. «Se están agrupando. Están acudiendo a la llamada del Momento.»

Conrado se sintió absolutamente horrorizado.

«¿Estará aquí el Maestro?», se preguntó, sobrecogido.

«¿El Maestro?», repitió Aonia con un extraño timbre en su voz. «Por supuesto que no. Su espíritu desapareció en el Laberinto de las Sombras. Ahora ya no existe, ni como ser vivo ni como fantasma.»

Conrado la miró, incrédulo.

«Pero la profecía decía...»

«No importa lo que dijera la profecía, sino cómo la habéis interpretado vosotros.»

Conrado meditó sus palabras mientras volvía la mirada de nuevo hacia los espectros.

«¿Qué es lo que quieren?», preguntó, con un nuevo escalofrío.

«Odian a los vivos. Quieren destruir vuestro mundo, Conrado. Se acerca el Momento, y ellos acudirán a la Puerta en masa...»

«Pe... pero... yo creía que querían volver a la vida...»

«Eso es lo que desean muchos fantasmas, sí, pero no los espectros. Si se abre la Puerta, Conrado, no solo tratarán de cruzarla todos aquellos que quieren volver a vivir, sino también el ejército de los espectros...»

«¿Y qué podemos hacer? La profecía...»

«Luchar», interrumpió Aonia. «Luchar por la vida. Si no lo hacéis los vivos, ¿quién lo hará?»

De pronto desapareció, y Conrado se volvió hacia todos lados, desconcertado. La distinguió un poco más lejos, entre la niebla. La siguió. Fue entonces cuando descubrió que las distancias eran engañosas en el Más Allá porque, cuando la alcanzó, se dio cuenta de que ambos estaban ahora justo al pie de la enorme masa espectral.

Conrado ahogó un grito. La niebla cambiante estaba formada por rostros feroces cuyas miradas oscuras relucían llenas de odio. Producían un horrible sonido, una mezcla de lamentos y aullidos de furia, que sonaba como una escalofriante melodía chirriante.

Conrado retrocedió, aterrado.

«Corres un gran riesgo aquí», dijo Aonia. «A mí no pueden hacerme daño..., pero tú estás vivo...»

«¿Por qué me has traído, entonces?», exigió saber Conrado, aún temblando.

«Era necesario que vieras... y comprendieras...»

Conrado iba a replicar cuando, de pronto, varios de los espectros se percataron de su presencia.

«¡¡UN VIVO!!», aullaron las voces de los espectros, rechinantes, rezumando odio.

Y miles de pares de ojos sin vida se volvieron hacia ellos.

Jonás había estado sentado frente al espejo, abatido, culpándose a sí mismo por haber fallado a la Señora de la Torre y preguntándose qué podía hacer para arreglarlo y para rescatar a Conrado.

Alzó la cabeza y miró fijamente al espejo, que le devolvió su imagen.

—No puedo quedarme parado —se dijo a sí mismo—. No me importa el riesgo, he de abrir esa condenada Puerta y sacar a Conrado de ahí.

Nawin no había subido aún; Jonás suponía que seguía hablando con la delegación de elfos que había venido a buscarla. Pero Jonás no podía esperar. Se levantó de un salto.

Sus ojos recorrieron la estancia, una habitación destrozada por la batalla de magia que había tenido lugar allí veinte años atrás, aquella en la cual Dana y Fenris, sin olvidar a Maritta, habían derrotado a su malvado Maestro. Ahora, solo dos cosas parecían estar fuera de toda aquella desolación: el soberbio espejo de Shi-Mae y el rostro de porcelana de Iris, que aún caminaba entre la vida y la muerte.

Sin embargo, sobre una mesita baja, Jonás descubrió algo más: unos arrugados pergaminos en los cuales alguien había garrapateado apresuradamente una serie de notas. El mago sonrió.

–Sigues siendo tan olvidadizo como siempre –susurró.

Cogió los pergaminos, sabiendo de antemano qué era lo que iba a encontrar en ellos.

Las instrucciones para abrir la Puerta, que Conrado había tenido la precaución de anotar antes de acudir a la Torre.

Conrado trató de gritar, pero no pudo.

«¡Huye!», gritó Aonia.

Conrado deseó huir. Sintió que su cuerpo se movía muy lentamente, sintió el aliento de los espectros en la nuca, supo que lo atraparían. «¿Cómo mueve uno un cuerpo en un mundo en el que no hay cuerpos?», se preguntó su mente lógica, aterrorizada.

Tropezó con sus propios pies y cayó al suelo. La enorme masa espectral, de un color azul eléctrico, se abalanzó sobre él...

«No me importan las razones de Morderek», se dijo Dana. «Solo Kai es importante. Solo nuestro futuro juntos.»

Sentía la mirada cristalina del fénix clavada en su alma. «Entonces, ¿por qué es tan difícil?», pensaba la Señora de la Torre. «Estoy persiguiendo la realización de un sueño. ¿Cómo puede estar mal esto que estoy haciendo?»

No tenía respuesta para aquellas preguntas. Quizá las formulaba al ave fénix que iba a ser sacrificada para que Kai volviese a ser humano. La criatura parecía tener todas las respuestas, pero Dana sabía que no iba a contestarle.

—Señora de la Torre —intervino Morderek—. Se acerca el Momento.

Había entrado sigilosamente y se había colocado tras ella. Dana se volvió hacia él y lo miró fijamente, tratando de leer en el interior de su alma.

Jonás se había situado ante el espejo, con las manos en alto, concentrándose en la Puerta y respirando lenta y pesadamente, acumulando magia antes de comenzar a pronunciar las palabras mágicas. Sabía que para hacer aquello que estaba a punto de hacer era necesario poseer mucho poder, como Dana, o un gran dominio sobre la técnica de la magia, como Conrado, que había estudiado mucho más que cualquier mago de su edad.

Jonás no tenía ni lo uno ni lo otro. Pero tenía fe y valor, y estaba dispuesto a correr el riesgo. No le importaba no haber sido un estudiante brillante, no le importaba saber que nunca llegaría a ser Archimago. Confiaba en su fuerza de voluntad más que en su magia.

Iris y Conrado estaban atrapados en el Más Allá. Y él no podía fallarles.

Lentamente, comenzó a pronunciar las palabras que abrirían la Puerta.

Conrado abrió los ojos lentamente y se atrevió a mirar. Lo que vio lo llenó de alivio y extrañeza.

«¿Se van?»

«Parece ser que algo ha atraído su atención», dijo la voz sin voz de Aonia, muy cerca de él.

Conrado se puso en pie torpemente, aún temblando.

«Debes volver a tu mundo, deprisa», lo apremió Aonia.

Conrado vaciló un momento.

«Antes... debo preguntarte algo. ¿Podrías ayudarme a buscar el alma de una niña que está aquí atrapada?»

Aonia sonrió y lo tomó de la mano. No fue un contacto material, pero Conrado, de alguna manera, lo sintió, y le pareció cálido en comparación con el frío que reinaba en el mundo de los muertos.

De pronto, todo comenzó a girar... y cuando las cosas volvieron a la normalidad, ellos dos se hallaban en otro lugar. El ejército de espectros no se veía por ninguna parte.

«¿Está Iris aquí?»

«Está aquí.»

«Qué extraño... yo pensaba que los espectros la tendrían secuestrada, o algo así.»

Aonia rió con voz suave y cantarina.

«¿Por qué iban a hacer eso?»

«¿Por qué si no la atrajeron hasta la Puerta? Necesitaban un puente y una fuente de vida...»

«Sí, necesitaban un puente, y por eso la llamaron a través del espejo, y ella los oyó, debido a la proximidad del Momento. Pero la fuerza vital de Iris no basta para saciar las necesidades de los fantasmas. Están usando a Iris para aproximar ambas dimensiones, como si este mundo fuese un barco que se acercase a puerto, e Iris un cabo que les lanzaran desde tierra. Pero han de buscar vida en otra parte. Si sorbiesen la fuerza vital de esa niña, la matarían en seguida, y el vínculo se rompería antes de que llegase el Momento.»

«Pero entonces, ¿quién...?», empezó Conrado, pero se interrumpió al ver algo un poco más allá: Iris.

La muchacha estaba acurrucada en un rincón, encogida sobre sí misma, con los ojos cerrados. Su imagen era tan incorpórea como la de Aonia. Conrado se inclinó junto a ella y trató de rozarla, pero su mano pasó a través de la figura de la niña. Ella, sin embargo, sí sintió el contacto, porque despertó y le miró, un poco perdida.

«Llévatela, marchaos antes de que sea demasiado tarde», dijo el fantasma de la hechicera.

«¿Demasiado tarde...?»

«¿Sabes lo que ha hecho reagruparse a los espectros?», replicó ella. «Alguien está abriendo la Puerta.»

Kai sobrevolaba la Cordillera de la Niebla. Sus movimientos eran cada vez más lentos y pesados, y aunque él quería atribuirlo al hecho de que llevaba a tres personas

sobre su lomo, lo cierto era que temía encontrar a Dana...
y detenerla.

«¿Quién ha dicho que yo no quiero volver a ser humano?», se preguntaba a sí mismo. Lo que Dana le había mostrado con su magia era también su más anhelado sueño. Tener un cuerpo humano y poder abrazarla al fin...

—Debe de estar por aquí cerca —dijo entonces Salamandra—, si este patán no nos ha mentido.

Y al decir esto último propinó una patada a Hugo, que montaba delante de ella; pero, debido a la forzada posición que tuvo que adoptar para ello, su puntapié no causó apenas daño al mercenario.

Hugo les había confesado que Morderek le había dicho que le pagaría una sustanciosa suma si guiaba a Salamandra ante él cuando ella se lo pidiera; pero solo debía hacerlo si ella acudía sola. Por este motivo, al enterarse de que Fenris y Kai acudirían al encuentro de Salamandra, había avisado a Morderek, y él había salido a buscar a la joven maga para enfrentarse a ella antes de que llegasen sus amigos.

Al escuchar la historia del mercenario, Salamandra no había dudado en registrar sus bolsillos, descubriendo en uno de ellos la pequeña bola de cristal que Hugo había usado para comunicarle a Morderek el cambio de planes de la joven maga. Fenris no había permitido que Salamandra emplease la bola de cristal para ponerse en contacto con Morderek y decirle que seguía viva y dispuesta a hacérselo pagar; era mejor coger al mago negro por sorpresa.

De modo que Salamandra se veía obligada a contener su impaciencia y desahogarse con Hugo, por el momento, todo lo que le permitía su postura a lomos de Kai.

Fenris, por su parte, escudriñaba el horizonte con su aguda visión élfica.

—¿Ves algo, Kai? —le preguntó al dragón.

—¿Eh...? No, no, nada todavía.

—Me pregunto... —murmuró Fenris para sí mismo, mirando pensativo a Kai; pero no llegó a terminar la frase.

El mago elfo era el único del grupo que había notado el gesto serio y la mirada entristecida del mejor amigo de Dana.

La Señora de la Torre percibió algo turbio en el fondo de la mirada de Morderek, pero se volvió hacia el fénix, aún con el puñal en la mano. La imagen de Kai, Kai humano, Kai, aquel muchacho rubio cuyos ojos brillaban con ternura cuando le sonreía, le quemaba el corazón.

—Lo siento —susurró—. Te quiero con toda mi alma, pero... no puedo hacerlo.

Dejó caer los brazos a ambos lados del cuerpo. La daga ritual resbaló entre sus dedos y rebotó contra las baldosas del suelo.

Kai sintió que algo le traspasaba el alma. Por un momento pareció perder las fuerzas y cayó unos metros, pero en seguida remontó el vuelo.

—¡Eh! —exclamó Salamandra—. ¡Ten cuidado, me has dado un susto de muerte!

Kai no respondió. Estaba tan unido a Dana que, aun en la distancia, había percibido claramente su dolor. Y supo que su amiga había tomado una decisión, y que no había elegido el camino más fácil.

«Oh, Dana...», suspiró. «Habría sido bonito, habría sido perfecto... de otra manera. La vida y la muerte nos han enseñado que lo nuestro no puede ser. Te comprendo, cuesta tanto aceptarlo...»

Cerró los ojos para contener las lágrimas. Sintió la mano de Fenris oprimiéndole el nacimiento del ala derecha, en señal de consuelo, y supo que el perspicaz elfo había intuido el dilema que había estado devorando su alma.

Dana pronunció, con suavidad, una breve palabra mágica, y la cadena que retenía al ave fénix se desvaneció como si jamás hubiese existido. El mágico pájaro lanzó un grito de triunfo, abrió las alas y alzó el vuelo...

En apenas unos segundos, había escapado por la ventana abierta, hacia la libertad.

Morderek se había quedado mudo de sorpresa.

—Pero... ¿qué has hecho?

La Señora de la Torre se volvió hacia el que había sido su alumno años atrás.

—Lo siento, era necesario. Y siento haberte molestado; ha sido un error venir aquí.

El mago negro temblaba de rabia.

—¡Lo has estropeado todo! —chilló—. La profecía no se cumplirá si Kai no recupera su verdadero cuerpo.

Dana lo miró con cierto estupor, comprendiendo de pronto las palabras de Shi-Mae.

–¿Conocías la profecía? Según eso, ¿esperabas mi llegada? ¿Me has... estado engañando?

–No te valdrá de nada saberlo, Señora de la Torre –replicó Morderek; sus ojos relampagueaban de furia–, porque vas a morir.

Alzó la mano, y un objeto se materializó en ella, acudiendo a su silenciosa llamada. Dana lo reconoció casi inmediatamente.

–¡El bastón de Shi-Mae! –exclamó–. Ahora empiezo a entenderlo todo.

Se puso en guardia. Si Morderek había logrado controlar el bastón de la poderosa Archimaga elfa, y parecía que lo había hecho, aquella no iba a ser una batalla sencilla. A pesar de su juventud, Morderek podía llegar a igualarla en magia.

El mago negro alzó el bastón y sonrió levemente.

–Hasta nunca, Señora de la Torre.

XIII

ESPECTROS

JONÁS SINTIÓ QUE LA PUERTA cedía poco a poco. Se mordió el labio inferior y frunció el ceño en señal de concentración. Tenía los ojos cerrados y, por tanto, no podía ver si se había operado algún cambio en el espejo, pero no era necesario.

Sabía que lo estaba consiguiendo. Lo notaba, lo intuía, lo presentía.

Al Otro Lado, los espectros aullaron, rebosantes de odio, y se agolparon junto al lugar donde debería abrirse el paso al mundo de los vivos. Tras ellos, pero manteniendo una prudente distancia, una gran multitud de fantasmas aguardaba también su oportunidad para cruzar la Puerta y volver a la vida.

Los espectros rugían de impaciencia. Todos los habitantes del mundo de los espíritus podían oírlos..., pero su voz era inaudible para las criaturas vivas y, por tanto, el joven mago que trataba de abrir la Puerta no podía saber lo que estaba sucediendo detrás del espejo.

Dana saltó a un lado para evitar un rayo mágico salido del bastón de Morderek. Rodó por el suelo hasta quedar protegida por una de las jaulas, inspiró profundamente y pronunció las palabras de un hechizo. De pronto, Morderek parpadeó, confuso y temeroso; se miró las manos y vio que se le estaban congelando rápidamente. Cuando el hechizo de hielo alcanzaba ya sus hombros, el mago negro, con un soberano esfuerzo de voluntad, concentró todas sus energías en el bastón mágico. Lentamente, su mano derecha comenzó a descongelarse, y Morderek no tardó en liberarse completamente del hechizo.

Pero Dana ya lanzaba su siguiente conjuro. El ataque con hielo no había sido más que una maniobra de distracción que podía darle tiempo para invocar a aliados más poderosos. Morderek lo descubrió, súbitamente, cuando sintió que el suelo temblaba bajo sus pies. De improviso, las baldosas se resquebrajaron y algo surgió de debajo de la tierra con furiosa violencia. Todo el edificio se tambaleó. Morderek, inseguro, creó una barrera mágica de protección. El hechizo se cerró justo a tiempo; cuando el mago negro alzó la mirada, vio que ante sí, rozando el techo con su cabeza deforme, se alzaba un enorme gólem de piedra, mirándolo con sus ojos negros y profundos como pozos sin fondo.

El gólem gruñó y descargó su puño sobre Morderek. Este se esfumó en el aire en el último momento, y el enorme puño de piedra golpeó el suelo de la habitación, haciendo que todo temblase y que las paredes se resquebrajasen aún más. Morderek se materializó justo detrás de él y apuntó con su bastón a la enorme mole pétrea. Apenas una palabra mágica, y un potente rayo salió del bastón para impactar en el gólem, que estalló en mil pedazos.

Dana se refugió en su escondite para protegerse de los trozos de piedra proyectados por la explosión del gólem. Un poco desconcertada ante la facilidad con que Morderek se había deshecho de la criatura, se preguntó si tendría tiempo de invocar a un demonio o un elemental. Necesitaba para ello mucha concentración, y era algo que no podía obtener en un duelo de magia.

Si todo seguía como hasta el momento, ella y Morderek no podrían hacer otra cosa que lanzar hechizos elementales, hechizos que ambos sabían muy bien cómo parar. Las fuerzas estaban igualadas, y ninguno de los dos vencería a no ser que pudiese introducir en la lucha un elemento desestabilizador.

Lanzó un nuevo hechizo contra Morderek, tratando de ganar tiempo. El mago detuvo el rayo mágico con su bastón, y un intenso fulgor iluminó el objeto. Dana comprendió en seguida lo que estaba pasando: el bastón de Shi-Mae había reaccionado y desataba todo su poder.

Morderek pareció sorprendido y asustado al principio, y estuvo a punto de dejar caer el bastón. Pero finalmente lo aferró con fuerza y logró controlarlo.

Dana percibió el inmenso poder que emanaba de aquel objeto, y se preguntó si sería capaz de hacerle frente. No estaba muy segura de lograrlo.

De pronto, la temperatura de la habitación descendió considerablemente, sin razón aparente. Otro poder había entrado en juego, eclipsando el del bastón, cuya luz se apagó de forma súbita.

Dana se estremeció. Sintió que se le helaba la sangre. Alzó la mirada.

Ante ella se hallaba una criatura humanoide verde, delgada, con cuernos de cabra y ojos amarillos, que la miraba malévolamente. «Un demonio», pensó ella, conmocionada. Los demonios eran inmortales, y si aquel luchaba en favor de Morderek, no había nada que hacer. «Pero ¿cómo lo habrá conseguido?», se preguntó.

Tras el demonio descubrió de pronto una figura vestida con una sencilla túnica blanca, una túnica de aprendiz de primer grado. Oyó la risa complacida de Morderek.

–Bien hecho, Saevin –dijo el mago negro.

Jonás sabía que la resistencia inicial estaba vencida. Un poco más de energía mágica y la Puerta se abriría, y él pasaría al Otro Lado a rescatar a sus amigos...

De pronto, alguien entró en la estancia, y Jonás oyó un grito de horror que le pareció muy lejano, pero no se volvió ni abrió los ojos. Se hallaba tan concentrado en lo que estaba haciendo que no se daba cuenta de que la pulida superficie mostraba rostros cambiantes, rostros feroces que no eran más que ojos furiosos y gargantas que gruñían rezumando odio.

Era esta imagen la que había hecho gritar a Nawin, quien, tras despedir a los emisarios elfos, acababa de entrar en la habitación.

Dana palpó su cinturón en busca de la sustancia mágica que empleaba para trazar el Círculo cuando invocaba a seres de otros planos. Sí, parecía que guardaba un saquillo. Era arriesgado, sí, pero, si lograba dibujar una línea cerrada en torno al demonio, este quedaría atrapado en su interior...

La criatura de cuernos de cabra sonrió.

—Sigue soñando, humana —dijo, con voz gutural.

Alzó las manos sobre ella y lanzó su maldición. La Archimaga alzó las manos a su vez, tratando de detenerla. Sintió el impacto de la energía demoníaca de aquel ser venido desde otra dimensión y notó que las manos le ardían insoportablemente, como si hubiesen tomado contacto con algún tipo de ácido, pero no cedió. Sabía que, si la maldición la alcanzaba, podría sucederle cualquier cosa horrible, desde verse transformada en un pálido esqueleto viviente hasta quedar reducida a un simple montón de cenizas.

La Señora de la Torre gimió a causa de aquel dolor insoportable, preguntándose cuánto tiempo más podría resistir.

—¡Detente, Jonás, no lo hagas! —chilló Nawin.

El joven no pareció escucharla, por lo que Nawin lo agarró de la túnica y lo sacudió desesperadamente.

—¡Maldita sea! ¿Es que no te das cuenta? ¡Mira el espejo!

Jonás reaccionó y abrió los ojos, como despertando de un trance. Lo primero que vio ante sí fue la aterradora aglomeración de los espectros en el espejo. Se echó hacia atrás, asustado, y trató de romper el vínculo entre la Puerta y su propia magia, pero era demasiado tarde. La Puerta estaba prácticamente abierta.

Al Otro Lado, los espectros aullaron y empujaron.

Dana sintió que algo la golpeaba a nivel interno y le hacía un daño insoportable, y por un momento pensó que la maldición del demonio la había alcanzado. Pero en seguida se dio cuenta de que aquella reacción respondía a algo que había sucedido a mucha distancia de allí y que, sin embargo, afectaba a dos mundos enteros.

La Puerta estaba abierta.

Dana perdió la concentración, y su escudo se deshizo.

La figura de Conrado atravesó el Umbral, gritando:

—¡Cerrad la Puerta, cerrad la Puerta!

Jonás trató de reaccionar, Nawin ahogó un grito e intentó avanzar hacia adelante...

Algo parecido a una masa gris-azulada se abalanzó desde las profundidades del espejo y empujó a Conrado, que cayó al suelo de bruces. Se oyó un chillido de terror; Jonás se volvió y vio a Iris despierta, con una mueca de horror pintada en su rostro de niña y sus enormes ojos abiertos de par en par, fijos en el ejército de espectros que llegaba del Más Allá al mundo de los vivos.

Jonás jadeó. Los espectros lo ignoraron, y cientos de pares de ojos sin vida se volvieron hacia la persona que se había apoyado contra la pared, absolutamente paralizada por el terror: Nawin.

Dana perdió el equilibrio y cayó al suelo, pero la maldición del demonio no la alcanzó. Alzó la mirada, sorprendida, y se dio cuenta de que, inexplicablemente, la criatura había desaparecido... en el mismo momento en que la Puerta había sido abierta. La Señora de la Torre cruzó una mirada con Morderek. También él lo había sentido, y no estaba menos confuso que ella.

De pronto se oyó un rugido y un golpe que sonó como si se derrumbase toda una montaña, y el techo cayó al suelo con estrépito.

Dana retrocedió y se cubrió la cabeza con las manos para evitar los cascotes que caían. Cuando se atrevió a alzar la cabeza para mirar, lo que vio la dejó sin aliento.

Asomando por el enorme boquete del techo, recortada contra el cielo nocturno, una gran cabeza de dragón, de ojos verdes y escamas doradas, la miraba con seriedad.

—Kai... —susurró ella.

Fenris descendió del lomo de Kai y corrió a abrazar a la Señora de la Torre.

—¿Estás bien, Dana?

Ella estrechó a su amigo entre sus brazos y miró a su alrededor. Vio a Salamandra, saltando al suelo desde el lomo de Kai. No se veía a Morderek por ninguna parte, ni tampoco a Saevin.

La Señora de la Torre alzó la cabeza y miró al dragón. Sus ojos mostraban una mezcla de sentimientos contradictorios. No podía evitar, al ver a Kai, sentir un profundo dolor por la oportunidad que acababa de dejar pasar liberando al fénix; por otro lado, algo golpeaba su subconsciente con la fuerza de una maza, algo que no admitía ser ignorado y cuyas consecuencias podían resultar absolutamente pavorosas.

—Fenris, Kai... —susurró—. Ha llegado el Momento. Y alguien ha abierto la Puerta.

—¿Cómo? —exclamó Fenris, desconcertado.

Dana se irguió.

—Yo he de volver —dijo—. Ya he eludido mis responsabilidades durante demasiado tiempo.

—Jonás estaba en la Torre —susurró Kai, con un brillo de preocupación en sus ojos verdes.

Salamandra estaba buscando a Morderek, con el ceño fruncido, pero oyó perfectamente sus palabras, y se volvió hacia ella.

—¿Jonás? —preguntó, temblando.

Se descubrió a sí misma temiendo por la vida del joven mago, y dirigió una insegura mirada a Dana. Kai captó inmediatamente la situación.

—Volved vosotras dos a la Torre —dijo—. Fenris y yo acabaremos el trabajo sucio —añadió, buscando a Morderek con la mirada.

Lo descubrió finalmente entre los escombros, sacudiendo la cabeza para despejarse. Le sangraba la sien.

—Puedes apostarlo —gruñó el mago elfo, cuyos ojos ambarinos relucían de furia.

Morderek miró a su alrededor; se sorprendió al ver viva a Salamandra, y se hizo cargo en seguida de cuál era la situación. Se dio cuenta de que le superaban en número

(¿dónde diablos se habían metido Saevin y sus demonios?) y de que, aunque Dana y Salamandra abandonasen la casa, si peleaba contra Fenris y Kai iba a perder un tiempo precioso. El Momento no duraría eternamente. Decidió, por tanto, que había llegado la hora de teletransportarse a la Torre. Sin embargo, cuando lo intentó se dio cuenta de que el hechizo no funcionaba; alguien lo había bloqueado.

Morderek miró a Fenris, tratando de comprender qué era lo que había pasado. El elfo mantenía su ambigua sonrisa, y el joven mago negro recordó que, al fin y al cabo, aquel hábil hechicero había sido su Maestro.

Sería una lucha larga y difícil, se dijo Morderek con rabia. Y el tiempo corría en su contra.

Dana miró a Salamandra, que asintió, con la angustia pintada en sus ojos oscuros. Después se volvió hacia Kai.

—Kai, yo... tengo que decirte algo...

—Lo sé —la tranquilizó él—. Todo está bien, Dana. Ten fe.

Dana sonrió. Sus labios dijeron «Te quiero», y aunque de su boca no salió sonido alguno, el dragón lo entendió perfectamente.

—Vete —dijo con suavidad—. Te esperan en la Torre. Olvida esa maldita profecía y haz lo que tengas que hacer.

Salamandra ya estaba junto a Dana.

—Tened cuidado con Saevin —advirtió la Señora de la Torre antes de marcharse—. Está aquí... y sabe invocar a los demonios.

Fenris se volvió un momento hacia ella, creyendo que no había oído bien, desconcertado por aquellas sorprendentes noticias. Kai rugió y avanzó hacia Morderek.

En apenas unos segundos, una nueva lucha se había iniciado, y los protagonistas eran Fenris, Kai y el mago negro.

Dana y Salamandra, en cambio, habían desaparecido.

Nawin gritó y cayó al suelo, de rodillas. Se cubrió el rostro con las manos, gimiendo, con los hombros hundidos, como si estuviese soportando una pesada carga. Jonás la miró, desconcertado. Algo le estaba sucediendo a la reina de los elfos, algo que tenía que ver con los espectros, pero no alcanzaba a entender...

—¡Jonás, ayúdame! —gritó Conrado—. ¡Tenemos que detenerlos!

El joven se esforzó por apartar la vista de Nawin y se volvió hacia Conrado, que estaba ejecutando un complicado hechizo de repulsión. Jonás lo conocía. Confiando en los conocimientos de su amigo, unió sus fuerzas a las de él.

La magia brotó de ellos con una energía nacida de la desesperación, chocó frontalmente contra los aullantes espectros y los obligó a retroceder de nuevo hasta el espejo.

—¡Funciona! —exclamó Iris, que se había refugiado detrás de Conrado.

Jonás miró a Nawin. La joven elfa se había acurrucado en un rincón, encogida sobre sí misma. No se movía.

—Maldita sea... —murmuró Conrado—. Esto los retendrá durante un rato, pero no los hará regresar.

—¿Cuánto podremos resistir?

Conrado movió la cabeza mientras apretaba los dientes y se concentraba por seguir manteniendo activa la barrera que repelía a los espectros y les impedía avanzar.

—No lo sé, Jonás. Hay que tener en cuenta que nosotros estamos cada vez más débiles, mientras que ellos van fortaleciéndose...

—¿Fortaleciéndose? ¿Qué quieres decir?

Conrado no respondió, pero, de pronto, Jonás lo comprendió. Volvió a mirar a Nawin, horrorizado, y logró entrever su rostro.

Ya no era el rostro de una niña, sino el de una joven elfa adolescente.

Nawin estaba envejeciendo.

—¡No! —jadeó Jonás—. ¿Por qué ella?

—Porque es la que tiene más vida por delante —respondió Conrado—. Desde ese punto de vista, es la más joven del grupo. A cualquiera de nosotros podrían robarnos algo más de medio siglo, pero a ella...

No concluyó la frase, pero no fue necesario.

—Los elfos pueden llegar a vivir mil años —susurró Jonás—. Por eso la han elegido a ella. ¡Pero debemos hacer algo!

—Ellos han atrapado su fuerza vital. Solo podríamos liberarla enviando de nuevo a los espectros al Otro Lado... y cerrando la Puerta tras ellos. Algo que, lamentablemente, no sé cómo diablos hacer. Por suerte, Nawin tiene mucha vida por delante. Eso nos dará tiempo para pensar en algo.

Iris gimió.

—¿Cómo luchar contra algo que ya está muerto? —murmuró Jonás, pero nadie supo darle la respuesta.

Miró entonces a Conrado con impotencia. Pequeñas gotas de sudor perlaban su frente. Ambos magos seguían de pie frente al espejo, aportando su magia al conjuro de repulsión que rodeaba la Puerta. Mientras este continuase activo, los espectros no se alejarían de ella.

Pero las fuerzas de Conrado y Jonás no eran ilimitadas, Iris era apenas una aprendiza de primer grado, y Nawin no estaba en condiciones de ayudar.

Jonás trataba de seguir concentrándose en el conjuro, mientras sus pensamientos giraban a la velocidad de un torbellino.

—Entonces... ¿la profecía se está cumpliendo?

—Tú abriste la Puerta, yo emprendí un peligroso viaje, Iris escuchó la llamada de los muertos, y Nawin está entregando su aliento vital —dijo Conrado—. Todo es exactamente como dijo el Oráculo.

—Lo interpretamos todo al revés —susurró Jonás, desolado—. Maldita sea... Ojalá no sea demasiado tarde.

—No lo es —dijo de pronto una voz tras ellos—. Nunca es demasiado tarde.

Y sintieron que un nuevo aporte de energía mágica revitalizaba y fortalecía la barrera, y apenas tardaron unos segundos en ver a Dana y Salamandra, que se habían unido a ellos. La barrera cobró fuerza, y los espectros retrocedieron.

—¡Maestra...! ¡Salamandra! —exclamó Jonás, entre la alegría, la preocupación y un inmenso alivio.

Salamandra se colocó a su lado y le brindó una cálida y alentadora sonrisa. El rencor parecía haber quedado olvidado. Ambos se sentían de nuevo tan unidos como en los viejos tiempos.

—¡Maestra! —dijo Conrado—. He estado al Otro Lado, he visto a Aonia...

Dana parpadeó, sorprendida, pero el joven no había terminado de hablar.

—Me dijo que hay fantasmas sabios que están dispuestos a luchar contra los espectros, porque solo ellos pueden derrotarlos; pero no pueden pasar a través de la Puerta, porque los espectros están taponando la entrada. Dijo que tú sabrías lo que debías hacer.

Dana sacudió la cabeza, tratando de pensar. No entendía del todo el mensaje de Aonia. «Pero no importa», pensó. «Si ella cree que yo puedo hacer algo, debo intentarlo.»

Avanzó hacia los espectros, serena y desafiante.

—¡Volved atrás! —les ordenó.

Ellos rieron; eran unas carcajadas despectivas y desagradables.

«No tienes poder sobre nosotros, Kin-Shannay», dijeron.

Los jóvenes magos que acompañaban a Dana oyeron a los espectros, pero sus voces les parecieron muy lejanas y confusas, y apenas lograron entender lo que decían. Incluso en aquel instante, cuando ambas dimensiones estaban tan próximas, solo Dana poseía el poder de comunicarse con los muertos.

—Marchaos —insistió—. No hay sitio para vosotros entre los vivos.

«Pronto ya no habrá vivos, Kin-Shannay», replicaron los espectros. «Pronto solo los muertos gobernaremos en el mundo.»

El Momento había llegado, y Morderek no podía marcharse a la Torre, a menos que derrotase primero a Fenris y a Kai.

Fenris no poseía tanto poder como Dana o el propio Morderek, pero sí el doble de experiencia, y era silencioso, rápido y absolutamente imprevisible. En cuanto a Kai, pese a que no sabía emplear la magia, no dejaba de ser un dragón. Morderek se había aplicado a sí mismo un hechizo de frío que lo protegía del fuego del dragón, el único tipo de llama al cual no eran inmunes los hechiceros. Pero eso no solucionaba el problema de las garras y los dientes de Kai, de modo que el mago negro se veía obligado a esquivar no solo la magia de Fenris, sino también los ataques físicos del dragón, mientras que, por supuesto, trataba de contraatacar.

No era sencillo, pero Morderek no pensaba rendirse.

«Es inútil que trates de detenernos», prosiguieron los espectros. «No podréis mantener esa barrera durante mucho tiempo.»

Dana sabía que tenían razón, y decidió que debía hacer algo. A lo largo de toda su vida como hechicera había tenido que utilizar la magia en numerosas ocasiones, pero siempre había sabido que no se estaba empleando a fondo. «Bien, pues ahora es el momento», pensó. «Ahora he de sacar toda la magia que hay en mí.» Se separó de los demás y buscó en su interior toda su energía mágica. Inspiró profundamente y abrió su alma y sus sentidos internos para canalizar la energía del universo y volverla contra los es-

pectros bajo la forma de un hechizo. Por eso era una Archimaga. Mucho tiempo atrás, un unicornio le había otor-
gado un poder que había henchido su espíritu y la había
convertido en un ser capaz de albergar en su interior un
poder mucho más grande que el de la mayor parte de los
magos. Ella era muy joven cuando esto había sucedido, y
había alcanzado el grado de Archimaga antes de lo normal.
Pero el poder estaba ahí, y Dana no tenía más que llamarlo.
Siguió absorbiendo del universo toda la energía que fue
capaz de aguantar.

Iris lanzó una exclamación cuando vio a Dana cargada
de todo su poder, como un volcán a punto de entrar en
erupción, con los ojos brillando con un fulgor inhumano,
como si contuvieran todas las estrellas del cosmos. La Señora de la Torre extrajo entonces de su interior hasta la
última gota de magia y la dejó salir, súbitamente, a borbo-
tones, bajo la forma del hechizo de repulsión. Sintió que
se vaciaba, pero no se detuvo; volcó toda su energía en
aquel hechizo.

La violencia de la intervención de Dana hizo que tanto
Jonás como Conrado y Salamandra perdiesen el equilibrio
y cayesen al suelo. El conjuro repulsor de los tres jóvenes
magos se deshizo, pero los espectros aullaron y retrocedieron hasta el espejo, empujados por la magia de la Señora de la Torre.

—¡Sí! —gritó Salamandra.

Dana se tambaleó, extenuada, y cayó al suelo. Se había
quedado sin fuerzas.

—¡Cerremos la Puerta! —exclamó Conrado, entusiasmado.

Jonás avanzó junto a él, pero, de pronto, algo sucedió.

Los espectros volvieron a lanzarse al ataque con inusitada violencia. Salamandra gritó y ejecutó de nuevo el hechizo de repulsión, al que no tardaron en sumarse Conrado y Jonás. De nuevo lograron retener a los espectros, pero Dana había agotado toda su magia y no habían logrado devolverlos a su mundo. Y tardaría bastante en recobrarse.

«No lo entiendo», pensó la Señora de la Torre, tratando de incorporarse. «¿Qué ha pasado?»

«Tú no puedes verlo desde ahí», dijo una voz en su corazón, una voz lejana y muy débil.

—Aonia —susurró Dana, reconociendo la voz de la Archimaga muerta—. ¿Qué quieres decir? ¿Qué está sucediendo?

«Los espectros no pueden retroceder más», respondió Aonia; a Dana le resultaba difícil entender sus palabras, «porque todos los otros fantasmas los empujan hacia tu dimensión».

Dana enmudeció, aterrada.

—Entonces —susurró finalmente—, no hay nada que hacer.

El espíritu de Aonia no respondió, porque ya había perdido todo contacto con ella.

De pronto, como si se hubiesen puesto de acuerdo, Fenris y Kai atacaron a la vez. Morderek apenas tuvo tiempo de alzar el bastón y pronunciar la primera palabra mágica que se le ocurrió.

El efecto fue inmediato y, multiplicado por la poderosa magia del bastón de Shi-Mae, resultó espectacular.

Se trataba del hechizo espejo, que hacía rebotar los ataques contra las personas que los habían lanzado. Un hechizo defensivo sencillo que hasta los aprendices de primer grado sabían usar. Pero, de alguna manera, el bastón potenció y perfeccionó sus efectos.

En primer lugar, la llama salida de las fauces de Kai se volvió contra él, aumentada de manera increíble.

En segundo lugar, el conjuro lanzado por Fenris se deshizo, y su magia rebotó hacia el mago elfo, buscando la manera de neutralizarle.

Morderek se encontró de pronto con que la situación había dado un giro completo. Fenris se transformaba rápidamente en lobo sin que el joven mago pudiese entender muy bien por qué, mientras que el enorme cuerpo de Kai ardía en una inmensa hoguera. Morderek trató de ignorar los aullidos de dolor del dragón y se concentró en el lobo, que gruñía, no con voz humana, sino como lo habría hecho cualquier lobo corriente. Morderek entendió entonces que el hechizo lanzado por Fenris había tenido como objetivo dañarle en su punto débil, fuera cual fuese. Al rebotar contra el mago elfo, el hechizo no solo lo había neutralizado, sino que, además, le había dado a Morderek una importante ventaja sobre él.

La parte racional de Fenris parecía estar completamente dormida. Ahora no era más que un lobo corriente, un animal.

Y, en tal caso, Morderek tendría poder sobre él.

Por eso entendió perfectamente los gruñidos del lobo, y supo que acataría sus órdenes.

Una sonrisa maligna se extendió por el rostro del mago negro. Tenía a Fenris en sus manos y Kai estaba muriendo abrasado. «Es una lástima que tenga prisa», se dijo.

—Márchate —le ordenó a Fenris.

El lobo dejó de gruñir, agachó las orejas y gimió.

—No volverás a ser un elfo —le dijo Morderek.

El lobo retrocedió, con el rabo entre las piernas, temblando bajo la mirada de Morderek. No podía comprender lo que significaban las palabras del mago, pero sí entendía, de alguna manera, que lo había castigado de una manera horrible.

—¡Largo! —gritó Morderek.

El lobo salió huyendo con un gemido.

Morderek no perdió tiempo. Kai se revolcaba por el suelo, tratando de apagar las llamas que quemaban su cuerpo, y destrozando lo poco que quedaba del laboratorio del mago negro. Este salió de la habitación apresuradamente, en busca de Saevin. Recorrió la casa, llamándolo, pero el aprendiz no respondió.

Morderek se encogió de hombros. En realidad, ya no necesitaba a Saevin, porque la Puerta estaba abierta.

Con un solo gesto de su mano, el mago se esfumó en el aire.

XIV

EL GUARDIÁN DE LA PUERTA

DANA SE HABÍA INCLINADO JUNTO A NAWIN y observaba su rostro, preocupada. Sus pupilas mostraban un aspecto extraño, como si algo en su interior girase a toda velocidad.

—Maestra... —musitó ella—. Me están... robando...

No pudo hablar más, pero Dana entendió perfectamente lo que quería decir.

Los espectros le estaban robando tiempo.

Ahora Nawin tenía el aspecto de una muchacha de unos quince o dieciséis años; pero los elfos no alcanzaban aquella apariencia hasta que superaban el siglo y medio de vida. En apenas unos minutos, los espectros le habían arrebatado a Nawin varias décadas de existencia, y continuaban sorbiendo su fuerza vital.

Dana se volvió hacia los demás. Jonás, Conrado y Salamandra seguían manteniendo la barrera activa, pero no parecía que fueran a aguantar mucho más.

—En seguida estoy con vosotros —murmuró.

—No —atajó Jonás—. Tienes que recuperarte del todo. De lo contrario, no servirá de nada que unas tu magia a la nuestra.

Dana suspiró, contrariada. Sabía que Jonás tenía razón. Miró de nuevo a Nawin, y casi pudo observar el lentísimo proceso de envejecimiento que se operaba sobre su rostro, haciéndole perder, poco a poco, sus rasgos infantiles. La Archimaga se preguntó qué habría pasado si los espectros hubiesen elegido a un ser humano en lugar de un elfo. Su mirada se topó por casualidad con la de Iris, que se había acurrucado en un rincón, cerca de ella, e involuntariamente se la imaginó envejeciendo a una velocidad de vértigo. Se estremeció. Habían calculado mal las necesidades de las fuerzas espectrales. De haber escogido a Iris como fuente de vida, los espectros la habrían matado en apenas unos minutos. «Y deberíamos haberlo adivinado», se reprochó a sí misma la Señora de la Torre.

Se removió, inquieta. Hacía rato que se sentía mal, y no era debido al esfuerzo sobrehumano que había realizado en su intento por devolver a los espectros a su mundo.

«Kai tiene problemas», pensó, angustiada. No era una simple intuición; de alguna manera, lo sabía. Deseaba con toda su alma acudir en su ayuda, dejar atrás la Puerta y a los espectros para ir a buscar a Kai... Pero sabía que no podía, no debía dejar solos a los jóvenes magos. «Esta vez no», se dijo con firmeza, pero no sin cierta congoja.

Se levantó con esfuerzo y miró hacia el espejo. Alrededor de aquel legendario objeto se había acumulado una niebla de color azul-grisáceo compuesta por rostros cambiantes coléricos y llenos de odio. Solo la magia de Jonás, Conrado y Salamandra los mantenía allí y evitaba que se extendiesen más allá. Pero los espectros tenían cada vez más consistencia en el mundo de los vivos, gracias a la vida que estaban robándole a Nawin; y, por otra parte, todos los demás fantasmas que ansiaban regresar a la vida los empujaban desde el Otro Lado y les impedían regresar. «Es como un gigantesco embudo», se dijo Dana. «Todos están intentando entrar por un hueco muy pequeño, un hueco que nosotros estamos taponando. Pero llegará un momento en que nuestra magia no soporte tanta presión...»

—¿Qué podemos hacer? —se preguntó en voz alta.

—Podéis dejarme pasar —sugirió fríamente una voz tras ella—. He de cruzar esa Puerta.

Salamandra fue la única que reaccionó.

—¿Tú? —exclamó.

—No —susurró Kai—. No.

Era de nuevo el fantasma de un muchacho de poco más de dieciséis años, un fantasma incorpóreo, inmaterial, invisible e intangible. De nuevo, poco más que nada.

Desolado, contempló el cuerpo del magnífico dragón dorado, consumiéndose entre las llamas. El cuerpo que lo había mantenido atado a la vida.

«Uno de ellos se consumirá en su propio fuego», recordó. «¡Maldita sea! ¿Es que no hemos interpretado nada bien?»

Miró a su alrededor, intentando no fijar la vista en la hoguera donde ardía su cuerpo.

El laboratorio de Morderek estaba completamente destrozado. Ya no quedaba nada del techo, y la mitad de las paredes se habían derrumbado, por no hablar de los muebles, libros y utensilios, que se habían carbonizado hacía mucho rato. Kai oyó los chillidos de terror de los animales en las jaulas de los demás módulos, y sintió lástima por ellos y horror ante lo que hacía Morderek. «Tiene el poder de comunicarse con los animales», se dijo, «y se aprovecha de ello cruelmente». Kai no podía imaginar una manera más horrible de emplear un don que debía ser usado para el bien.

«Pero ahora yo no puedo hacer nada», pensó. «Ya no.»

No pudo evitar mirar los restos de su cuerpo de dragón, que se consumía entre las llamas.

Amargamente, dijo adiós a la vida.

El hecho de que Morderek estuviese allí solo quería decir una cosa: que había derrotado a Fenris y a Kai. Dana recordó, angustiada, su mal presentimiento acerca de Kai; pero en aquellos momentos no había tiempo para preocuparse por otra cosa que no fuesen Morderek y los espectros.

—Apartaos de ahí —gruñó el mago, de mal humor—. He de cruzar la Puerta.

Conrado le miró, sorprendido, pero Salamandra hizo una mueca burlona.

—¿De verdad? —dijo—. Entonces pídeles permiso a ellos.

Fue en ese momento cuando Morderek vio a los espectros, y retrocedió unos pasos, intimidado.

—Puede que no tengan bastante con la vida de Nawin y decidan beberse la de alguien más —añadió ella maliciosamente.

Morderek le dirigió una mirada desdeñosa y avanzó de nuevo hacia el espejo. Algunos de los rostros espectrales se volvieron para mirarle, pero Morderek sostuvo su mirada sin pestañear.

—Dejadme pasar —ordenó.

Los espectros rieron. «¿Por qué habríamos de hacerlo?», preguntaron; y en esta ocasión todos lograron entender sus palabras con espantosa claridad.

—Porque así lo quiere mi destino —replicó el mago.

Los espectros se rieron despectivamente. Morderek chasqueó la lengua con disgusto y se aplicó a sí mismo el hechizo de repulsión de espíritus. Así protegido avanzó hacia la Puerta. Inmediatamente, los espectros se apartaron a su paso.

Dana reaccionó y se incorporó inmediatamente para atacar a Morderek con su magia. La barrera mágica se iba debilitando por momentos, y ninguno de los magos debía abandonarla, o se vendría abajo. Para hacer frente a Morderek solo quedaban Iris, Nawin y la propia Señora de la Torre; y, a pesar de que esta seguía estando muy débil, era la única que podía tratar de detener al mago negro.

El hechizo de Dana golpeó a Morderek por la espalda y lo hizo tambalearse, pero su propia magia reaccionó ante el ataque, y el joven logró salir bien del trance. Se volvió hacia Dana.

—¿Qué es lo que pretendes?

La Señora de la Torre se irguió. Sus ojos azules mostraban una serena cólera.

—Yo te acogí en la Torre como alumno y te enseñé todo lo que sabes, Morderek —dijo—. Todos los que llegan aquí han sido bendecidos con algún tipo de don o poder. Es mi responsabilidad, sin embargo, que lleguen a emplearlo correctamente. Tú eres el más estrepitoso de mis fracasos.

—Cuánto lo siento —se burló Morderek, pero Dana no había terminado de hablar.

—Aún estoy a tiempo de enmendar mi error —concluyó.

Retumbó un trueno. Fue entonces cuando todos se dieron cuenta de que súbitamente el cielo fuera de la Torre se había cubierto de pesadas nubes plomizas cargadas de lluvia y electricidad.

—El Momento ya ha llegado —dijo Dana—. Yo, de entre todos los mortales, lo sé mejor que nadie. Pero también sé que tú no eres digno de alcanzar la inmortalidad.

—Bobadas —gruñó Morderek, de mal humor—. El poder está al alcance de todo el que sea lo bastante osado como para buscarlo.

Se volvió de nuevo hacia la Puerta. Un relámpago iluminó su figura, resaltando su túnica negra y dándole un cierto aspecto de cuervo; resultaba una imagen inquietante, el mago vestido de negro frente al espejo, rodeado de la masa de espectros que, sin embargo, no llegaban a tocarle

—Tú lo has querido —dijo Dana—. ¡Fuerzas elementales, acudid a mí! —gritó en arcano, el lenguaje de la magia.

De nuevo retumbó un trueno. Fuera, el viento aullaba con fuerza, y las nubes comenzaron a descargar una lluvia densa y pesada.

Morderek se volvió para mirar a Dana, y lo que vio no lo tranquilizó lo más mínimo. Los ojos de la Archimaga relucían llenos de furia, aunque su semblante permanecía sereno. Una extraña aura sobrenatural envolvía su figura. Tenía abierta la palma de la mano, y sobre ella brillaba algo parecido a una bola reluciente formada por miles de pequeños rayos que giraban entrelazándose.

—¿Cómo has hecho...? —empezó Morderek, pero no pudo acabar.

Dana alzó la mano y arrojó su proyectil hacia él. La bola relámpago aumentó de tamaño y fue a estrellarse contra Morderek, que logró deshacerla en el último momento. El mago gruñó algo y lanzó una mirada dubitativa al espejo, considerando sus opciones. Si trataba de acercarse, distrayéndose solo un momento, Dana lo atacaría. Y, por alguna extraña y misteriosa razón que Morderek no lograba entender, la hechicera había sacado fuerzas de donde parecía que no quedaba nada. El mago comprendió en seguida que, si quería cruzar la Puerta, tendría que pasar primero por encima de la Señora de la Torre.

—¿Quieres jugar? —murmuró—. Muy bien; juguemos, entonces.

—¿Por qué? —murmuró Kai—. ¿Por qué?

Seguía contemplando los restos calcinados de su cuerpo de dragón, y no se dio cuenta de que había alguien junto a él.

—Porque la profecía había de cumplirse —dijo Saevin.

Kai se volvió inmediatamente hacia él.

—¡Tú! —exclamó—. ¿Qué haces aquí? ¿Y por qué puedes verme?

—Porque el Momento ha llegado —dijo el muchacho, dirigiéndole una mirada inescrutable.

Kai sintió que lo inundaba una oleada de ira.

—¡El Momento! —exclamó amargamente—. ¿De qué me sirve a mí el Momento si no puedo cambiar el hecho de que estoy muerto?

Saevin no dijo nada, pero lo miró fijamente. Sus ojos azules se encontraron con los ojos verdes de Kai, llenos de rabia y dolor. Uno junto al otro, los dos muchachos no parecían tan diferentes. Aparentaban una edad similar, aunque en realidad Kai rondaba el medio milenio. Y, sin embargo, Saevin parecía poseer una sabiduría mayor que la de Kai...

−¿Quién eres tú? −exigió saber.

−Desgraciadamente, solo un instrumento de alguien superior −respondió Saevin, y sus fríos ojos parecieron por fin mostrar un atisbo de sentimientos−. Pero ahora no tenemos tiempo para explicaciones, Kai; hemos de regresar a la Torre antes de que sea demasiado tarde.

−¿Qué? ¿De qué me estás hablando? Yo no voy a ir contigo a ningún sitio. Tú y tus demonios estáis de parte de Morderek...

−Solo momentáneamente −replicó Saevin−, porque era necesario. Podría decirse, Kai, que yo no estoy de parte de nadie, porque no me está permitido.

Kai sacudió la cabeza, confuso.

−La profecía iba a cumplirse de todas maneras −dijo Saevin−. Todo tenía que suceder exactamente como ha sucedido. Dana fue tentada por el mal, Iris escuchó la llamada de los muertos, Salamandra fue traicionada, Jonás abrió la Puerta, Conrado emprendió un peligroso viaje por el Otro Lado, Nawin está entregando su aliento vital, tú te has consumido en tu propio fuego...

−No... no tenía que suceder así −balbuceó Kai.

−Te equivocas. Todo tenía que suceder exactamente así.

Saevin avanzó hacia los restos calcinados del cuerpo de dragón de Kai. Se inclinó junto a ellos y recogió algo del suelo. Era una larga pluma dorada.

—¿Lo ves? —dijo—. ¿Por qué necesitas más pruebas?

—¿Qué quieres decir?

—Es una pluma de fénix. Acércate, Kai. Sospecho que este frasquito que hay aquí no es sino el agua de vida que trajo la Señora de la Torre.

Saevin alzó la pluma en voz alta.

—Ven, Fénix —dijo—. Acude a mi llamada.

Kai pensó que aquello era completamente absurdo, pero por un momento esperó que el ave fénix entrase por el enorme boquete del techo.

Se equivocó. De pronto una voz sin voz se oyó en sus corazones:

«¿Quién me llama? ¿Eres tú, Señor?»

Kai se quedó sin habla cuando vio que en el centro de la habitación acababa de aparecer un espíritu de color dorado y rojizo, un espíritu que parecía tener la forma de un bello y enorme pájaro.

—¿Qué es eso?

—Fénix, el espíritu —respondió Saevin calmosamente, como si fuera evidente; clavó en Kai una mirada seria y pensativa—. No solo los demonios escuchan mi voz, Kai —añadió suavemente.

Kai no supo qué responder. No entendía absolutamente nada. Saevin miró a Fénix y este pareció entender en seguida lo que debía hacer. Planeó sobre los restos del dragón y descendió en picado, atravesando el enorme cuerpo como si fuese humo. Hubo un breve resplandor y, cuando Kai volvió a mirar, le pareció que el dragón se estremecía...

No tuvo tiempo de pensar en nada más, porque algo tiró de él con fuerza...

Cuando abrió los ojos, miraba de nuevo desde el cuerpo del dragón.

—Estoy... vivo —murmuró, pero el dolor lo golpeó de pronto como una terrible maza.

Descubrió entonces que el dragón estaba vivo, pero horriblemente calcinado.

—Bebe esto —dijo Saevin, tendiéndole el agua de vida. Con una mueca de dolor, Kai abrió las fauces, y Saevin derramó en ellas el contenido de la redoma. Kai sintió entonces cómo un torrente revitalizador recorría sus venas llenándolo de energía. Cuando volvió a mirarse a sí mismo vio que sus escamas volvían a relucir como oro bruñido.

—Increíble —murmuró—. ¿Cómo lo has hecho?

Saevin se encogió de hombros y se dirigió a las jaulas donde los animales chillaban de terror. Los fue liberando, uno tras otro.

—Dale las gracias a Fénix y al Momento —dijo finalmente—. Ya te he dicho que yo no soy más que un instrumento.

—Ya —murmuró Kai, aún confuso—. Y dime, ¿en qué consisten tus... habilidades, si puede saberse? ¿Por qué esa criatura te llamaba «Señor»?

Saevin sonrió con tristeza, pero no respondió. Kai frunció el ceño.

—¿Saevin?

—No tenemos mucho tiempo —dijo el muchacho; acababa de abrir la última jaula—. Hemos de buscar a Fenris.

Fenris corría por el extraño bosque del cráter del volcán, confuso y asustado. Había olvidado completamente su vida como elfo. Había olvidado que era algo más que un lobo. Solo recordaba la voz terrible de Morderek, el miedo que habían inspirado en él sus ojos, y su orden de marcharse lejos, muy lejos...

Algo en su interior lloraba porque sentía que había perdido una parte muy importante de su ser. Pero no sabía de qué se trataba. No lo recordaba, y tal vez no lo recordaría nunca. Sin embargo, intuía que esa dolorosa sensación de pérdida lo acompañaría para siempre, en una huida que duraría el resto de su vida.

De pronto hubo un cegador destello de luz, y Fenris frenó en seco y retrocedió unos pasos.

—¿Fenris?

La voz le resultaba conocida, pero el olor del dragón disparó todas sus alarmas internas. Gruñó amenazadoramente mientras seguía retrocediendo.

—¿Qué le han hecho? —preguntó el dragón.

De pronto su conciencia racional despertó...

...Y Fenris se encontró, sin saber muy bien cómo, en medio del bosque, frente a Kai y Saevin.

—¿Qué demonios está pasando? —gruñó; fijó su mirada en Kai y Saevin y añadió—: Espero que tengáis una buena explicación para todo esto.

—Por supuesto —replicó Saevin—. Hemos despertado tu conciencia racional, y con ello te hemos devuelto tu capacidad de transformación, que tú habías perdido, aunque no te hubieses dado cuenta.

Fenris lo miró, suspicaz, y probó a transformarse. En apenas unos segundos volvía a ser un joven hechicero elfo.

—«Otro recuperará su verdadero cuerpo» —dijo Saevin, satisfecho.

Fenris se volvió hacia ellos.

—Estoy esperando una explicación —le dijo a Saevin.

—Debemos volver a la Torre —replicó este—. La Puerta ha sido abierta.

Fenris lanzó una mirada ceñuda a Saevin y se obligó a sí mismo, de mala gana, a concentrarse en el problema más urgente.

—Tardaremos mucho si vamos volando —dijo—. Y no tengo fuerzas para teletransportar también a Kai, es muy grande.

Saevin sonrió levemente y pronunció una palabra cuyo significado era desconocido para Kai, e incluso para Fenris. Al momento un rostro de rasgos difusos y alargados apareció ante ellos, un extraño rostro asexuado, sobrenatural, que poco o nada tenía de humano.

—¿Qué es eso? —susurró Kai, mientras Fenris retrocedía, suspicaz.

—Un limban —respondió Saevin—. Se mueven entre los pliegues del espacio físico. Para ellos no existen las distancias.

—¡Un limban! —repitió Fenris, estupefacto—. Pero, ¿cómo...?

—No lo entiendo —murmuró Kai—. Si puedes... hablar con todas estas criaturas... Si tienes tanto poder... ¿por qué estabas con Morderek?

—Ya te lo he dicho, tenía que asegurarme de que la profecía se cumplía, pero no estoy de su parte.

—¡Pero atacaste a Dana!

—No, Kai. Al invocar a ese demonio salvé la vida de Dana, porque si el bastón de Shi-Mae hubiese reaccionado, Morderek la habría matado. Ni siquiera él entiende del todo el poder que encierra ese objeto. El demonio los entretuvo a los dos hasta que la Puerta se abrió.

—Es otra manera de verlo —gruñó Kai, no muy convencido—. Pero no termino de entender tu papel en todo esto.

—No tardarás en entenderlo —dijo Saevin, y Kai percibió, de nuevo, una nota de tristeza en su voz.

Se volvió hacia el limban y le pidió que los llevase a los tres a la Torre. La criatura no respondió, pero se lanzó hacia ellos y los envolvió con su cuerpo inmaterial, y Kai y Fenris sintieron que todo empezaba a girar y a girar....

Los espectros aullaban y la barrera estaba a punto de venirse abajo.

Dana se dio cuenta de los apuros de los jóvenes magos y deseó ardientemente poder ayudarles, pero no debía apartar la mirada de Morderek, o él cruzaría la Puerta, y las consecuencias podían ser absolutamente imprevisibles.

Dana había arrojado contra Morderek una bola de fuego, y él había respondido con un hechizo de petrificación que la Señora de la Torre había logrado neutralizar a tiempo. Ahora, los dos simplemente se vigilaban el uno al otro, aguardando a que su oponente diese el siguiente paso, pero ambos eran perfectamente conscientes de las limitaciones que les imponía el lugar. No era una sala muy grande, y debían tener cuidado. No podían invocar a criaturas demasiado poderosas o de gran tamaño, puesto que corrían el riesgo de que destrozaran la Puerta, o de que dañasen a los magos que estaban conteniendo a los espectros.

No, ambos se jugaban mucho; los dos debían encontrar la manera de neutralizar al rival, pero estaban atados de pies y manos.

Su vida dependía de aquel espejo y aquella barrera.

—Parece que estamos en una encrucijada, ¿eh? —dijo Morderek.

Dana frunció el ceño y lanzó contra él una maldición tóxica.

Morderek sintió de pronto que su cuerpo se debilitaba rápidamente, como si hubiese ingerido un poderoso veneno o hubiese sido infectado por un virus especialmente agresivo. Efectuó en seguida un hechizo de autocuración, pero solo funcionó en parte. Satisfecha, Dana se disponía a arrojar sobre él un conjuro final cuando, nuevamente, el bastón del mago negro reaccionó por él, envolviéndolo en una brillante luz dorada.

Cuando el resplandor desapareció, Morderek se alzaba de nuevo, desafiante y completamente curado.

—Menudo mago —se burló Salamandra—. Eres incapaz de hacer nada por ti mismo. ¡Si no tuvieses ese bastón, habrías muerto hace mucho rato!

—Concéntrate en la barrera, Salamandra —la reprendió Conrado.

Morderek ignoró a la joven y alzó el bastón hacia Dana.

—Se acabó, Señora de la Torre —dijo—. He perdido la paciencia.

De pronto una súbita llamarada entró por una ventana y prendió en la túnica de Morderek, que aulló e inmediatamente invocó una pequeña nube de tormenta para que arrojase lluvia sobre él. Dana se volvió inmediatamente hacia la ventana y descubrió allí un enorme ojo de color esmeralda que le hacía un guiño de complicidad.

–¡Kai! –exclamó ella, encantada.

–Hemos vuelto, Dana –dijo la voz de Fenris junto a ella.

La barrera se resquebrajó, pero Fenris la reforzó con su propia magia.

–Saevin tiene algo que decirte –le indicó a la Señora de la Torre.

Ella frunció el ceño y miró al muchacho con interés. Iris había corrido inmediatamente a recibirle, y ambos se habían fundido en un cálido abrazo.

–Todo ha de suceder, Señora de la Torre –dijo Saevin, separándose suavemente de Iris–, porque así está escrito.

Morderek había apagado el fuego y volvía a estar dispuesto a enfrentarse a quien fuera. Fenris se aseguró de que la barrera volvía a estar firme y la abandonó para plantarle cara al mago.

–Muy bueno lo del hechizo espejo –reconoció–, pero apostaría a que no tienes ni la más remota idea de cómo lo has hecho, ¿eh?

Morderek alzó su bastón amenazadoramente.

–Tienes más vidas que un gato, Fenris, pero algún día se te acabará la buena suerte.

Dana se reunió con Saevin, que se había arrodillado junto a Nawin. La elfa presentaba ya el aspecto de una joven de unos veintidós o veintitrés años.

–Ya le han robado más de un siglo de vida –suspiró la Señora de la Torre; miró a Saevin fijamente–. Dime, ¿qué diablos está ocurriendo aquí?

–Los fantasmas quieren cruzar a nuestro mundo, pero eso es algo que no debe suceder bajo ningún concepto –dijo Saevin–. Y solo hay una manera de detenerlos.

–¿Cuál?

–Tú lo sabes –respondió Saevin misteriosamente–. Siempre hemos hablado de la Puerta, de una Puerta, pero en realidad puede haber varias.

Dana calló un momento, meditando sus palabras. Entonces comprendió; palideció mortalmente y sus ojos azules se abrieron al máximo.

–¿Quieres decir...?

–Supone un gran riesgo para ti, pero es la única manera –dijo Saevin–. Por eso estás aquí. Por eso naciste con los poderes de un Kin-Shannay.

–Aonia me dijo que había una razón –murmuró Dana–. Una razón para mi existencia.

–También había una razón para la mía –dijo Saevin–. Pero, a pesar de las profecías, siempre tenemos nosotros la última palabra. Yo puedo elegir, y tú también. Y a veces el camino correcto no es el más sencillo.

Dana asintió, pensativa. Parecía haber olvidado la doble lucha encarnizada que tenía lugar en la Torre, parecía haber olvidado a los espectros, que trataban de pasar a través de la barrera; a Morderek, que intentaba superar a Fenris en un peculiar duelo de magia; a Nawin, que envejecía cada vez más deprisa; a Iris, que la miraba con los ojos abiertos de par en par, sin comprender lo que estaba sucediendo; a Kai, que trataba de mirar a través de la ventana y acertar a Morderek con su llamarada sin llegar a rozar a nadie más.

–Ahora es tu decisión, Dana –concluyó Saevin.

Dana asintió, pensativa.

—Una decisión difícil —murmuró—. Si accedo... ¿cuáles serían las consecuencias?

—Eso ni siquiera yo puedo saberlo.

Dana se mordió el labio inferior y miró hacia la ventana; vio pasar el cuerpo de Kai, como una llama dorada.

—Kai —susurró—. Me has protegido durante tanto tiempo y no sabías por qué. Y quizá no lo sepas nunca.

—Al principio no sabía por qué te protegía —dijo Saevin suavemente—. Ahora lo sabe. Lo hace por amor, Dana.

—Pero al principio había una razón, aunque él no lo supiera. Porque suele haber una razón para todo —añadió, recordando las palabras de Aonia.

Se levantó trabajosamente. En sus ojos azules brillaba una nueva llama.

—¿Maestra? —susurró Iris, insegura.

—Dana... —murmuró Nawin.

Ella les brindó una cálida sonrisa.

—Suerte en la vida —dijo solamente.

Avanzó hacia el espejo sin dejarse intimidar por el ejército de espectros que trataban de pasar más allá de la Puerta.

—Dana, ¿qué haces? —preguntó Jonás, preocupado.

Dana no respondió. Cerró los ojos y buscó el camino en su interior. Sabía que no sería sencillo ni agradable, porque no era la primera vez que lo hacía.

Pero, precisamente por eso, sabía también que podía lograrlo.

Recordó las lejanas palabras de Kai: «¿Aún no lo has entendido?»

Sonrió, a su pesar. Se dijo a sí misma que todo iría bien. Que no había otra manera.

«Dana», había dicho Kai, mucho tiempo atrás, «la Puerta eres tú».

Dana halló el camino. Al Otro Lado la esperaban los espíritus de aquellos que habían sabido aceptar su muerte. Al frente de todos ellos estaba Aonia.

Dana les franqueó el paso. Los espíritus lanzaron un grito de júbilo y atravesaron el Umbral, todos a la vez, a través de la mujer que caminaba sobre el delgado hilo que separaba la vida de la muerte en el Momento en que ambas podían ser una sola dimensión.

El corazón de la Señora de la Torre dejó de latir.

De pronto, en la cúspide de la Torre, todo se desbocó. Dana había caído al suelo, pálida como una muerta, mientras de su cuerpo salía una extraña y densa niebla compuesta por muchos rostros, de apariencia más agradable que la de los espectros. El cuerpo yacente de la Señora de la Torre parecía ser una fuente inagotable de fantasmas que salían de ella súbita y enérgicamente, como si llevasen mucho tiempo atrapados en alguna parte. Pero, en lugar de dispersarse en busca de una vida a la que pudiesen aferrarse, los espíritus se encararon directamente con los espectros.

Los magos no aguantaron más, y la barrera de repulsión se vino abajo; pero los espíritus habían ocupado su lugar y chocaron frontalmente contra los espectros, obligándolos a retroceder.

—¡¡DANA!! —chilló Kai, tratando de ver algo desde fuera.

Del cuerpo de Dana seguían saliendo fantasmas justicieros que, pese a estar muertos, protegían la vida y todo lo que ella significaba.

De pronto la masa gris-azulada desapareció.

Los espíritus habían derrotado a los espectros tan rápida y eficazmente que los magos no daban crédito a sus ojos.

Pero no todo se había acabado allí.

Había más fantasmas. Fantasmas que no deseaban destruir a los vivos, sino volver a ser como ellos. Fantasmas que querían aprovechar el Momento para regresar a la vida.

Los espíritus no tenían poder sobre ellos, porque solo podían enfrentarse a sus contrarios, y los otros fantasmas eran una fuerza neutra.

Y el primer fantasma que cruzó el Umbral fue el de una mujer elfa de sorprendente belleza y mirada desdeñosa. Sus ojos almendrados se posaron en Morderek, que la miraba, aterrado.

La maga extendió el brazo.

—Ven a mí —dijo.

El bastón salió despedido de las manos de Morderek y regresó a su legítima dueña.

—Me traicionaste, aprendiz —dijo Shi-Mae—. Has subestimado las leyes de la magia. Mi maldición cayó sobre ti, y ya es hora de que cumpla mi venganza.

—¡¡No!! —chilló Morderek, aterrado.

Entonces Saevin se levantó, no sin cierta dificultad, y plantó cara a Shi-Mae.

—Vuelve atrás —ordenó—. Tú y todos los tuyos. No podéis quedaros aquí.

–¿Ah, no? ¿Y quién lo dice?

–Yo –dijo Saevin; parecía que le costaba trabajo pronunciar cada palabra–. Porque yo he venido hoy hasta aquí para ser, de ahora en adelante, el Guardián de la Puerta.

Los fantasmas lo miraron, en un silencio incrédulo y temeroso. Por alguna razón que los vivos no lograban entender, no se atrevían a enfrentarse a Saevin.

–¡La Puerta se está cerrando! –susurró entonces uno de ellos–. ¡El Momento acaba!

Los fantasmas murmuraron entre ellos, preocupados. No habían logrado volver a la vida. Y si no regresaban al Otro Lado, se verían obligados a vagar por el mundo de los vivos como almas en pena por toda la eternidad.

–Volved –dijo Saevin–. El Momento llegó y pasó. Ya nada puede devolveros la vida que perdisteis.

La Puerta se estaba cerrando. Tras un instante de vacilación, el primer fantasma dio media vuelta y la cruzó de nuevo. Uno por uno, los demás fantasmas, resignados, regresaron al Más Allá.

La última fue Shi-Mae.

–Me voy –anunció a regañadientes–, pero no me iré sola.

Todos supieron que se refería a Morderek. El mago negro temblaba violentamente.

–Tú... No puedes...

Shi-Mae sonrió.

–¿Quieres apostar?

Señaló con su bastón a Morderek, y este chilló de pronto, como si estuviese sufriendo lo indecible. El fantasma de la hechicera apuntó entonces con el bastón hacia el espejo, y Morderek, que había perdido el dominio sobre su cuerpo, se precipitó a través de él con un alarido.

Después, desapareció.

La Archimaga elfa dio una mirada circular. Pareció un tanto sorprendida al ver que Nawin, que se había incorporado, ya totalmente consciente, presentaba el aspecto de una elfa adulta.

Después, sus ojos se posaron en un desconcertado Fenris, y se suavizaron un tanto.

—Hasta siempre, Fenris —dijo, pronunciando por primera vez el nuevo nombre de él.

El mago elfo sonrió, inseguro.

—Hasta siempre, Shi-Mae —dijo—. Y no seas muy dura con él —añadió, preocupado.

—Solo morirá entre horribles sufrimientos —respondió ella fríamente—. ¿No era eso lo que decía la profecía?

Fenris pareció sorprendido.

—Sí, pero... siempre pensé que...

—Tú eres un lobo, Fenris. Él escucha la voz de los lobos. No se necesita ser un lince para comprender la diferencia —se volvió de nuevo hacia los demás, con un gesto torvo—. Y vosotros, disfrutad de la vida.

Y con estas últimas palabras, Shi-Mae desapareció a través del Umbral.

Entonces Saevin se volvió hacia los demás y les sonrió, y fue una sonrisa triste, de despedida. Después, lentamente, dio media vuelta hacia el espejo.

—¡Saevin, no! —chilló Iris.

Corrió hacia él, pero el muchacho ya había traspasado el Umbral. La Puerta se cerraba tras él. «Adiós, pequeña Iris», oyeron su voz, muy lejana.

Iris sollozó; quiso seguirle, pero Jonás no la dejó.

La Puerta se cerró definitivamente.

Todos se quedaron quietos durante un momento, sin acabar de entender lo que había pasado, hasta que un golpe los hizo reaccionar. La Torre entera se tambaleó.

—¿Qué diablos...? —empezó Fenris, pero un aullido de rabia y dolor lo hizo enmudecer.

—¡¡¡DANA!!! —gritó Kai desde fuera; estaba tratando de entrar en la Torre, y se golpeaba contra el muro exterior, preso de la desesperación.

Y fue entonces cuando todos se dieron cuenta de que Dana estaba demasiado pálida para haber sufrido un simple desmayo.

Los rayos de la aurora iluminaron el cuerpo exánime de la Señora de la Torre, mientras por todo el Valle de los Lobos resonó un lamento que expresaba un dolor inimaginable, un dolor que traspasaba la frontera entre la vida y la muerte, un dolor que solo podía sentir una criatura que existía desde hacía más de quinientos años.

EPÍLOGO

«ENTONCES, ¿este era tu destino, Saevin?»

«Lo supe desde niño. No fue fácil aceptar que yo no era un ser humano como los demás. Debía renunciar a la vida en favor de la inmortalidad... Qué irónico, ¿verdad?»

«Supongo que lo es. Siempre hemos soñado con la inmortalidad, pero, por ejemplo, el Oráculo deseaba morir.»

«Y lo ha logrado, por fin.»

«¿Lo sabes?»

«He de saberlo. No en vano soy el Guardián de la Puerta. De todas las Puertas, en realidad. Me he convertido en el eterno Vigilante de la frontera entre la vida y la muerte.»

«Un muchacho tan joven... Has tenido que renunciar a muchas cosas. A Iris, por ejemplo.»

«¿Lo sabías? Nunca dejé entrever que sentía algo especial por ella. Habría sido peor, más doloroso para los dos.»

«Y, sin embargo, yo lo intuía. Lo siento por vosotros.»

«Podría no haber cruzado la Puerta. Pero sabía que debía hacerlo. Igual que tú sabías que debías hacer de puente una vez más. Y has pagado un alto precio por ello.»

«Pero estoy aquí, en el Umbral. Siento que algo en mi cuerpo late todavía. No estoy muerta, ¿verdad?»

«Todavía no. Pero puedes elegir si sigues adelante o vuelves hacia atrás.»

«¿Puedo hacerlo?»

«Considéralo un regalo por tu generoso sacrificio, Kin-Shannay.»

«¿Sacrificio? Si realmente me permites regresar, ¿qué clase de sacrificio sería ese?»

La risa del Guardián de la Puerta resonó por la frontera.

«El tiempo aquí no transcurre como en el mundo de los vivos, Dana. ¿Tienes idea de todo lo que ha sucedido desde que iniciamos esta conversación?»

«¿Quieres decir...?»

«Asómate y mira...»

La nieve caía blandamente sobre el Valle de los Lobos cuando la comitiva llegó a los pies de la Torre. Habían venido paseando desde el pueblo porque les parecía agradable estar de vuelta en casa, y porque les apetecía hablar un rato antes de entrevistarse con el Amo de la Torre. Eran cinco: tres elfos y dos humanos. Los elfos eran jóvenes. Una de ellos vestía ropas sencillas, pero caras, y sus ojos verdes miraban a su alrededor con una serenidad regia y majestuosa. Los otros dos elfos, una pareja, tenían un cierto aspecto salvaje, pero se notaba que habían tratado de estar presentables para la ocasión. La elfa se había recogido sus largos cabellos color rubio ceniza en una trenza, y el elfo se había puesto su mejor túnica.

Los dos humanos, en cambio, eran ya maduros. El hombre era alto y delgado, y se había quedado calvo tiempo atrás. La mujer sonreía dulcemente, pero sus grandes ojos oscuros parecían tristes y nostálgicos.

Salió a recibirlos una muchacha de cabello rojo como el fuego y ojos tranquilos y reflexivos.

—Lis —saludó el hombre—. ¡Caramba, cuánto has crecido!

—¡Qué alegría volver a veros a todos! —dijo ella.

Impulsivamente, los abrazó, uno a uno. Las dos mujeres elfas se sintieron un poco abrumadas ante el afecto de la muchacha, pero en seguida sonrieron de nuevo.

—¿No están tus padres por ahí? —preguntó el hombre, sonriendo también.

—Mamá fue a las montañas, pero no tardará en volver.

Otro hombre salió a la puerta de la Torre. Vestía una túnica dorada y era también maduro, como los humanos recién llegados; las canas blanqueaban su cabello moreno.

El hombre calvo acudió en seguida a saludarle.

—¡Jonás! —exclamó alegremente—. Los años te tratan muy bien... ¿Puede ser que conozcas un conjuro rejuvenecedor mejor que el mío?

—Tú no usas conjuros rejuvenecedores, Conrado —intervino la mujer de los ojos tristes, sonriendo—. De lo contrario, tendrías más pelo.

—¿Qué tal va vuestra Escuela, Iris? —le preguntó Jonás.

—Bien, porque yo mantengo los pies en el suelo —dijo ella—. Pero aquí, mi socio —añadió, señalando a Conrado— no piensa más que en sus estudios de alto nivel...

—¡Eh! Impresionamos al Consejo gracias a mis teorías sobre la existencia de pliegues temporales; sin eso, no habría Escuela, y lo sabes.

—Lo sé —dijo Iris, conciliadora.

Conrado sacudió la cabeza y observó a Lis y a Jonás.

—Hum —dijo—. El pelo de su madre, los ojos de su padre... ¿Y de quién ha sacado el carácter?

—De su madre —gruñó Jonás, con aspecto resignado.

—¡Papá! —exclamó Lis, dolida.

Jonás sonrió.

—Era broma, cariño.

—Me alegra ver que el nuevo Amo de la Torre no ha perdido el sentido del humor —dijo el elfo.

Jonás lo miró de arriba abajo.

—Condenados elfos... no has cambiado absolutamente nada, Fenris. Si no estuvieses comprometido, creo que podrías casarte con mi tataranieta.

Fenris acogió el comentario con una alegre carcajada, y miró a su compañera, que sonreía enigmáticamente junto a él.

—Gaya, Nawin, Iris —dijo Jonás, inclinándose cortésmente ante ellas—. Bienvenidas de nuevo a la Torre.

Ellas le sonrieron con gentileza.

—Me gustaría mostraros una cosa —dijo el Amo de la Torre—, pero supongo que querréis descansar...

—Ni lo sueñes —atajó Fenris; sus ojos ambarinos brillaban con impaciencia—. No nos has llamado a todos por nada, Jonás. Quiero verla inmediatamente.

Los demás estuvieron de acuerdo con él.

La comitiva atravesó el jardín y pasó junto a una gran mole dorada parcialmente cubierta de nieve, tumbada al pie de la Torre. El dragón alzó ligeramente la cabeza, fijó en ellos sus ojos verdes y les sonrió levemente. Después, volvió a dejar caer la cabeza y sus ojos se cerraron de nuevo.

—¿Sigue sin reaccionar? —susurró Fenris al oído de Jonás.

—Así es —suspiró el Archimago—. No se ha movido desde... bueno, desde entonces. No ha querido separarse de debajo de su ventana. Ya no habla. Simplemente... espera.

—¿Espera, a qué?

—A saber a qué atenerse, supongo.

Fenris frunció el ceño.

—Pero han pasado varios años...

—¿Varios años? —Jonás lo miró, serio—. Varias décadas, amigo mío.

Fenris parpadeó, perplejo.

—Pobre Kai —dijo solamente.

Lis llevó a Gaya, que se sentía algo incómoda entre los magos, a descansar a su habitación. Los demás subieron los doce pisos hasta la cúspide de la Torre. Un pesado silencio se había adueñado de ellos.

Poco antes de llegar a las almenas se tropezaron en la escalera con una mujer pelirroja; las canas ya comenzaban a blanquear sus sienes, pero sus ojos brillaban con energía y decisión.

—Ah, Salamandra, ya has vuelto —murmuró Jonás.

Ella le dio un rápido beso en la mejilla y abrazó a sus amigos en silencio, con una sonrisa. Después, poniéndose un dedo sobre los labios, abrió la puerta de la habitación.

Ellos entraron, sobrecogidos. Al fondo había una cama con dosel y, tendida sobre ella, una mujer anciana, de cabello blanco como la nieve, dormía tan profundamente que parecía que su pecho no se movía cuando respiraba.

Fenris se colocó junto a ella y no pudo reprimir un suspiro.

—Amiga mía —susurró—. ¿Cómo es posible? Aún recuerdo la primera vez que te vi... Eras solo una niña... Y ahora... Y yo apenas he cambiado desde entonces...

Se enjugó una lágrima indiscreta.

—Por eso dicen los sabios que los elfos no deberíamos tener amigos entre los humanos —murmuró Nawin, conmovida—. Es tan triste verlos envejecer y luego vivir sin ellos...

—Bueno, no os pongáis así —dijo Salamandra, incómoda—. Os hemos llamado porque...

No pudo seguir. Miró a Jonás, pidiendo ayuda.

—Sabéis que Dana cayó en coma después de haber servido de puente para que los espíritus derrotasen a los espectros, aquella noche, hace ya tantos años. Desde entonces ha estado caminando entre la vida y la muerte, y hemos logrado mantenerla aquí, con nosotros, gracias a la magia. En todo este tiempo no hemos apreciado la más mínima reacción en ella. Pero ayer...

—Ayer se movió —afirmó Salamandra—. Jonás cree que eso indica que algo va a cambiar...

—...Para bien o para mal —concluyó el Amo de la Torre—. Por eso creí conveniente avisaros.

Fenris asintió.

—¿Lo sabe Kai?

—Nadie se lo ha dicho, pero lo sabe, de alguna manera.

El mago elfo se asomó a la ventana y miró hacia abajo. Al pie de la Torre seguía Kai, sin moverse, sin reaccionar a nada, desde que Dana se había alejado de la vida.

—Dana —susurró Fenris—, ¿dónde estás? ¿Cómo has soportado estar tanto tiempo sin Kai?

«No lo he soportado», dijo Dana, conmovida. «Yo... oh, no, ojalá lo hubiese sabido...»

«Ahora ya lo sabes. Puedes volver a la vida, si lo deseas.»

Dana meditó largamente qué decisión tomar.

«Kai me echa de menos», dijo. «Pero si vuelvo lo ataré de nuevo a mí. Como dragón, tiene una larga vida por delante. ¿Cómo pedirle que se quede junto a una anciana humana?»

El Guardián no respondió. Dana cerró los ojos, sintiendo que el dolor traspasaba su alma. Cuando los abrió de nuevo y miró a su amigo, no había dudas en su mirada.

«No quiero volver», dijo. «Mi tiempo ya ha tocado a su fin.»

El Guardián asintió.

—¡Mirad! —exclamó Fenris—. ¡Parece que vuelve en sí!

Los ojos azules de Dana se abrieron momentáneamente. Lo primero que vio fue la mirada color miel de Fenris, su gran amigo. Ella sonrió y trató de hablar, pero sus cuerdas vocales llevaban años sin ser utilizadas, y no respondieron.

—No hables —dijo Fenris—. Te pondrás bien.

Pero ella negó con la cabeza. Dio una mirada circular y sonrió de nuevo, y sus ojos brillaron con orgullo al detectar la túnica dorada de Jonás. Después volvió a mirar a Fenris.

—Has...ta... siempre —logró decir, en un susurro.

Y, con un suspiro, Dana, la Señora de la Torre, la Dama del Dragón, la última Kin-Shannay, abandonó el mundo de los vivos.

Al pie de la Torre Kai alzó la cabeza y supo que ella se había ido. Y sonrió.

Cerró los ojos y apoyó la cabeza sobre la fría nieve.

Y, simplemente, se dejó morir, porque ya nada lo ataba al mundo.

Dana miró a su alrededor. De nuevo encontró al Guardián de la Puerta, que sonreía.

«¿Ya está?», preguntó.

«Ya está», asintió él.

«Ha sido... fácil, y difícil a un tiempo. Los echaré de menos a todos, en especial a...»

No pronunció su nombre, pero suspiró y cerró los ojos, llena de dolor.

El Guardián sonreía.

«Tienes buen aspecto», dijo. «Inconscientemente has elegido tu imagen de adolescente, y me parece muy apropiado.»

Dana frunció el ceño.

«¿Apropiado?», repitió. «¿Para qué?»

«¡Dana!»

Ella se volvió de pronto, incapaz de creer lo que estaba oyendo. Entre las brumas de la frontera vio aparecer a un muchacho rubio de unos dieciséis años que venía en su busca, con la ansiedad pintada en sus ojos verdes.

«Kai...», susurró ella.

Él llegó junto a ella. Se miraron.

«Kai, no puede ser: ¿Estás...?»

«Estoy muerto», afirmó él, como si fuese una gran noticia. «No me resultó muy difícil morir; no era la primera vez que lo hacía.»

Dana alzó la mano para acariciarle la mejilla, temerosa. Y lo sintió real, consistente, verdadero.

«Kai, no puede ser...»

«¿Qué no puede ser? Ahora somos iguales, Dana, por fin somos iguales. Te dije que sucedería algún día, y así ha sido.»

El muchacho le ofreció su mano, sonriendo. Dana la tomó, vacilante. Los dedos de él se cerraron sobre su mano, y ella suspiró, maravillada. Los había sentido cálidos y reales.

Sollozando, Dana se refugió en brazos de Kai. Él la estrechó con fuerza, y Dana bebió de aquel abrazo como si no hubiese nada más valioso en el mundo.

«Por fin», susurró. «Por fin.»

Cogidos de la mano avanzaron por la frontera, hasta que el Guardián les salió al paso.

«¿Saevin?», exclamó Kai, sorprendido.

El Guardián de la Puerta sonrió.

«Bienvenidos al Otro Lado», dijo solamente. «Disfrutad juntos de toda una eternidad que ya nadie podrá arrebataros.»

Se apartó para dejarles pasar.

Ellos avanzaron, sonriendo, hasta que vieron dos figuras que los esperaban entre la niebla; una de ellas, una mujer, vestía una túnica dorada. La otra era de muy corta estatura, y mostraba una cálida sonrisa en un rostro surcado de arrugas.

«Aonia... Maritta...», murmuró Dana.

«Bienvenida, niña», respondió la enana; miró a Kai, y su sonrisa se ensanchó. «Bienvenidos», rectificó.

Dana respiró profundamente y se abrazó a Kai. Sus dos anfitrionas dieron media vuelta y se perdieron entre las brumas del Más Allá.

Dana y Kai cruzaron una mirada, sonrientes y ebrios de felicidad, y las siguieron. Aún cogidos de la mano, dejaron atrás la vida para adentrarse en el que iba a ser su nuevo mundo para siempre. Dieron la espalda a la vida sin importarles lo que sucedería después, porque por primera vez eran iguales, y ya nada podría separarlos.

Y estarían unidos para siempre.

El Guardián de la Puerta los vio perderse entre las brumas del Más Allá, tan juntos que parecían un solo ser, y sonrió.

«Hasta siempre, Dana y Kai», susurró. Los vivos no os olvidarán fácilmente.

✤ LOS SEÑORES DE LOS LOBOS ✤

Y, MÁS ALLÁ, EL REINO DE LOS ELFOS. Fenris se hallaba acodado en la borda de un pequeño barco mercante, con la mirada clavada en el horizonte azul. Llevaba horas allí, quieto, en el mismo lugar donde, según le habían dicho, tres años atrás, un elfo misterioso, de cabello blanco y gesto adusto, solía contemplar el amanecer.

Fenris llevaba varios meses rastreando a aquel elfo. En todo aquel tiempo no había averiguado prácticamente nada acerca de él, ni su nombre, ni su procedencia, ni su condición. Pero, a pesar de todo, su instinto le decía que estaba siguiendo la pista correcta.

Lo último que había sabido de él era que se había embarcado tiempo atrás para regresar al Reino de los Elfos.

Fenris había tardado mucho en tomar la decisión de seguirle hasta allá. El Reino de los Elfos había sido su hogar también, tiempo atrás. Pero había jurado no regresar jamás.

Y, sin embargo...

Ahora, cuando estaba tan cerca, contemplaba el horizonte y sentía añoranza. Pero no hacia su tierra natal, ni hacia su familia, sino hacia lo que él consideraba su verdadero hogar: la Torre, en el Valle de los Lobos.

255

«No obstante», se dijo por enésima vez, «no hay allí nadie como yo».

Hacía unos años había tenido un extraño encuentro en las montañas. Un lobo blanco había acudido en su auxilio cuando tenía problemas, y después había desaparecido de forma tan misteriosa como había llegado. El instinto le había dicho a Fenris que aquel no era un lobo corriente.

Había pensado mucho en ello. Le había dado muchas vueltas, y siempre llegaba a la misma conclusión: tenía que ser un licántropo. Y no solamente eso: en los ojos de aquel lobo había detectado un brillo de inteligencia, lo que lo delataba como uno de los legendarios Señores de los Lobos, hombres-lobo capaces de controlar sus cambios.

Pero eso no tenía nada de particular. Fenris había conocido a un Señor de los Lobos en el pasado. Había aprendido mucho de él... y no todo habían sido cosas buenas. A decir verdad, no estaba seguro de querer más tratos con los Señores de los Lobos.

Pese a ello, había buscado al lobo blanco con todos los medios mágicos a su alcance. Pero el Óculo no le mostró a la criatura que buscaba, ni bajo su forma de lobo, ni bajo su forma de hombre.

Fenris ya estaba casi decidido a olvidarse del tema, cuando una noche tuvo un sueño.

Soñó con criaturas como él, elfos de día, lobos de noche. Soñó que se hallaban ocultos en alguna parte, esperándolo.

Y, cuando se despertó, comprendió que había enfocado mal la búsqueda desde el principio. No debía preguntar al Óculo por un hombre-lobo..., sino por un elfo-lobo.

Y fue entonces cuando el Óculo le trajo una imagen lejana, de un elfo alto, de cabello corto, blanco, y aspecto sombrío y desgreñado. Lo vio, oculto bajo la capucha de una capa raída, recorriendo las calles de una populosa ciudad humana, y supo que era por ahí por donde debía empezar a buscar.

Lo más duro había sido abandonar la Torre, despedirse de sus amigos... Por fortuna, Dana no estaría sola en su ausencia. Kai la acompañaría y protegería, como había hecho siempre que le había sido posible, y el resto de aprendices la arroparían y le darían muchas otras cosas en qué pensar.

Aprendices...

Fenris se acordó entonces de Salamandra. Había partido en busca del lobo blanco poco antes de que ella se presentase a la Prueba del Fuego. Sabía que la chica habría preferido que esperase a que fuera una maga consagrada, sabía que le había dolido su partida. Pero Fenris no podía quedarse, no podía esperar. No dudaba de que Salamandra lograría superar el examen sin grandes dificultades y, una vez lo hubiese hecho, sería libre de ir a donde quisiera.

Con el propio Fenris, por ejemplo.

Salamandra no había tratado de retenerlo, pero el elfo había leído el dolor y la decepción en sus ojos cuando dijo que se marchaba, y que no iba a esperar más.

La joven no estaba pasando por un buen momento. Su relación con Jonás no funcionaba demasiado bien; ella era demasiado impulsiva, y él demasiado tranquilo.

Pero Salamandra también era orgullosa, y no le gustaba hablar de ello con nadie, y mucho menos admitir ante Fenris que las cosas no le iban bien en el plano sentimental.

Quien sí había hablado de ello con el elfo había sido Jonás, la misma noche en que Fenris había anunciado su partida, en un momento en que estuvieron a solas.

—¿Por qué te marchas? —le preguntó abruptamente; en los últimos tiempos estaba bastante irritable—. ¿Es acaso por Salamandra?

—No —repuso él, con calma—. Es porque debo hacerlo. La Torre está a salvo, por el momento, y tenéis a Dana y a Kai. No me necesitáis. Y yo debo seguir mi propio camino.

Jonás calló, meditando sus palabras.

—Ella todavía siente algo por ti —dijo por fin, en voz baja—. Está conmigo, pero todavía te mira de reojo cuando pasas.

Fenris no dijo nada.

—Nunca te olvidará, ¿no es cierto? —prosiguió Jonás—. Aunque no compartas sus sentimientos, aunque la rechaces, una y otra vez, seguirás gustándole. No puedo luchar contra eso...

—Sí que puedes —cortó Fenris—. Y tienes más de una batalla ganada, Jonás, aunque tú no te des cuenta.

El joven bajó la cabeza.

—Puede ser. Pero ella y yo somos muy diferentes. Y yo nunca seré la persona que Salamandra quiere que sea.

—Se hará a la idea —sonrió el elfo.

Jonás lo miró fijamente.

—¿De verdad no te marchas por ella? ¿Para dejarnos vía libre?

—No, Jonás, me marcho porque he de marcharme. Y esa es la diferencia entre nosotros dos. No tomo mis decisiones en función de Salamandra. Eso te corresponde a ti. Si me quedo, o me marcho, es cosa mía. Pero tú, hagas lo que hagas, sí que tendrás en cuenta a Salamandra, lo quieras o no. Porque sientes algo especial por ella, y yo no. Es así de simple.

Jonás guardó silencio.

—Entiendo —asintió después—. Bien... que tengas buen viaje, entonces. Espero que encuentres lo que estás buscando.

Encontrar lo que estaba buscando... Era fácil de decir, pero no tan fácil de realizar. Sobre todo porque ni siquiera Fenris sabía lo que estaba buscando. A menudo imaginaba que encontraba a aquel elfo-lobo, que se presentaba ante él... y no era bien recibido. Soñaba que él le preguntaba por qué lo había seguido hasta tan lejos, para qué tantas molestias. Y se sentía estúpido y un entrometido, por depositar tantas esperanzas en un desconocido al que había visto una sola vez.

Por si fuera poco, sus pesquisas lo llevaban derecho al Reino de los Elfos.

—Pronto se servirá el rancho, señor elfo —dijo de pronto una voz junto a él.

—No tengo hambre —dijo Fenris solamente, con los ojos todavía fijos en el horizonte.

—Ah, bueno, como queráis —el marinero hizo una pausa, y luego preguntó con curiosidad—: ¿Qué estáis mirando?

—Las costas del Reino de los Elfos —sonrió Fenris—. Hacía mucho que no veía mi tierra.

El marinero parpadeó y clavó la mirada en el horizonte, absolutamente azul.

—Si vos lo decís... —murmuró, rascándose la cabeza.

Estaba ya a punto de bajar las escaleras cuando sonó por todo el barco la voz del vigía:

—¡Tierra a la vista!

El marinero silbó por lo bajo, admirado, y dio media vuelta para contemplar la alta silueta del elfo que, ataviado con la túnica roja propia de los hechiceros, seguía asomado a la borda. Como imaginaba, no se había movido.

Entró en el Reino de los Elfos por el Paso del Sur. Utilizó un hechizo para confundir sus rasgos, porque temía que alguien lo reconociera, a pesar de haber pasado tanto tiempo. Dio un nombre falso y dijo que se dirigía a la Escuela del Bosque Dorado. Lo dejaron pasar.

Cuando puso los pies en el Reino de los Elfos, un torrente de recuerdos inundó su corazón. Allí, en aquel mismo camino, mucho tiempo atrás, un niño desgreñado, hijo de una pareja de Centinelas, había quedado prendado del bello rostro de una doncella elfa que había entrevisto en la ventanilla de un carruaje. Se preguntó si, de haberlo visto con su verdadero aspecto, los Centinelas del Paso del Sur reconocerían al joven Ankris en el alto hechicero elfo que recorría ahora aquel camino; el mismo Ankris al que habían desterrado por ser un peligro para su comunidad.

Fenris sacudió la cabeza y huyó de allí a toda prisa. Pasó de largo por la zona donde crecían los árboles-vivienda de los Centinelas y se adentró en el bosque. Habían pasado casi cien años desde la última vez que recorrió aquel lugar, y todo había cambiado mucho…, pero, al mismo tiempo, seguía igual.

Como aquella pequeña cabaña maltrecha en un claro del bosque. Fenris respiró hondo y llamó a la puerta.

Le abrió un elfo ya anciano, de cabello blanco y sorprendentes ojos de color rojizo.

—Buenas tardes, brujo —saludó Fenris con una sonrisa.

El brujo le dirigió una mirada irritada.

—Te has equivocado de camino, mago —bufó—. La Escuela del Bosque Dorado está en esa dirección.

—He venido a verte a ti, brujo —replicó Fenris con suavidad, mientras pasaba una mano por su rostro para deshacer el hechizo.

El brujo lo miró con atención.

—¡Por todos los…! —exclamó al reconocerlo—. ¿Qué haces tú aquí? ¿Y por qué vas disfrazado de hechicero?

—Es una larga historia…

—No es una buena idea —replicó el brujo, negando con la cabeza—. No te conviene conocer a esos Señores de los Lobos.

—Si un Señor de los Lobos es alguien capaz de controlar sus cambios, entonces yo soy uno de ellos —replicó Fenris—. ¿Por qué no debería conocer a más gente como yo?

—Porque esos seres ya no son personas, disfrutan siendo bestias, y tienen declarada una guerra contra hombres y elfos. Tú mismo me has contado que ya conociste a uno de ellos. Sabes que lo que digo es cierto.

—No todos tienen por qué ser como él. Un licántropo que no controla sus transformaciones es un enfermo; un Señor de los Lobos, por el contrario, es alguien que posee poder sobre la bestia. Lo que hagamos con ese poder es responsabilidad de cada uno. El elfo al que busco, brujo, me ayudó a salvar a unos muchachos de una manada de lobos hambrientos. No era un lobo asesino.

El brujo calló un momento, pensativo. Después, dijo:

—La historia que me has contado antes es interesante... interesante, y conmovedora. Dices que has encontrado tu lugar en el mundo. Que has aprendido a usar la magia en una Escuela de Alta Hechicería, donde has encontrado, por así decirlo, un nuevo hogar. Pero son otras las noticias que llegan al Reino de los Elfos. Se dice que sigues matando a sangre fría.

Fenris lo miró sin comprender.

—¿Qué quieres decir? Hace muchos años que..., ¡ah! —comprendió de pronto—. Te refieres a Shi-Mae.

—Luego sabes de qué te hablo —replicó el brujo con sequedad—. Shi-Mae era una poderosa Archimaga, perteneciente, además, a una de las casas más nobles de nuestro reino. Fue al Valle de los Lobos con la princesa Nawin y jamás regresó.

—Shi-Mae era una traidora. Su muerte no fue obra nuestra, aunque tuvimos que defender a nuestros aprendices de sus pérfidas intrigas. Estuvo a punto de asesinar a Nawin, como podrá decirte la misma princesa.

—La reina —lo corrigió el brujo.

—Cierto, lo había olvidado —murmuró Fenris—. Larga vida a la reina Nawin.

El brujo fijó sus inquietantes ojos en los de Fenris, que sostuvo su mirada, resuelto.

—Te creo —dijo por fin—. Y me alegro de que valiera la pena sacarte adelante, al fin y al cabo. Espero no equivocarme tampoco esta vez.

Fenris calló y escuchó atentamente.

—Hace un par de siglos se oyeron rumores acerca de una colonia de licántropos que habitaba al norte del continente, en las montañas. No sé si eso es cierto. Sé que enviaron cazadores y tramperos, pero nadie logró encontrarlos nunca.

—Gracias por la información —asintió Fenris, incorporándose.

El brujo lo miró.

—¿Te marchas ya? ¿No vas a ir a ver a tus padres?

Fenris titubeó.

—¿Cómo están?

—Oh, siguen bien. Tuvieron otro hijo..., una niña.

Fenris se quedó boquiabierto.

—¿Quieres decir que tengo una hermana? ¡Tengo que conocerla! —añadió, poniéndose en pie de un salto; se detuvo de pronto, sin embargo—. No, es mejor que no lo haga —concluyó por fin—. Mejor que no le cause problemas. Seguiré mi viaje hacia el norte, brujo, y procuraré que nadie sepa que estoy aquí. Ni siquiera mi familia.

—Entiendo —asintió el brujo.

Momentos más tarde, Fenris salía de la cabaña del brujo. En su precipitación, olvidó que había retirado el hechizo que disfrazaba sus rasgos. Por el camino se cruzó con varios elfos; algunos se le quedaron mirando, pero nadie dijo nada. Cuando, un rato más tarde, Fenris echó en falta su disfraz, volvió a crear el hechizo en torno a su rostro, inquieto.

Sin embargo, nadie lo detuvo, por lo que el elfo pensó que, o bien no se habían fijado en él, o bien no habían reconocido en su persona al licántropo que había sido desterrado del Reino de los Elfos más de cien años atrás.

El Archimago movió la cabeza y exhaló un suave suspiro.

—Me temo que no va a ser posible, Majestad —dijo—. Hemos vuelto a examinar vuestra solicitud y hemos llegado a la conclusión de que no es apropiado que una reina de los elfos estudie hechicería.

—Hay precedentes —respondió Nawin con suavidad—. En mi solicitud he incluido las referencias. En la historia de los elfos han existido no menos de seis reyes hechiceros. No veo por qué yo...

—Vos sois muy joven —interrumpió el Archimago—. Necesitáis concentrar todos vuestros sentidos en la pesada tarea que ha caído sobre vuestros hombros. Ingresar en la Escuela del Bosque Dorado solo os distraería de vuestras obligaciones.

La joven reina elfa alzó la barbilla y lo miró fijamente a los ojos.

—No es por eso —adivinó—. Se trata de Shi-Mae, ¿verdad? Era una traidora y una asesina, pero vos no veis más allá del hecho de que era un miembro importante del Consejo de Magos. Os protegéis las espaldas unos a otros, sin importar qué clase de persona es aquella a la que defendéis.

—Hacéis acusaciones sin fundamento, Majestad —la riñó el Archimago—. Es normal que, a vuestra edad...

—Dejad de hablar de mi edad, Archimago. Soy joven, pero no soy tonta.

La entrevista fue breve y frustrante para Nawin. Cierto, era la Reina de los Elfos, pero la gente no la tomaba en cuenta. Suspiró, exasperada, mientras observaba por la ventana cómo el Archimago atravesaba el patio del palacio hacia la verja de entrada. Vio entonces que alguien le salía al encuentro; por el uniforme, lo identificó como uno de los Centinelas que vigilaban las fronteras del Reino de los Elfos, y frunció el ceño. ¿Por qué razón viajaría un Centinela hasta la capital del reino para entrevistarse con el Archimago? Si sucedía algo grave, ¿no era lógico que fuera ella la primera advertida?

Con un suspiro irritado, Nawin tomó una decisión. Invocó a un pequeño ruiseñor y lo envió a espiar al Archimago. Se aseguró de que el animalillo se posaba en la rama adecuada, no muy lejos de los dos elfos y se retiró de la ventana para que no la vieran. Entonces cerró los ojos y se concentró y, a través de los oídos del pájaro, oyó la voz del Centinela:

—... Ha pasado mucho tiempo, pero sospechamos que pueda ser la misma persona. Llevaba una túnica roja, y por eso pensamos que tal vez vos...

—Sí —cortó el Archimago—. Por lo que sabemos, esa bestia no solo escapó del Cazador enviado para capturarlo sino que, por si fuera poco, halló refugio en una Escuela de Alta Hechicería. La misma escuela donde hace unos años desapareció la Archimaga Shi-Mae.

—Oí decir algo de eso —asintió el Centinela—. Dicen que la reina estaba allí.

—Escapó con vida de ese lugar maldito, pero yo no me confiaría, Capitán. Puede que el licántropo haya regresado para asesinarla a ella también.

Nawin se llevó una mano a los labios, conmocionada, pero siguió escuchando.

—No permitiremos que eso ocurra. ¿Debo avisar a su Majestad?

—No. Advertiremos al Duque del Río; él tiene una cuenta pendiente con esa criatura y, por otra parte, podrá proporcionaros más soldados para un grupo de caza. La Reina es joven e impresionable; no le conviene saber que semejante monstruo ronda por nuestros dominios. Solucionaremos esto de forma rápida y discreta.

El ruiseñor se alejó volando, pero Nawin no necesitaba escuchar más. Temblando de ira, se dejó caer sobre un sillón.

—Sí, solucionaremos esto —murmuró para sí misma—. Ya lo creo que lo solucionaremos.

Fenris atravesó el Reino de los Elfos de forma rápida y eficaz. Nunca había estado en la región que le había indicado el brujo, por lo que no podía teletransportarse allí, sin más; y, de todas formas, la distancia era muy grande.

Pero sí consiguió un caballo y le aplicó un hechizo de velocidad; y así, sobre el caballo encantado, recorrió los caminos del reino como una exhalación. Los elfos en general eran gente paciente, pero Fenris había esperado ya mucho tiempo, y la idea de que las respuestas que buscaba pudieran estar tan cerca lo llenaba de inquietud.

Llegó a la base de las montañas pocos días después de haber partido de la cabaña del brujo. Había tenido que dar un rodeo para evitar la capital del reino: había allí gente que lo conocía, gente que no lo recordaba con cariño, precisamente; y, aunque Nawin, a quien él había salvado la vida en un par de ocasiones, era ya la soberana de todos los elfos, Fenris prefería no arriesgarse.

Se encontró con un paisaje agreste y poco acogedor. Una pesada y húmeda niebla envolvía las montañas y hacía difícil la visión, incluso para un elfo. Más allá no había gran cosa, por lo que Fenris dedujo que la mítica colonia de elfos-lobo debía de encontrarse por aquella zona, a lo largo de la cordillera. Le llevaría varios días rastrearlo todo.

No obstante, por mucho que se esforzó, las primeras jornadas fueron totalmente infructuosas. No halló ningún lobo de tamaño excepcional, ni rastro de ellos. Sí que detectó la presencia de alguna manada de lobos corrientes, pero ninguno que diese muestras de ser un licántropo.

Fueron los otros lobos los que le dieron la idea.

Fenris llevaba mucho tiempo sin transformarse en lobo. No había querido hacerlo en el Reino de los Elfos; el recuerdo de las consecuencias que le habían traído sus transformaciones en tiempos pasados todavía le pesaba en la memoria. Pero aquella noche se mostró como lobo para ir al encuentro de la manada más próxima. Si existía una raza de elfos-lobo viviendo en las proximidades, solo los otros lobos lo sabrían.

Cuando se acercó a ellos, la reacción de los animales le indicó que había dado en el clavo. Se sobresaltaron al verlo, como si lo reconocieran, y retrocedieron un poco, con un bajo gruñido de advertencia. Fenris localizó al jefe de la manada y se acercó a él, mansamente, moviendo el rabo con lentitud y sin responder a los gruñidos de los demás lobos. Cuando se hubo convencido de que el recién llegado no pretendía arrebatarle el mando de la manada, el lobo le dio la información que necesitaba. A través de él, Fenris supo que debía seguir la cordillera hacia el oeste. A menos de tres días de camino encontraría a «los lobos grandes», una manada a la que todos los animales de la zona temían y respetaban.

Fenris siguió sus indicaciones, cada vez más intranquilo. Se preguntaba qué haría cuando los encontrara, qué pasaría en el caso de que no fueran licántropos, sino simplemente una raza de lobos de excepcional tamaño. O qué sucedería si de verdad eran elfos-lobo, pero el elfo que andaba buscando no se hallaba entre ellos; o cómo reaccionar si los elfos-lobo no querían tratos con extraños, aunque esos extraños padecieran también la maldición de la licantropía. Eran muchas las cosas que podían salir mal y, sin embargo, Fenris sabía que no podía volverse atrás. Las respuestas estaban cada vez más cerca y, aunque tuviera miedo de conocer la verdad, había llegado demasiado lejos como para regresar con las manos vacías.

Al segundo día de viaje desde su encuentro con los lobos, Fenris halló una huella en un parche de nieve. Tan solo era una, y no parecía muy fresca, pero confirmó, al menos, la información que le había dado el lobo; estaba claro, a juzgar por el tamaño de la marca, que por allí había pasado un lobo excepcionalmente grande.

La tarde siguiente empezó a sentirse vigilado. Y supo entonces lo que tenía que hacer.

Escogió una hondonada en medio de una zona escabrosa, y se situó allí, de pie. Por los alrededores había múltiples rocas y recovecos, ideales para espiar sin ser visto, y sospechaba que, en aquellos instantes, varios pares de ojos, tal vez élficos, tal vez lupinos, lo observaban atentamente.

Entonces, cuando el sol se ponía por el horizonte, en la hora del crepúsculo, antes de que la luna creciente emergiera tras las montañas, se transformó.

Eligió aquel momento a propósito. Los elfos-lobo, si es que eran ellos los que lo vigilaban, debían saber que se metamorfoseaba a voluntad, y no dominado por la luna llena.

Una vez en su cuerpo de lobo, se subió a lo alto de una roca, sacudió la cabeza y aulló con todas sus fuerzas.

Nadie respondió.

Frustrado, Fenris pasó el resto de la noche recorriendo los alrededores, en busca de más lobos... de cualquier tipo de lobo. Pero, aunque habría jurado que en alguna ocasión la brisa le había llevado un leve olor que delataba la presencia de más lobos en las inmediaciones, no había sido capaz de localizarlos.

«Tienen que ser inteligentes», se decía, una y otra vez. «Si fueran lobos corrientes, los habría visto. Habrían respondido a mi llamada».

O tal vez fueran lobos fantasmas. Cuanto más tiempo pasaba allí, buscando huellas entre la niebla, más crecía en su interior la sospecha de que estaba persiguiendo una quimera.

Una noche, cuando saltaba de roca en roca, olfateando en busca de más lobos, o de presas, un súbito cambio en la dirección de la brisa le trajo el olor de una hembra de lobo. No obstante, Fenris no dio muestras de haberlo percibido. Si alguien lo estaba siguiendo (y, por la dirección de la que procedía el olor, eso parecía), era alguien sumamente cauteloso, y más valía no ponerlo sobre aviso.

Un poco más adelante, al pie de un barranco, encontró varias rocas enormes situadas de modo que parecían una escalera. Un lugar perfecto para una emboscada. Trepó por ellas y, cuando estaba casi en lo alto, giró con brusquedad y saltó hacia abajo...

Cayó sobre algo blando y peludo. Los dos rodaron por el suelo, patas y colas enredadas. Fenris oyó un gruñido, más irritado que asustado, y trató de ponerse en pie sobre su perseguidora, que le lanzó un par de mordiscos de advertencia. Pero la loba era muy grande, casi tanto como él, y no parecía hacerle gracia su proximidad. Fenris emitió un par de ladridos amistosos. La loba se revolvió y trató de sacárselo de encima, pero Fenris logró mantenerla sujeta contra el suelo. Entonces se miraron.

Era una hembra gris; pelaje gris, ojos de un color gris claro, tan sutiles como la niebla... Fenris supo al instante que aquellos no eran los ojos de una loba corriente. La contempló, fascinado.

−¿Quién eres? −le preguntó en élfico.

Pero ella no respondió en el mismo idioma, sino que le dedicó una compleja retahíla de ladridos y gruñidos.

Fenris se quedó de piedra. Aquello era parecido al lenguaje de los lobos, pero muchísimo más elaborado. La diferencia entre el idioma de los lobos y los sonidos que profería aquella hembra era la misma que podía haber entre el vocabulario de un niño de tres años y el de un sabio con décadas de estudio a sus espaldas. Era como si alguien hubiese tomado el lenguaje lobuno, simple, directo y arcaico, aplicado solo a conceptos muy básicos de la existencia, y lo hubiese desarrollado para crear con él un idioma con el que pudiesen expresarse ideas, conceptos, sentimientos... mucho más complejos, no propios de un animal, sino de un ser racional.

La loba aprovechó el desconcierto de Fenris para sacárselo de encima, y después le habló de nuevo. Fenris no supo qué responder. Solo conocía el lenguaje de los lobos en su versión más básica, es decir, la que utilizaban los lobos corrientes. Del largo mensaje de la loba solo había captado algunos conceptos como «lejos», «amenaza», «lobo extraño» y «hembra». Le costó un poco deducir que la loba le estaba advirtiendo de que no volviera a tocarla sin su permiso. Quiso responderle, pero no supo cómo pedir perdón en idioma lobuno. Bajó la cabeza y la cola en señal de humillación. Luego se preguntó cómo diablos iba a presentarse. Todavía no sabía por qué la loba no le había respondido en élfico; tal vez desconociera esta lengua, o tal vez no quisiera hablarla.

Decidió pasar por alto la presentación y trató de comunicarse con ella en su propio idioma. Mediante una serie de gestos, ladridos y gruñidos conocidos por todos los lobos, le dijo algo parecido a: «Lobo sin manada. Busco tu manada. No amenaza».

La loba lo miró un instante y luego se echó a reír.

Fenris parpadeó, desconcertado. Jamás había visto reír a un lobo, salvo a Novan, mucho tiempo atrás, y ello le llenó el pecho de esperanza, pero también de una ligera inquietud.

–Tendrás que hacerlo mejor si quieres tratar con Zor, extranjero –le dijo ella entonces, en perfecto idioma élfico; su voz era profunda y ligeramente ronca, pero Fenris encontró también en ella una inflexión de sugerente misterio.

–Hablas élfico –respondió Fenris, aliviado–. ¿Eres una elfa bajo tu otra forma?

Ella gruñó por lo bajo. Fenris se preguntó qué habría dicho para molestarla.

–Hace mucho que no conozco otra forma –explicó la loba–. Aquí, no la necesito.

Fenris se echó hacia atrás, sorprendido ante la revelación. Se sentó sobre sus cuartos traseros.

–¿Vives como loba, pues? ¿Y el resto de tu manada, también?

–Y tú deberás hacerlo, si tienes intención de unirte a nosotros. Se nos llama los elfos–lobo, pero no encontramos lugar entre los elfos. Por eso somos lobos la mayor parte del tiempo.

El rostro lobuno de Fenris se ensombreció.

–En cierta ocasión, un licántropo pronunció ante mí palabras parecidas. Así justificaba sus crímenes; no hacía distinción entre seres racionales o irracionales, para él eran todo presas; no le importaba cazar seres humanos, o elfos, incluso disfrutaba con ello. Si esa es una condición para ser parte de vuestra manada, entonces disculpa las molestias; creo que buscaré en otra parte mi lugar en el mundo.

En los ojos grises de la loba apareció un brillo de aprobación.

–Somos los elfos–lobo –repitió–, pero también somos los Señores de los Lobos. No somos como los lobos corrientes. No nos dejamos arrastrar por el instinto. Somos mucho más que lobos y, por tanto, elegimos a nuestras propias presas. Que vivamos de espaldas al mundo no significa que lo odiemos, ni que sintamos rencor. Hemos desarrollado un lenguaje propio y nos enorgullecemos de no ser simplemente bestias. Pero tampoco somos elfos.

Con cada palabra de ella, la esperanza volvía a renacer en el corazón de Fenris.

—Llevo mucho tiempo buscando gente como yo —dijo—. Tampoco yo soy una bestia asesina. Sabéis que puedo controlar mis cambios, porque me habéis estado observando todo este tiempo —la loba inclinó delicadamente la cabeza en un mudo asentimiento—. ¿Por qué, pues, no os mostrabais ante mí?

—Es mucho más complicado que eso. Nuestra supervivencia como manada, y como raza, depende de a quién aceptemos entre los nuestros. Nosotros elegimos a nuestros miembros.

—Pero me habéis elegido a mí —insistió Fenris—. Un elfo-lobo se mostró ante mí hace algunos años, muy lejos de aquí. Sé que procedía del Reino de los Elfos. ¿O es que hay otras manadas?

—No hay más manadas de elfos-lobo en el mundo —respondió ella—. Como sabrás, la licantropía es una rareza entre los elfos.

—Entonces, la persona que busco está entre vosotros. Necesito hablar con él. Después, si no me permitís quedarme, me marcharé, pero antes... tengo que verle, y preguntarle...

Calló un momento, dándose cuenta, de pronto, de que no tenía muy claro qué era lo que quería preguntarle.

La loba se puso en pie, se sacudió y se estiró en un movimiento muy natural pero, a la vez, con una sensualidad que Fenris no había visto antes en ninguna otra loba. Después lo miró, con la lengua colgando entre los dientes y con un brillo burlón en la mirada.

—Lo habrías visto ya si prestaras atención —le dijo.

Fenris miró a su alrededor, sorprendido. A ambos lados del barranco, sobre las rocas, los demás miembros de la manada los observaban, inmóviles como estatuas, apenas unas sombras oscuras recortadas en la niebla. Uno de ellos le habló en el lenguaje de los lobos. Fenris entendió ideas como «peligro», «extraño», «elfos», «cazadores» y, por encima de todo, una intención claramente agresiva.

El rostro de la elfa-loba se transfiguró inmediatamente al oír el mensaje. Se volvió hacia Fenris, con el vello erizado y gruñendo por lo bajo.

—¿Qué es lo que pasa? —preguntó él, desconcertado—. ¿Qué he hecho ahora?

—Te han seguido, estúpido. Nos has puesto en peligro a todos.

Algo silbó entre la niebla, y seguidamente se oyó un aullido de dolor. Y varios lobos lanzaron una corta serie de ladridos.

—Plata —tradujo la loba.

Las sombras de los elfos-lobo desaparecieron en la niebla, apartándose de lo alto del barranco, donde eran un blanco fácil. No tardaron en reagruparse en el fondo, detrás de Fenris y su acompañante, y se prepararon para defenderse. La loba retrocedió un poco para reunirse con ellos. Fenris se dio la vuelta y vio las altas siluetas de un grupo de elfos, armados con arcos y ballestas, que se acercaban a ellos.

—¡Transformaos! —les gritó a los lobos—. ¡No os dispararán si os ven bajo vuestra otra forma!

Le respondió un coro de gruñidos indignados. Fenris maldijo interiormente el orgullo de los elfos-lobo. Sabiendo que su acción tal vez lo alejara del grupo para siempre, él sí cambió de forma, mostrándose como un elfo de nuevo ante sus perseguidores. Se aseguró de hacer aparecer en torno a su cuerpo la túnica roja que lo delataba como un hechicero confirmado.

—¡Deteneos! —gritó con voz potente—. ¿Por qué disparáis?

—¿Eres tú el proscrito Ankris del Paso del Sur? —le respondieron.

Fenris maldijo por lo bajo.

—Soy Fenris, el mago, Maestro de la Torre del Valle de los Lobos —replicó—. Marchaos y dejad en paz a estos lobos, que nada malo os han hecho.

Oyó un ladrido tras él, y un gran lobo salió de entre la manada para situarse a su lado, gruñendo por lo bajo. Fenris lo reconoció: era el lobo blanco que llevaba tanto tiempo buscando. Lo miró con sorpresa, abrumado, pero el lobo le devolvió una mirada irritada y le obsequió con una serie de ladridos, de los que Fenris solo entendió: «Vete» y «lobo extraño». Supuso que el líder de la manada quería arreglar sus propios asuntos con los cazadores, y que la intervención de Fenris, desde su punto de vista, sobraba.

—Eres Ankris del Paso del Sur —reiteró su interlocutor—. Fuiste desterrado, bajo pena de muerte si te atrevías a regresar.

—No soy la misma persona de entonces —protestó Fenris—. Ya no soy una amenaza para nadie.

—¿Ah, no? ¿Y el hecho de que te encontremos rodeado de licántropos no te parece revelador?

Fenris entornó los ojos, sacudido por una sospecha. La voz del elfo que le estaba hablando le resultaba familiar.

—Estas criaturas no han hecho nada a nadie —insistió—. Viven apartadas del resto del mundo. No podéis cazarlas como a alimañas, puesto que son inteligentes. Ni podéis tratarlas como a criminales simplemente porque muestren otra forma. Aunque vivan como lobos, piensan como seres racionales y no causan daño a nadie.

El lobo blanco gruñó más alto y dio un salto al frente, dispuesto a pelear contra la amenaza. Fenris oyó el chasquido de una ballesta al dispararse, y ejecutó al instante un hechizo de protección. El lobo blanco se apartó de un salto, pero de todas formas la flecha no le habría tocado; chocó contra una barrera invisible y cayó al suelo, a mitad de camino.

Sonó entonces una voz recitando otro hechizo en idioma arcano, y Fenris supo que habían deshecho su barrera mágica. Estaba claro que había un hechicero entre sus perseguidores. Fue este el que habló a continuación:

—No se cuenta nada bueno de la Torre del Valle de los Lobos, mago. Tu nuevo nombre y el título que te otorgas no son una garantía de tus buenas intenciones. No obstante, esa manada de licántropos es una lacra de la que el reino desea deshacerse desde hace mucho tiempo. Si nos los entregas sin oponer resistencia, puede que se te permita seguir con vida y abandonar estas tierras sin sufrir daños.

—No los entregaré. No han hecho nada malo.

—Todos ellos son licántropos, Ankris —replicó la primera voz—. Aunque fuera cierto que ahora no hacen daño a nadie, seguro que al principio la luna llena les causaba muchas molestias. ¿O acaso has olvidado ya los crímenes que cometiste en el pasado, y de los que saliste tan bien librado? Yo, desde luego, no. Y creo que ya es hora de que se haga justicia.

«Toh-Ril», pensó Fenris, reconociéndolo. El lobo blanco dejó de gruñir y dirigió a Fenris una mirada intrigada. Después, retrocedió unos pasos, dando a entender que se había dado cuenta de que aquello era un asunto personal.

—Estoy convencido de que, si cometieron crímenes en el pasado, fue de forma involuntaria —replicó, pasando por alto los ataques de su interlocutor—. Ahora que ya pueden elegir libremente han optado por no matar. Si los castigas ahora no puedes hablar de justicia, sino de venganza.

—Como quieras llamarlo —respondió Toh-Ril—. El mago te ha ofrecido una oportunidad de salvar el pellejo, Ankris, así que yo en tu lugar la aprovecharía.

—Si quieres dar caza a estos lobos, primero tendrás que pasar por encima de mí —advirtió Fenris con gesto torvo.

—Sea. ¡A la caza, en el nombre de la reina! —ordenó.

Los elfos ya preparaban sus armas, cuando una voz femenina, fría y autoritaria los detuvo:

—¡Deteneos! No deberías hablar tan a la ligera en «mi» nombre, Capitán.

Todos alzaron la cabeza, sorprendidos. Desde lo alto del precipicio los contemplaba la reina Nawin, seria y majestuosa. La expresión de su rostro, sin embargo, no presagiaba nada bueno. Para asegurarse de que todos la veían, había envuelto su persona en un hechizo de claridad que deshacía la niebla en torno a ella.

—¡Su Majestad! —exclamó Toh-Ril, cayendo de rodillas.

Todos lo imitaron, excepto Fenris, todavía perplejo, y poco acostumbrado a tratar a Nawin con semejante reverencia.

—Antes de organizar una cacería de seres racionales —dijo Nawin—, asegúrate de pedir permiso primero.

—Pero el Archimago... —empezó el hechicero; Nawin no le dejó continuar.

—El Archimago tiene poder sobre su escuela, como debe ser. En cambio, en mi reino la que tiene poder soy yo. No lo olvides nunca, mago, a no ser que a partir de ahora quieras ejercer tu arte en el exilio, o, mejor aún, en uno de mis calabozos.

Nadie se atrevió a decir una sola palabra. Fenris pudo hablar por fin.

—Nawin... —murmuró—. Quiero decir, Su Majestad... —se corrigió.

Ella se volvió hacia él.

—Maestro Fenris —dijo—, ¿creéis que, a vuestro juicio, estas criaturas no suponen un peligro para los demás elfos de mi reino?

Fenris desvió la vista hacia el lobo blanco, que ya no parecía amenazador; en realidad, lo estaba mirando con la lengua entre los dientes, como si se estuviera riendo por dentro.

—No, Majestad —respondió Fenris, con la enigmática sonrisa que era propia de él—. Mientras no puede controlarse, la licantropía es una enfermedad, una maldición. Pero una vez dominamos al lobo que habita en nuestro interior, este pasa a ser una parte de nosotros, un don que podemos usar de muchas maneras. Estos seres viven como lobos, es cierto; pero lo hacen con más dignidad que el resto de lobos, puesto que hasta poseen un lenguaje propio; y con más rectitud que muchos elfos, puesto que nunca hacen daño a seres racionales. No obstante −añadió−, si en algún momento alguno de los lobos de esta manada hiciera daño a un elfo, o a un ser humano, podéis disponer de mi vida a cambio, puesto que me hago responsable de los actos de todos ellos −oyó un ladrido apremiante junto a él, y rectificó, señalando al lobo blanco−. Y «él» también se hace responsable, como líder de la manada, de todos sus miembros.

−¿«Él»? −repitió Nawin, alzando una ceja.

−¿Cómo vamos a fiarnos de un lobo? −barbotó Toh-Ril con disgusto.

El lobo blanco se rió por lo bajo y se sentó sobre sus cuartos traseros. Entonces echó la cabeza atrás y empezó a transformarse.

Hubo murmullos por ambas partes: los elfos lo observaban, inquietos y fascinados a la vez; los lobos gruñían, disgustados porque su líder iba a dejarse ver con su forma élfica ante aquellos extraños.

Cuando la metamorfosis concluyó, el elfo-lobo se puso en pie y mostró su verdadera forma: la de un elfo de cabello blanco, moreno y enjuto, y aspecto maduro, para ser un elfo; a simple vista aparentaba unos setecientos años, pero era probable que fuera incluso mayor.

Alguien de la escolta de la reina lanzó una exclamación escandalizada ante la desnudez del elfo-lobo, pero Nawin solo sonrió levemente y ordenó a Toh-Ril que le prestase su capa. El Centinela lo hizo, de mala gana. El licántropo se envolvió en ella, con una sonrisa socarrona, y después se volvió hacia Nawin e hizo una ligera reverencia.

—Su Majestad nos considera seres racionales y se ha tomado la molestia de venir hasta tan lejos para conocernos —dijo; su voz era profunda y un poco ronca, y pronunciaba las palabras como si le costara recordarlas—. Algo que, en nombre de todos los elfos-lobo de estas tierras, aplaudo y aprecio. Hablaremos de elfo a elfo, pues. Mi nombre es Zor, y soy el señor de estas tierras.

Hubo comentarios irritados entre los elfos. Probablemente aquellas tierras no pertenecían a nadie porque ningún noble se había molestado en reclamarlas, pero ningún licántropo podía ser señor de nada, por lo que, con toda seguridad, Zor se había adjudicado el título por su cuenta. Nawin, en cambio, no dijo nada. Lo saludó como habría saludado a cualquier señor elfo, cosa que hizo que los semblantes de Toh-Ril y los demás se ensombrecieran todavía más.

—¿Corroboráis, Zor, las palabras del Maestro Fenris? —preguntó la reina—. ¿Es cierto que los lobos de vuestra manada no hacen daño a elfos?

—Ni a elfos, ni a humanos, ni a ningún otro ser racional —asintió Zor, con una media sonrisa—. Es cierto que hubo una época en que cada uno de nosotros fue incapaz de dominar a la bestia las noches de luna llena; pero todos, por unas o por otras razones, ya pagamos por nuestros crímenes en el pasado y nos arrepentimos profundamente por ellos, pese a haberlos cometido de forma involuntaria. Todos nosotros somos ahora dueños de nuestros propios actos y no asesinamos a nadie, ni bajo forma élfica, ni bajo forma lobuna. De hecho, vivimos en estas tierras despobladas, y cualquier elfo de las tierras que limitan con las nuestras podrá deciros que, si alguna vez tienen problemas con los lobos, no se trata de ningún miembro de nuestra manada. Cazamos siempre animales y nunca nos aventuramos en tierras habitadas por elfos.

—Os creo, Zor —sonrió Nawin—. Pero, aun así, tendré que comprobarlo, para mayor tranquilidad de mi gente. Una vez hayamos hablado con los habitantes de las poblaciones más próximas, tened por seguro que promulgaré un edicto que os proteja de la caza indiscriminada de algunos elfos sin escrúpulos; puesto que si los elfos-lobo no cazan a seres racionales, tampoco los elfos deberían hacerlo.

—Os estaremos muy agradecidos, Majestad —respondió Zor.

Pero Fenris detectó un ligero tono burlón en su voz. El líder de los elfos-lobo valoraba el esfuerzo de Nawin al acercarse a parlamentar con los elfos-lobo, pero, aunque la trataba con respeto, en el fondo no consideraba que le debiera obediencia y, fuera cual fuese la decisión de la reina con respecto a ellos, la manada seguiría actuando como siempre lo había hecho, siguiendo sus propias leyes... las leyes que Zor dictaba, y que todos los elfos-lobo aceptaban como propias.

Una vez llegado a este acuerdo, Nawin ordenó a los elfos que se retiraran, cosa que Toh-Ril y los suyos hicieron de mala gana. Cuando sus sombras desaparecieron en la niebla y los elfos-lobo creían ya haberse quedado solos, una figura se materializó súbitamente junto a ellos. Zor retrocedió un par de pasos, alerta.

La persona que había aparecido a su lado, de la nada, era la reina Nawin.

—Su Majestad no debería sobresaltarnos con esos trucos —comentó Zor, algo molesto.

Fenris sonrió.

—Su Majestad es una prometedora aprendiza de maga —dijo—, y será una poderosa hechicera si sus obligaciones para con el reino le dejan tiempo para perfeccionar su arte. Doy fe de ello.

Nawin se ruborizó ligeramente.

—Fenris —dijo—, acabo de tomar una decisión que me enemistará con el Archimago, con los Centinelas del Paso del Sur y con el Duque del Río, todo a la vez.

—Lo sé. Y te lo agradezco, Nawin.

—Porque una vez me salvaste la vida, y porque cuando lo hiciste eras un lobo, lo recuerdo bien. Y vos también —añadió, mirando a Zor—. El lobo blanco que nos rescató en las montañas, en el Valle de los Lobos, cuando huíamos de Shi-Mae.

Zor se rascó la cabeza.

—Sabía que vuestro olor me resultaba conocido —gruñó—. No me deis las gracias; intervine para ayudar a uno de los nuestros, no para salvar a un grupo de muchachos. Que no hagamos daño a seres racionales no implica que nos preocupemos por lo que les pase.

—Entiendo —asintió Nawin—. De todas formas, estaba en deuda con vosotros, y así es como voy a saldarla. No obstante, os hago responsables de la manada, tal y como dijisteis. Creo que mi decisión es justa, pero no estoy dispuesta a poner en peligro a otros elfos por defender vuestra causa.

282

—Lo entiendo —dijo Fenris—, y no voy a pedirte más. Gracias por todo, Nawin.

Ella sacudió la cabeza.

—He de marcharme. Si aceptáis un consejo —concluyó, mirando a Zor—, emigrad más al oeste. Cuanta menos gente sepa dónde encontraros, mejor.

Por toda respuesta, Zor inclinó la cabeza, con una sonrisa sesgada.

Cuando Nawin se hubo marchado, Zor se volvió hacia Fenris y le dijo:

—Bonito modo de llegar. Has causado bastante revuelo, ¿sabes? Se hablará de esto durante muchas lunas.

Fenris enrojeció un poco, a su pesar.

—Lo siento mucho. Creo que tenéis un herido. Lo menos que puedo hacer es curarlo con mi magia.

—Bien —aceptó Zor—. De modo que te llamas Fenris, ¿eh? —prosiguió—. Si vas a quedarte, habrá que dejar claras unas cuantas cosas. Por ejemplo, vas a tener que mejorar tu lenguaje y tus modales. No se salta encima de una hembra desconocida, no se habla como si tuvieras un trapo en la boca y, desde luego, no se conduce a un grupo de cazadores hasta el territorio de la manada. Por otra parte…

Lo que dijo a continuación, Fenris no lo entendió, porque Zor se había transformado en lobo otra vez y le hablaba de nuevo en el lenguaje de los lobos. Lo vio alejarse y quiso correr hacia él, pero una voz lo retuvo:

—No son tantas reglas una vez te acostumbras a ellas.

Fenris se dio la vuelta, preparado para encontrarse con la hembra de lobo a la que había sorprendido allí mismo, antes de que llegaran Toh-Ril y los suyos. Pero en su lugar se topó con una elfa de cabello rubio ceniza, largo y desordenado, que lo miraba con una sonrisa burlona.

—Me llamo Gaya —dijo ella—. Bienvenido a la manada.

Fenris quiso hablar, pero no le salió la voz. Gaya sacudió la cabeza, riendo por lo bajo.

—¿Qué pasa, extranjero? ¿Nunca habías visto a una elfa?

Fenris iba a señalar que normalmente las elfas suelen mostrarse vestidas ante los extraños, pero comprendió que, en aquel lugar y con aquella gente, esa observación estaba fuera de lugar. Con una sonrisa, se transformó en lobo y le dedicó un ladrido apremiante. Gaya aceptó la invitación y completó a la vez su metamorfosis. Y los dos lobos corrieron, detrás de Zor para unirse a la manada, mientras las prendas élficas quedaban abandonadas, una túnica roja y una capa de Centinela, sin que nadie más se preocupase por ellas.